Illustrations : ELB
emilieleboulaire@gmail.com

—

A mes amours, mes filles.
A mes deux premiers lecteurs, ils se reconnaîtront.
A la vie, si précieuse et pourtant si fragile.

—

Chapitre 1

Il était 19h57 et Camille ne supportait plus d'être enfermée dans le Paris-Nantes plein à craquer d'hommes d'affaires scotchés à leur smartphone, de bambins hurlants, de gens mal élevés et d'odeurs de sandwiches au saucisson. De toute façon, elle ne supportait plus rien. Ce TGV, c'était comme une fuite, la promesse de prendre le chemin d'une nouvelle vie qui lui permettrait d'enterrer la sienne. En tous cas, elle l'espérait.

On était début avril, et il y avait du soleil, fait suffisamment rare pour qu'il soit important de le souligner. De mémoire de météorologue, on n'avait pas vu un début de printemps aussi froid et pluvieux depuis les années 1880. Pour Camille, c'était un peu comme si le temps avait eu pitié d'elle et avait décidé de s'aligner sur son humeur. Et puis après tout, c'est plus facile de se laisser aller à être triste quand il fait mauvais.

Son départ vers la Bretagne s'était décidé deux jours plus tôt sur un coup de tête. Après trois mois de silence, de noir et de désespoir, elle avait tout-à-coup éprouvé une sensation d'étouffement, une oppression parisienne et presque du dégoût pour son bel appartement de la rue des Blancs-Manteaux qu'elle avait pourtant tant aimé. Alors, dans un ultime sursaut de vie, elle avait décidé de prendre le large. Elle avait rapidement bouclé sa valise, réservé son billet de TGV et, sans prévenir personne, elle se dirigeait maintenant vers la Bretagne de son enfance, espérant sans vraiment le savoir, retrouver un peu d'elle-même.

Elle commençait à s'ennuyer ferme dans ce train. Elle avait pourtant téléchargé trois livres sur sa tablette numérique avant de partir, mais à l'instar des deux derniers mois, elle n'avait ni le courage ni l'envie de lire. Alors elle observait tour à tour son voisin, le paysage qui défilait, les gens qui passaient dans l'allée du wagon, les tâches sur les sièges, la femme qui lisait et qui en était, elle avait compté, à sa quatrième tasse de café, le prospectus du wagon-bar de la SNCF, une publicité dans le couloir... Le trajet était long et surtout, c'était un supplice d'être assise dans ce wagon, sans pouvoir bouger, avec toutes ces personnes inconnues.

—

L'homme assis derrière elle baissa le store commun et elle fut soudainement privée de soleil, de lumière et de paysage. Elle n'osa pas le lui dire et essaya de se concentrer sur son livre nouvellement entamé, sans succès. Ses pensées vagabondaient, incontrôlables, et évidemment, elles n'étaient pas roses.

Tout avait commencé trois mois auparavant, d'une manière terriblement brusque, sans qu'elle voie venir quoi que ce soit. Les policiers l'avaient arrêtée, et elle ne comprenait pas pourquoi, incapable de répondre à leurs questions. Car non, elle ne savait pas pourquoi elle tournait en voiture autour de la place de la Concorde, sans s'arrêter. Elle n'en avait vraiment aucune idée. Alertés par les tours incessants de la Mini rouge, ils l'avaient stoppée et, devant l'air hébété de son occupante, ils avaient appelé les pompiers à la rescousse. Camille se souvenait des trois jeunes hommes et de la jeune femme qui l'avaient sortie de la voiture et l'avaient fait monter doucement dans le camion rouge en lui posant des questions qui lui avaient semblé totalement incongrues. Non, elle ne savait pas où elle était, ni où elle allait. Elle ne savait pas non plus quel jour on était et n'était pas certaine de savoir où elle habitait. Elle savait qu'elle s'appelait Camille, Camille Ellé. Et aussi qu'elle avait 34 ans, et qu'elle aimait les marguerites et le chocolat. De ça elle en était convaincue, et vu son état, ce n'était déjà pas si mal. Pour le reste, elle n'était plus sure de rien. Et puis elle avait pleuré, longtemps, salement, secouée de partout par un chagrin et une douleur qui la prenaient au creux du ventre. Entre deux sanglots qu'elle n'essayait même plus de retenir, elle s'excusait auprès des deux pompiers qui l'accompagnaient dans l'ambulance sans vraiment savoir de quoi. Le plus jeune des deux avait posé une main rassurante sur le haut de son épaule comme pour tenter de la calmer. Elle avait fini par fermer les yeux en se laissant bercer par le roulement du camion, rongée par cette tristesse qui la prenait aux tripes.

Les pompiers l'avaient conduite aux urgences de la Pitié-Salpêtrière où elle avait été accueillie par une infirmière aux yeux lavande. Elle s'en souvenait comme si c'était hier tant cette couleur était improbable. Et finalement, ça l'avait un peu apaisée. L'infirmière l'avait installée, abattue et à bout de forces, dans un fauteuil roulant. Elle l'avait poussée jusqu'au service psychiatrie où un jeune médecin l'avait reçue avec professionnalisme et distance. Il

—

était installé dans une pièce étriquée, meublée d'un bureau qui devait être à la même place depuis qu'il avait été installé ici, d'une chaise à roulettes d'un autre temps et d'une armoire métallique qu'on aurait volontiers placée dans une caserne. Le type à blouse blanche qui lui faisait face ne lui inspirait pas confiance, elle n'avait aucune envie de lui parler et surtout, elle n'avait rien à lui dire.

Le silence dura une éternité.

Elle avait repéré un tableau au mur, la seule note fantaisie de ce bureau. C'était une photo agrandie et encadrée qui représentait une forêt en automne. On y voyait la cime des arbres, brillant d'un dégradé de couleurs de feuilles tombantes. Assorti d'une légère brume, le feuillage était magnifique et terriblement attirant. Elle avait envie d'être là-bas, dans ce paysage, à mille lieues de ce bureau sinistre. Elle le dit au médecin, spontanément, parce que c'est la seule chose qui lui semblait importante. Et c'est là que la discussion commença.

Elle lui parla d'Antoine, de Samuel, de Sébastien, de Béatrice et de Paul, de Bérénice et de Patrice, de Constance. De toutes ces personnes qui faisaient partie de son histoire et dont elle ne savait plus ce qu'ils lui apportaient en bien ou en mal. Elle lui parla des projets qu'elle n'avait pas, ou qu'elle n'avait plus, de son corps et de son cœur qui lui étaient devenus étrangers. Elle lui parla de ses envies qui avaient pris le large, de l'abîme qui l'entourait, des enfants qu'elle aurait voulu et qu'elle n'aurait jamais car elle avait perdu confiance en l'avenir. Elle lui parla de la mer, des vignes et de ses racines, de Paris qui contrastait tellement avec tout ça. Elle pleura, elle râla, elle oublia de respirer tant les mots se bousculaient dans sa tête et entre ses lèvres. Perdue et paniquée, elle ferma les yeux pour les rouvrir quelques secondes plus tard, comme pour retrouver la lumière.

Après une heure d'entretien avec le médecin, le diagnostic tomba : elle était en pleine dépression. Il insista pour la garder en observation toute la nuit et, si tout allait bien, elle pourrait ressortir le lendemain.

Après une nuit de sommeil lourd de médicaments, elle eut le droit de rentrer chez elle contre la promesse de suivre à la lettre un traitement censé chasser ses idées noires, ainsi que celle de rendre visite au médecin de la veille deux fois par semaine. Elle se retrouva sur le boulevard Vincent Auriol, sous la bruine glacée de janvier, groggy, épuisée, les larmes au bord des yeux.

Comme elle avait abandonné sa voiture sur la place de la Concorde la veille et que l'idée de monter dans une rame de métro la révulsait, elle décida de rentrer chez elle à pied. Tout en marchant, elle prit la dimension de ce qui lui arrivait. Sa vie était en train de lui échapper et tout allait de travers. Côté famille, c'était plutôt mitigé. Les relations avec ses parents n'étaient plus au beau fixe depuis longtemps et elle ne partageait plus rien avec sa sœur. Côté travail, la boîte qui l'employait l'avait licenciée pour des raisons obscures sous couvert de difficultés économiques. Au-delà de son emploi, elle en avait perdu un ami de confiance, son boss, Samuel. Et côté cœur, c'était pire que tout. Sa relation avec Antoine avait pris fin un mois plus tôt, sur un coup de tête, un coup de cœur ou un coup de sang, elle n'avait toujours pas réussi à identifier pourquoi ni comment. Alors oui, ça commençait à faire beaucoup. Beaucoup pour une seule personne. Et surtout, beaucoup pour une personne seule. Car elle se sentait seule, affreusement seule. Elle avait des amis, pas mal d'amis même. Mais pas un seul qui semblait pouvoir la soutenir. Ils avaient tous leurs problèmes, pris dans le quotidien du travail, des enfants, des impôts, des transports en commun, du ménage, des cours de sport du mardi soir et du choix du film du dimanche. Seule Constance était présente. Pas toujours très objective ni toujours de bon conseil, mais elle écoutait, et c'était déjà bien.

Elle arriva devant chez elle, monta péniblement les trois étages jusqu'à son appartement, laissa tomber ses vêtements pêle-mêle dans l'entrée, puis prit une douche brûlante. Elle avait froid. Elle avait mal au cœur, mal partout, jusque dans chaque recoin de son corps. Et puis elle se mit à pleurer, comme la veille dans le camion des pompiers, abondamment, avec douleur et lassitude, silencieusement cette fois. Ses larmes étaient aussi brûlantes que l'eau qui coulait sur son corps. Des larmes de détresse, de désespoir, des larmes pleines de colère, de ressentiment et de culpabilité.

Et puis les larmes se calmèrent, pour finir par se tarir complètement. Alors elle se sécha, enfila un gros pyjama bleu marine informe mais très confortable et ferma les stores sans même jeter le regard habituel au square situé juste sous ses fenêtres

—

et qu'elle aimait tant. Elle prit ses deux antidépresseurs du midi et se glissa sous la couette pour sombrer dans un mauvais sommeil où se disputaient repos et cauchemars.

Camille était restée trois mois dans cet état de léthargie et d'apathie, complètement perdue et vidée. Elle ne sortait que pour faire quelques courses et suivre ses séances chez le psychiatre qui finit par trouver au bout de deux mois et demi qu'elle commençait à aller un peu mieux. Elle se demandait s'il ne lui disait pas cela pour la rassurer car pour sa part, elle se sentait toujours affreusement mal.

Constance lui rendait visite de temps en temps et elles se parlaient chaque jour au téléphone. Mais c'était à peu près le seul contact qu'elle avait conservé avec l'extérieur. Elle avait abandonné Facebook et la télévision. La vie des autres ne l'intéressait plus, pas plus que la sienne d'ailleurs. Elle arrivait à faire croire à ses parents, qu'elle appelait tous les dimanches, qu'elle allait bien et qu'elle cherchait du travail. Et ils la croyaient. Tant mieux.

Et puis un beau matin, elle se réveilla et vit un appel en absence affiché sur l'écran de son téléphone. C'était Daniel, un ami d'enfance avec qui elle avait gardé contact. Ils se voyaient à peu près une fois par an, pour un déjeuner ou un dîner, et comme elle l'appréciait beaucoup, elle se demandait à chaque fois pourquoi ils ne passaient pas plus de temps ensemble. Mais c'était comme ça les relations actuelles, pleines de bonnes intentions et de promesses de « se voir avant les vacances », et puis les fameuses vacances passaient, et puis celles d'après aussi d'ailleurs, et puis rien ne se passait. Et un an plus tard on se disait que c'était quand même bien sympa ce déjeuner et que ce serait chouette de se revoir avant l'été. Bref, elle n'avait pas vu Daniel depuis plusieurs mois, et il lui demandait comment elle allait. Elle ne savait pas quoi répondre, n'étant pas très tentée par le fait de lui décrire son état actuel.

Elle laissa la réponse en suspens toute la matinée et finit par lui envoyer un SMS (c'était mieux que de l'avoir au téléphone) :

Salut Dan,
Je vais bien. Rien de bien neuf à raconter. J'espère que tout va bien pour toi aussi.

—

Bises
Camille

La réponse arriva quelques minutes plus tard :

Content de savoir que tout roule !
Avec Céline on fait notre crémaillère samedi soir. Tu es donc attendue à 19h.
Apporte une bouteille et Antoine, je ferai un effort pour être sympa avec lui ;-)
Bisous
Dan

La lecture du message de Daniel arracha un timide sourire à Camille. Daniel n'aimait pas Antoine et il ne s'en était jamais caché. S'il savait comme il était loin Antoine maintenant. Pas une nouvelle, rien… Le néant depuis quatre mois. Sauf qu'il était toujours là, lui et la blessure qui allait avec, comme un couteau qui farfouillait dans son cœur.

Et puis tout à coup, elle fut prise de panique. Samedi, crémaillère, bouteille, Antoine… Ce n'était tout simplement pas possible ! Elle ne pouvait ni y aller, ni raconter à Daniel ce à quoi ressemblait réellement sa vie. C'était tout simplement au-delà de ses forces. Elle réfléchit à toute allure. Il fallait trouver une bonne excuse. Et puis elle eut une idée.

Merci pour l'invitation, mais je serai en Bretagne ce week-end. J'ai décidé d'aller faire une escapade à Saint-Karel, depuis le temps… Et je ne peux pas modifier mes billets de train. C'est dommage… On essaie de déjeuner ensemble un de ces jours ?
Bisous
Camille

Saint-Karel, n'importe quoi…

OK. Pas de soucis ! Profite bien de ton week-end en amoureux ;-)
Saint-Karel, que de souvenirs…
Ok pour le dej, on s'appelle très vite.
Bisous
Dan

Week-end en amoureux, tu parles… S'il savait…

———

Elle posa son téléphone, débarrassée de cette corvée, et sentit qu'elle avait faim. Elle grignota des chips, termina une boîte de sardines à l'huile entamée la veille, avala une crème dessert au chocolat, puis engouffra la moitié d'un paquet de biscuits au chocolat. Ces dernières semaines, elle s'était vraiment laissé aller côté alimentation. Et d'ailleurs, son corps commençait à le lui reprocher. En tous cas, c'est ainsi qu'elle interprétait ses cernes, ses cheveux ternes, ses ongles dédoublés et son ventre qui semblait tout à coup souffrir de la pesanteur. Elle se prépara ensuite une infusion, s'installa dans le canapé et reprit son téléphone pour relire son échange avec Daniel.

A la lecture du dernier message de Dan, elle éprouva deux sentiments. Le premier, le plus fort, était de la douleur. La douleur d'avoir perdu, avec Antoine, ses rêves de princesse. La douleur et la culpabilité de n'avoir pas su se satisfaire de cette relation paisible, sans relief certes, mais aussi sans histoire. La douleur d'en ressentir encore cet arrière-goût d'inachevé. Et puis le deuxième sentiment qu'elle ressentait était plus serein, plus paisible, plus doux. L'évocation de Saint-Karel évoquait en elle du calme, de l'apaisement, et elle en était troublée. Après trois mois de vide et d'aiguilles dans le cœur, elle entrevoyait un peu de calme. Et c'était bien.

Saint-Karel... Elle y avait passé tant d'étés, elle y avait tant de souvenirs. Comme ce jour où elle avait pour la première fois obtenu l'autorisation de sortir jusqu'à 23 heures et qu'elle s'était allongée avec Daniel et Pauline sur la plage. Ils avaient regardé les étoiles longtemps, longtemps. Il n'y avait pas un nuage, pas une ombre dans le ciel, pas un grain de sable dans leur vie d'adolescents insouciants. Qu'était devenue cette jeune fille bien élevée et pleine de rêves ? Qu'était devenue cette adolescente pleine de contrastes et de contradictions ? Celle qui jouait à la perfection son rôle de petite fille modèle tout en rêvant d'indépendance et qui débordait d'idées. Celle qui faisait ce qu'on attendait d'elle sans même s'en apercevoir, tant elle avait besoin d'être aimée, quitte à ne pas s'écouter elle-même.

Ca n'avait finalement pas tant changé que cela depuis toutes ces années. Elle avait toujours des rêves, les illusions en moins, et elle vivait toujours autant à côté. Elle avait toujours tendance à prendre

———

ses décisions en fonction de ce qu'elle était censée faire, de ce qui était le plus prudent, de ce qui était aux yeux de tous « le mieux pour elle », de ce qui lui apporterait le plus de stabilité, de ce qui lui permettrait d'acheter sa tranquillité pour l'avenir. Mais qu'en était-il de ses envies, de ses passions, de ses talents ? Il lui semblait qu'elle les avait oubliés depuis longtemps.

Elle resta de longues minutes le téléphone en mains, perdue dans ses pensées. Et tout à coup, elle bondit du canapé, attrapa les clefs de la cave, enfila une paire de baskets qui trainait et partit chercher sa valise. Elle venait de décider de partir à Saint-Karel, pour de vrai.

Chapitre 2

Camille arriva en gare de La Baule-Escoublac à 21 heures. Il faisait nuit noire et franchement froid pour un début avril. Camille sortit de la gare, remonta le col de sa veste et monta dans un taxi qui attendait les voyageurs parisiens venus profiter d'un week-end marin. Quand elle lui annonça sa destination, le chauffeur de taxi grimaça :

- Vous avez le moral d'aller vous enterrer dans un trou pareil en plein hiver !

- Heu…

- Ben oui, c'est quand même pas très animé Saint-Karel !

- …

- Vous habitez là-bas ?

- Heu, non… J'habite à Paris.

- Vous venez en vacances alors ?

- Non, oui… enfin, pas vraiment… Disons que je viens en week-end.

- Drôle d'idée…

Le chauffeur de taxi lui jetait des coups d'œil curieux dans le rétroviseur. Il y eut quelques secondes de silence.

- Et vous venez souvent ?

- Non, pas souvent. Mais je passais tous mes étés ici quand j'étais petite.

- Ah d'accord, je comprends mieux. C'est une sorte de pèlerinage, c'est ça ?

Il la regardait avec son air glauque et elle n'aimait pas du tout ça. C'était tout à fait le genre de type à draguer grassement toutes les minettes qui montaient dans son taxi.

- C'est sûr que c'est plus sympa en été, reprit-il. Mais bon, moi je préfère La Baule. C'est plus chic, il y a les belles maisons, la plage. Saint-Karel et le reste, ça fait un peu plouc à côté vous ne trouvez pas ?

- Non, je ne trouve pas. Enfin si, peut-être. Je ne sais pas. C'est sûr que La Baule c'est autre chose. Mais bon… »

Camille sentait qu'il serait peine perdue d'expliquer à ce type fagoté comme l'as de pique pourquoi elle aimait tant Saint-Karel. De lui parler du charme des petites maisons bretonnes, des rochers torturés et des criques à l'abri des regards, des petites ruelles

———

tortueuses, de la falaise balayée par les vents et de la digue sur laquelle les vagues se jetaient inlassablement.

Alors elle tourna la tête vers la vitre de la voiture et se laissa bercer par les lumières de la nuit qui défilaient à toute allure.

Vingt minutes plus tard, le taxi s'immobilisa devant le n°3 de la rue des Lilas. Camille régla la course et sortit de la voiture pendant que le chauffeur lui donnait sa valise. Il la salua et s'éloigna en la laissant plantée sur le trottoir, sa valise à côté d'elle, tout à coup très intimidée. La petite maison lui faisait face et elle n'était pas en bon état. N'importe quel promeneur passant par ici aurait juré qu'elle était à l'abandon. Sa tante Maud était décédée six ans auparavant et personne ne s'était réellement occupé de la maison depuis sa mort. Son père et son oncle Philippe, les deux frères de Maud, faisaient intervenir de temps-en-temps un jardinier pour entretenir sommairement le jardin, et une voisine avait la clef de la maison et en faisait le tour régulièrement juste pour vérifier qu'il n'avait pris l'envie à aucun intrus de venir la visiter.

Camille prit une profonde inspiration et observa la maison. D'un style typiquement breton, elle était basse et bâtie en longueur. Le manque d'entretien avait permis aux herbes folles de pousser à leur guise et la maison paraissait toute rabougrie. La peinture des volets bleus était délavée et s'écaillait, le blanc des murs n'était plus qu'un lointain souvenir et le toit aurait mérité un bon nettoyage. Quant au jardin, c'était une véritable friche. C'était à se demander quand il avait vu une tondeuse pour la dernière fois. Camille se dit que le jardinier devait se contenter d'empocher l'argent de son père et de son oncle sans réaliser sa part du contrat.

La maison était constituée de trois parties en enfilade dont Camille connaissait l'agencement par cœur. Elle aurait pu se déplacer dans la maison les yeux fermés et dire à n'importe quel moment où elle se trouvait. Elle connaissait tellement bien cet endroit…

Debout devant la maison, seule sur le trottoir, elle pouvait entendre le bruit des vagues au loin. Elle frissonna et se sentie gagnée par un sentiment d'apaisement qu'elle n'avait plus éprouvé depuis bien trop longtemps. C'était fugace et à peine palpable, mais c'était bien là.

Camille fouilla dans son sac à main et en sortit une grosse clef à l'ancienne. Elle ouvrit le portillon qui dessina dans son sillage un

———

arc de cercle dans les herbes hautes. Quand elle introduit la clef dans la serrure, elle eut la drôle de sensation d'arriver chez elle.

Elle pénétra dans la pièce principale qui se trouvait dans la partie centrale de la maison. Une forte odeur d'humidité la prit à la gorge. Elle balaya la pièce des yeux et constata qu'elle n'avait pas changé depuis toutes ces années, comme figée dans le temps. Le sol était recouvert des fameuses tommettes rouges hexagonales dont sa tante Maud était tombée amoureuse lors d'un voyage en Provence. Elle en avait garni le sol du rez-de-chaussée, ce qui lui conférait un aspect chaleureux et intime.

Sur la droite se trouvait l'imposante cuisine qui occupait deux murs et un angle de la pièce. En bois clair, elle disposait de nombreux placards aux portes pleines ainsi que d'un évier en inox qui donnait sur le jardin côté rue. Mais la pièce maitresse de la cuisine était la gazinière. Véritable outil de cuisinier professionnel, Maud l'avait dénichée dans une vente aux enchères de Nantes et avait été très fière de la voir trôner dans la cuisine toutes ces années. Maud adorait cuisiner et on peut dire que la gazinière avait largement contribué à faire de ses expériences culinaires plus ou moins osées des succès mémorables. Fidèle au poste, la cuisinière était toujours là, un peu poussiéreuse certes, mais toujours aussi imposante.

En face de la cuisine se tenait le salon composé d'un grand canapé et de trois fauteuils en rotin, le tout savamment disposé autour d'une table basse de manière à ce que l'on puisse profiter de la vue sur le jardin tout en sirotant son thé. Les meubles étaient recouverts de tissus les protégeant de la poussière et Camille les souleva un à un. Les draps blancs révélèrent le rouge flamboyant du tissu dont le canapé était orné, ainsi que la présence d'une sorte de plaid multicolore rapporté d'un pays exotique dont Maud avait dû faire la visite dans sa jeunesse et que Camille avait toujours connu. Les fauteuils étaient toujours agrémentés des mêmes coussins rouges et dorés dans lesquels elle avait adoré se blottir pour lire ou pour faire semblant de dormir quand c'était l'heure d'aller se coucher.

Malgré le fin tissu blanc dont il était protégé, le plateau de verre de la table basse était recouvert d'une épaisse couche de poussière. Camille souffla dessus et fit s'envoler des milliers de particules dans l'air humide de la vieille maison.

Elle leva les yeux vers la partie gauche de la pièce qui faisait office de salle à manger. Là encore, des draps recouvraient une table en merisier aux pieds travaillés, assortie de huit chaises de même

———

facture. En ôtant le tissu, Camille passa doucement son index sur le plateau de la table qui révéla un bois impeccablement lisse et doux. Le tracé de son doigt laissa une empreinte dans la poussière et elle s'amusa à écrire son prénom sur le plateau.

A gauche de la table se dressait un buffet de bois ancien qui servait de vaisselier. Camille l'ouvrit et constata que la vaisselle de sa tante y était toujours et qu'elle n'avait pas dû voir une éponge depuis des années. Elle sortit du vieux meuble les bibelots qui avaient jadis trôné sur le dessus et les remit de mémoire à leur place initiale : une soupière blanche ornée de feuilles de vigne vertes qui avait appartenu à sa grand-mère, un plat à gâteaux assorti, un éléphant sculpté dans du bois sombre que Maud avait dû ramener en guise de souvenir de l'un de ses voyages au bout du monde, un verre et une carafe en cristal très fin ornés de délicats motifs dorés, ainsi qu'une voiture en terre cuite, toute arrondie, peinte en rose foncé. Elle referma les portes du meuble et embrassa la pièce d'un regard. Rien n'avait vraiment changé, et c'était très bien ainsi. Ça avait quelque chose de rassurant.

Camille pénétra ensuite dans la partie gauche de la maison qui communiquait avec la pièce principale grâce à une porte de bois sculpté. Cet endroit faisait autrefois office de pièce à tout faire, c'est à dire chambre, placard, bureau, débarras... Elle était maintenant à peu près dans le même état, meublée d'un lit bateau recouvert d'un affreux couvre lit jaune pâle, d'un bureau en bois foncé dont la partie haute était composée de nombreux petits tiroirs, d'un siège de bureau en bois dont l'assise était recouverte d'un simili cuir vert bouteille, et d'un vieux fauteuil club tout défoncé en cuir marron. Dans un coin étaient entassés pêle-mêle une antique table à repasser, la boîte à couture de Maud, un fer à repasser sur la semelle duquel la rouille avait élu domicile, un étendoir à linge, des couvertures démodées, des stylos, des papiers et des livres. Le papier peint était défraîchi et l'ambiance était sinistre. Camille ne s'attarda pas dans cette pièce et elle gagna l'étage en empruntant l'escalier en bois qui grinçait à chaque marche.

A l'étage se trouvaient deux chambres. L'une avait été celle de Maud et l'autre était habituellement réservée aux enfants, les parents dormant au rez-de-chaussée dans la "pièce à tout faire", comme ils l'appelaient tous. La chambre de droite, celle de Maud, était aussi surnommée la chambre rose. En ouvrant la porte, Camille sentit une bouffée d'émotion l'envahir et sa gorge se serra.

———

La chambre était telle qu'elle l'avait toujours connue et telle que Maud l'avait laissée. En fermant les yeux, elle était certaine qu'elle pourrait retrouver l'odeur familière qui y régnait jadis. Camille avait adoré sa tante. D'un naturel enjoué et spontané, elle n'avait écouté que ses envies pour inventer sa vie, et le chemin qu'elle s'était tracé au gré des rencontres et de l'imprévu échappait en tous points au conformisme légendaire de la famille. Avec sa tante, Camille avait découvert le plaisir de croquer à pleines dents dans une pomme sans l'éplucher, le droit d'aller se baigner immédiatement après le déjeuner sans attendre les fatidiques deux heures de digestion, la spontanéité d'une danse improvisée sur la pelouse du jardin en chantant à tue-tête un tube du moment. Et puis en grandissant, elle avait trouvé auprès de Maud une écoute attentive et authentique, des conseils sincères et bienveillants, parfois une bonne excuse quand elle rentrait un peu trop tard. Elle avait été sa confidente, son inspiration. Et en termes d'inspiration, Maud en connaissait un rayon. Elle profitait de chaque instant et aimait répéter que la vie était trop courte pour tout ce qu'elle voulait faire, que jamais elle n'aurait le temps de réaliser tous les projets qu'elle avait en tête. Elle ne croyait pas si bien dire, un cancer foudroyant et douloureux du pancréas l'ayant emportée en moins de trois mois à l'âge de cinquante-cinq ans six ans plus tôt.

La chambre de Maud était décorée à l'anglaise : du papier peint fleuri sur les murs, des double-rideaux assortis, un lit en bois foncé recouvert d'un épais édredon blanc et de nombreux coussins pastels, une armoire en bois délicat et une table de chevet sur laquelle reposait une lampe coiffée d'un abat-jour en plumes blanches. Au sol le parquet en bois brut grinçait légèrement. Camille s'assit sur le lit et prit le temps d'observer chaque détail de la chambre qu'elle connaissait si bien : un petit accroc dans le papier peint, une volute de bois sur la porte de l'armoire, les irrégularités du vieux parquet. Elle dut fermer les yeux pour ne pas laisser s'échapper les larmes qu'elle sentait monter doucement. Elle se leva et referma soigneusement la porte derrière elle pour se diriger vers l'autre chambre de l'étage. D'une dimension beaucoup plus généreuse, la pièce était meublée de quatre lits en bois blanc et de deux lits superposés. Les matelas étaient simplement recouverts de draps pour les protéger et les murs blancs étaient un peu défraîchis. Cette chambre était remplie de souvenirs d'enfance, de rires et de joies de vacances d'été pleines de bonheur. Camille sourit à l'évocation de ces moments mémorables et se dirigea vers la salle de bain de l'étage qui, elle non plus, n'avait pas changé. En marbre rose, elle était à l'image de la chambre de Maud : coquette et douillette.

Revenue de sa visite de l'étage, Camille pénétra dans la partie de droite où se trouvait le garage dans lequel s'entassaient autrefois un dériveur rouge, des gilets de sauvetage, du linge, des jouets de plage, des boîtes de conserve, des bouteilles d'eau et des outils en tout genre. Restant sur le seuil de la porte, Camille alluma la lumière et balaya la pièce du regard. A sa grande surprise, la vieille Clio de Maud y était stationnée. Elle n'avait pas dû sortir de là depuis bien des années, et Camille se demanda si elle était toujours en état de marche. Elle aperçut, derrière la voiture, un bric-à-brac d'objets en tous genre duquel émergeaient une lampe tempête et ce qui ressemblait de loin à une chaussure de planche à voile. Il faisait très froid dans le garage et Camille abrégea sa visite.

Elle regagna la pièce principale, s'assit dans le canapé, respira un grand coup, et observa sans indulgence cette pièce. Agrémentée de meubles d'un autre temps, elle était comme un peu fanée. Comme une fleur somptueuse et parfumée qu'on aurait laissée trop longtemps dans un vase, elle avait commencé à se flétrir tout doucement et accusait le poids des années. Mais l'atmosphère qui y régnait était unique. Remplie de souvenirs et d'images d'instants heureux, cette pièce était, à l'image de la maison dans son ensemble, le symbole des moments les plus sereins que Camille ait pu vivre. Des moments de calme et de paix où rien ne vient perturber l'insouciance d'une enfance heureuse. En caressant du dos de la main le tissu rouge du canapé, la jeune fille se dit qu'elle aurait dû venir ici plus tôt. Rien que d'être assise là sans rien faire lui faisait du bien. Elle savait que le bout du tunnel était encore loin, mais elle réalisa à ce moment-là qu'elle venait de faire un premier pas vers la lumière.

Deux heures plus tard, le chauffage avait commencé à diffuser une douce chaleur dans la maison et Camille avait pris ses marques. Elle avait disposé dans la cuisine les quelques provisions qu'elle avait apportées et elle avait investi la chambre des enfants. En attendant que les pâtes qu'elle venait de plonger dans l'eau bouillante soient cuites, elle se demanda ce qu'elle allait bien pouvoir faire ici. Son départ s'était décidé sur un coup de tête et elle ne savait pas bien elle-même pourquoi elle était ici. Le fait de s'éloigner de Paris était sans aucun doute le moyen de fuir ses

———

angoisses, parmi lesquelles le souvenir d'Antoine figurait en pole position. Sa tristesse était toujours bien là, comme un nœud au creux de son ventre. Mais, alors qu'elle était à la dérive depuis plusieurs mois, elle sentait qu'ici elle pouvait prendre soin d'elle. Ne serait-ce qu'un tout petit peu. Elle ne savait pas comment, ni grâce à quelles actions, mais elle savait qu'avoir quitté Paris et qu'être ici serait bon pour elle. Elle soupira, s'extirpa du canapé moelleux à grand peine et attaqua son dîner de bon appétit.

Le lendemain matin, quand Camille ouvrit les yeux, il était déjà 10 heures et le soleil tentait une percée au travers des volets bleus. Elle avait bien dormi et elle sauta du lit. Elle enfila un sweat à capuche et descendit dans la cuisine pour préparer son petit déjeuner. Pendant que l'eau du thé bouillait, elle ouvrit tous les volets de la maison. Elle se laissa surprendre par les timides rayons du soleil d'avril et tendit son visage vers eux. Elle avait la sensation que cela faisait des mois qu'elle n'avait vu que du gris. Faisait-il si mauvais à Paris ? A vrai dire, il aurait pu y avoir trois mois de canicule, elle ne se serait probablement aperçu de rien. Elle était très peu sortie et quand elle s'aventurait à l'extérieur de son appartement, elle s'arrangeait pour faire vite et croiser le moins de monde possible. Mon Dieu comme elle avait été mal ! Toutes ces journées à ne rien faire, à penser à Antoine, à se répéter en boucle que sa vie était foutue, à ne voir aucune issue. Toutes ces nuits à ne pas dormir ou à se réveiller en transe au milieu de cauchemars atroces. Toutes ces matinées de gueules de bois à avoir ingurgité trop de médicaments pour s'étourdir et oublier. Elle était à Saint-Karel depuis quelques heures seulement et déjà, elle retrouvait le soleil. Rien que ça, le soleil.

Après son petit déjeuner, elle prit une douche dans la baignoire rose de Maud et sortit prendre l'air. Comme elle n'avait aucune envie de croiser qui que ce soit, elle partit marcher dans la lande, sur la falaise qui longeait le littoral. Le soleil brillait et déposait à la surface de l'eau des reflets argentés qui s'agitaient au gré de la houle. Elle marcha longtemps, jusqu'à ce que ses jambes lui fassent mal. Puis elle s'assit sur un banc de granit, face à la mer. Cela faisait bien longtemps qu'elle n'avait pas pris autant l'air. Enfermée dans l'oppression citadine faite d'immeubles noircis, de stations de métro nauséabondes et de gaz d'échappement, elle avait la sensation d'ouvrir à nouveau les yeux. Elle n'avait marché qu'une heure et déjà, les courbatures alourdissaient ses cuisses. Ses muscles manquaient d'exercice, sollicités au minimum ces derniers mois. Elle frotta ses jambes endolories et se dit qu'elle devrait venir ici plus souvent.

Camille respira un grand coup et laissa son regard balayer l'horizon. Elle observa les bateaux de pêcheurs au large, ce qui lui rappela Daniel. Plus jeune, Daniel était féru de pêche. Fut un temps, il avait même voulu en faire son métier. Il avait réussi à convaincre un capitaine de bateau de pêche de l'emmener avec eux pour découvrir le métier. Il en était revenu frigorifié, éreinté, la peau respirant le poisson par tous les pores. A vrai dire, cette expérience l'avait carrément découragé. Depuis, il avait abandonné son ambition première.

De leurs étés d'adolescents à Saint-Karel, il leur restait des souvenirs mémorables faits de beaucoup de fous-rires, de découvertes, de complicité, de premiers baisers et de feux de camp sur la plage. Mais demeurait aussi le souvenir du drame qu'avait été la disparition de Pauline, ce maudit soir de leur vingt-deuxième été. Elle pensa à Pauline qui devait reposer quelque part dans cette immensité bleue, sous les reflets du soleil. Avait-elle eu le temps de comprendre qu'elle allait mourir au moment où le petit avion de tourisme avait plongé ? A quoi ou à qui avait-elle pensé dans les dernières secondes avant sa mort ? Qui serait-elle aujourd'hui si le destin en avait décidé autrement ? La longue et pénible enquête du BEA avait conclu à un incident technique extrêmement complexe et rare. Les rares témoins de la catastrophe avaient décrit des bruits d'explosion avant de voir l'appareil voler en éclats et plonger vers l'océan. Camille et Daniel avaient appris la mort de leur amie partie survoler la côte avec un voisin pilote par un coup de téléphone de son frère aîné. Au-delà de la douleur atroce qui les avait assaillis pendant de longues semaines, ils avaient ressenti une profonde injustice devant la vie pleine de promesse de leur amie stoppée net par l'absurdité d'une anomalie mécanique. Ils avaient fait de leur mieux pour être présents auprès des parents déchirés de Pauline, et le temps avait fini par les en éloigner inexorablement. Camille y pensait de moins en moins, préférant garder à la surface les bons souvenirs partagés. Mais quand elle repensait à l'accident et aux semaines qui avaient suivi, la nostalgie revenait au galop. Avec Daniel, elle n'en parlait que très peu, réservant le temps passé ensemble au positif et à la vie. Peut-être était-ce un tort d'ailleurs. Là par exemple, alors qu'elle allait mal depuis des mois, elle avait volontairement tenu Daniel à l'écart de ses humeurs noires.

———

Pourquoi ? Etait-ce si difficile de montrer ses faiblesses, même à ses plus vieux amis ? Etait-ce de l'orgueil mal placé que de ne vouloir montrer aux autres que ce qui va bien ? De faire croire au monde entier que sa vie est riche et épanouissante ? Qu'on s'éclate dans son travail, que c'est le bonheur parfait dans son couple, que son appartement est toujours nickel, qu'on a toujours le sourire ? En tous cas, ce n'était pas du courage. Plutôt quelque chose autour de la fierté, mais pas dans le bon sens du terme.

Elle se rendit compte qu'elle aimerait bien que Daniel soit près d'elle, là, maintenant. Pour qu'il la prenne dans ses bras comme quand ils avaient quinze ans et qu'elle était un peu triste. Qu'elle respirait son odeur rassurante dans son cou alors qu'il lui caressait doucement les cheveux. Mais voilà, Daniel croyait qu'elle passait un week-end en amoureux avec Antoine, alors que cela faisait un bon moment qu'il n'était plus du tout question d'Antoine.

Antoine... Il était entré dans sa vie par la petite porte, deux ans plus tôt. Il était directeur commercial d'une grande maison de spiritueux et Camille l'avait rencontré lors d'un brief particulièrement stratégique qu'il avait choisi de superviser et qui avait été confié à l'agence de communication dans laquelle elle était graphiste. Elle n'était pas tombée sous son charme immédiatement, loin de là. Grand, les cheveux châtains, des yeux noisette cachés par des lunettes aux épaisses montures noires. Il avait les traits fins et une allure sportive. D'un naturel discret, il prenait la parole uniquement quand il le fallait. Pas de superflu, juste l'essentiel. Dans son travail, Antoine était professionnel et efficace. Et puis les circonstances avaient fait qu'ils avaient collaboré sur le dossier en question, se rencontrant de plus en plus fréquemment et de plus en plus longuement. Au début, leurs échanges s'en tenaient au strict cadre professionnel. Jusqu'à ce jour où Antoine était arrivé au rendez-vous blanc comme un linge, les traits tirés, mal rasé. Il n'avait pas fallu plus de dix minutes pour qu'il laisse tomber son masque professionnel et qu'il se confie à Camille. Natalia, son épouse, venait de décider de retourner vivre en Russie, son pays natal, pour refaire sa vie auprès d'un autre. Antoine était anéanti, perdu, et profondément blessé. Camille l'avait écouté, longuement, puis l'avait consolé, difficilement. Un début de complicité s'était installé et ils avaient continué à se voir, de plus en plus régulièrement. Et peu à peu, leur relation avait évolué, glissant insidieusement vers un terrain beaucoup plus personnel. Après plusieurs mois, Antoine avait fini par inviter Camille au théâtre et, après une soirée de rires, de discussions enflammées, de partages sur tout et n'importe quoi, il l'avait raccompagnée chez elle et l'avait prise dans ses bras pour ne plus la lâcher de la nuit. Au petit matin, ils avaient tous les deux pris conscience qu'ils étaient tombés amoureux sans même s'en apercevoir. Une jolie histoire était née, pleine de passion et de complicité. Ils se comprenaient sans avoir besoin de se parler. Ils avaient rapidement emménagé ensemble dans le deux pièces de Camille et ils aimaient partager le quotidien. Une bonne situation professionnelle, des amis pour les soirées et les vacances, un appartement au cœur de Paris, du temps libre pour profiter des atouts de la capitale, la jeunesse, la santé, la vie quoi... Ils avaient tout pour être heureux et ils étaient convaincus qu'ils avaient chacun trouvé leur âme sœur. Tout était si simple et si facile.

Trop facile même. Avec le recul, cela avait peut-être contribué à leur rupture. Comme beaucoup de couples, ils s'étaient laissé aller à la facilité et avaient de moins en moins communiqué tout en étant convaincus que la régularité immuable de leurs conversations banales et quotidiennes suffirait à entretenir la force de leur lien. Et comme pour beaucoup de couples, cela avait été un leurre. Antoine avait mis du temps à digérer le départ de Natalia et, sans se l'avouer, restait marqué par ce qu'il considérait être son échec. Il en avait gardé une grande fragilité émotionnelle et se raccrochait à Camille comme un naufragé au premier objet flottant sur lequel il tombe et qu'évidemment il trouve magnifique. Il aimait profondément Camille, mais il n'était pas guéri de Natalia. Et Camille le savait. Ce fantôme planait sur eux, se faisant d'abord discret, puis s'insinuant peu à peu dans leur relation, au cœur du plus fondamental. Et ils s'étaient laissé prendre au jeu, jusqu'au moment où il n'avait plus été possible de revenir en arrière. Antoine se complaisait dans un schéma de grand huit émotionnel qui s'activait au gré de son niveau d'énergie et de nostalgie. Camille n'en supportait plus la fragilité et avait de plus en plus besoin de pouvoir s'appuyer sur quelqu'un de solide. Elle était forte, elle le savait. Elle savait résister à la souffrance. Et justement, elle avait besoin d'autre chose. D'explorer d'autres territoires. De se laisser aller. De se reposer sur un pilier ou quelque chose comme ça. Et Antoine, question pilier, il était plus proche du roseau.

Alors ils s'étaient quittés. Mal quittés. A l'issue d'une conversation animée qui ressemblait plus à un dialogue de sourds qu'à une discussion, Antoine était parti en emportant quelques vêtements fourrés à la hâte dans un sac de voyage. Il était parti pour ne plus revenir. Camille avait retrouvé son trousseau de clés sur la table basse du salon trois jours plus tard. Et c'en était resté là. Depuis quatre mois.

Camille frissonna sur son banc de granit et sentit que ses muscles se raidissaient sous l'effet du repos après l'effort. Elle se dit qu'il aurait fallu qu'elle bouge, mais elle n'avait pas envie de rentrer. Elle n'en avait pas fini avec ses ressassements. Finalement, le fait d'être ici ne changeait rien à ce qu'il se passait dans sa tête. Elle avait fui Paris, et ses problèmes avaient fui avec elle. Quelle naïveté d'avoir pensé que ça pourrait changer !
- Quelle conne…, murmura-t-elle.
Antoine était parti, la laissant seule dans l'appartement qui avait abrité leur bonheur pendant deux ans. Ils avaient tous les deux manqué de suffisamment de courage pour faire le minimum, c'est-à-dire pour clore cette relation en ayant une explication digne de ce nom. Elle avait tenu un mois, faisant bonne figure comme elle le pouvait, y compris à Noël où elle avait serré les dents en expliquant simplement qu'ils avaient décidé de se séparer d'un commun accord. Plus occupés par les préparatifs de cette fin d'année que par sa mine chiffonnée, ses parents, sa sœur et son beau-frère lui avaient fichu la paix et c'était tant mieux. Sauf qu'à force de ne pas en parler, la boule au creux du ventre avait fini par grossir tant et tant qu'elle était devenue toute noire et trop lourde à porter. Suite à son épisode place de la Concorde, elle avait évidemment été incapable de travailler. Au début, cela n'avait pas semblé poser de problème à Samuel, son boss depuis six ans, un homosexuel revendiqué et fier de l'être qui était devenu un véritable ami. Enfin, c'était ce qu'elle croyait car deux mois plus tard, Samuel l'avait appelée, pas très à l'aise, pour lui dire que l'agence avait perdu un gros client, et qu'il était obligé de se séparer d'elle. Il lui offrait un licenciement économique, censé être plus avantageux pour elle. Elle n'avait pas eu la force d'argumenter et avait longuement pleuré après avoir raccroché. Elle avait pleuré sur son job, certes, mais surtout sur son amitié perdue et sur la trahison de Samuel qui lui avait toujours fait confiance. Son seul faux pas venait de se retourner violemment contre elle. Surtout que deux semaines plus tard, elle apprenait par hasard, que Sébastien, la nouvelle égérie de Samuel, et au passage son nouveau copain de jeu au lit, avait repris son poste. Sentant le vent tourner, une bonne partie de l'agence lui

avait tourné le dos et elle se retrouvait seule, une fois de plus en quelques semaines. Et mis à part Constance, sa meilleure amie, Camille n'avait personne vers qui se tourner. D'autres auraient cherché le soutien de leurs parents ou de leurs frères et sœurs, mais pour elle, la famille, c'était compliqué. Un peu comme avec Antoine d'ailleurs, du quotidien qui pourrit tout. Des relations qui s'épuisent de trop de rien. Mais ça, c'était encore autre chose…

Camille leva les yeux vers le ciel. Le soleil avait disparu, laissant place à de fins nuages gris. La légère brise du matin forcissait, lentement mais sûrement. La sueur qui collait son tee-shirt à sa peau était devenue glacée et chaque souffle de vent la transperçait. Elle avait maintenant franchement froid et se mit à trembler. Elle serra ses bras autour d'elle et se sentit tout à coup très seule. Elle regarda sa montre, il était presque 14 heures. Elle n'avait pas déjeuné et elle n'avait même pas faim, assaillie par la profonde tristesse qui ne la laissait presque jamais en paix. Alors elle se leva et se dirigea tant bien que mal vers la maison de sa tante. Elle avait mal aux jambes et elle était gelée. Recroquevillée sur elle-même, elle se mit à pleurer des larmes d'amertume et de résignation. Rien ne la soulageait. Même Saint-Karel, même le soleil. Si elle avait cru ressentir un mieux la veille en arrivant, sa colère, sa tristesse et son ressentiment l'avaient rapidement rattrapée. Et ils l'envahissaient maintenant entièrement.
Elle accéléra le pas, trébucha contre un caillou et ses larmes redoublèrent. Elle fonça droit devant elle jusqu'à arriver à la maison de Maud qui lui parut soudain presque sinistre. Elle tremblait tellement qu'elle eut du mal à introduire la clé dans la serrure. Une fois à l'intérieur, elle monta l'escalier quatre à quatre, se déshabilla en laissant tous ses vêtements à même le sol, enfila son pyjama, son sweat et une paire de chaussettes. Elle se moucha bruyamment et, tout en pleurant de plus belle, se glissa sous la couette pour sombrer dans un profond sommeil.

Quand elle se réveilla, la nuit était déjà bien avancée. Elle tendit l'oreille et entendit le vent tournoyer en rafales autour de la maison. Il tombait des trombes d'eau et l'air frais commençait à envahir la maison mal isolée. Camille se recroquevilla sous la couette. Elle se sentait perdue, comme lancée à pleine vitesse dans un puits sans fond. Seule au fond de son lit, elle réalisa qu'elle était dans le noir, au fin fond de la Bretagne, sans personne, sans

Antoine, sans boulot, sans ami, sans attache. Elle eut pitié d'elle-même. Que faisait-elle ici ? Qu'allait-elle devenir ? Qu'allait-elle faire de sa vie ? Qu'est-ce qui allait la faire tenir ? Et jusqu'à quand ? Elle sentit une vague d'angoisse assaillir son ventre et la happer d'un coup. Sa respiration s'accéléra, ses mains devinrent moites, elle se mit à transpirer et le vertige s'empara d'elle. Ses oreilles bourdonnèrent, sa vue se brouilla, et puis soudainement, une crampe atroce lui serra l'estomac. Elle eut tout juste le temps de se précipiter jusqu'aux toilettes pour vomir le peu qu'elle avait avalé depuis le matin. Secouée de spasmes, elle reniflait et hoquetait au-dessus de la cuvette, complètement paniquée par ce qui lui arrivait. Une fois vidée, elle se releva à grand peine pour finir par se laisser tomber à même le sol, essoufflée et épuisée.

Ce n'était plus possible. Cette situation ne pouvait plus durer. Cela faisait des mois qu'elle était enfermée chez elle à fuir le monde et les autres. Des mois qu'elle ressassait les mêmes rengaines. Des mois qu'elle se laissait aller et que son corps était à l'abandon. Des mois qu'elle n'avait envie de rien. Le trou noir, énorme, toujours et encore.

Au fond d'elle-même Camille avait conscience de son état, mais sans jamais pouvoir faire quoi que ce soit pour en sortir. Mis à part le fait de venir à St Karel, ce qui était un pas énorme pour elle dans ce contexte. Le plus souvent, elle vivait sa douleur de l'intérieur, la subissant comme si elle en était écrasée. Elle n'avait aucune prise sur elle et dès qu'elle se mettait à réfléchir, la panique s'emparait d'elle et le vertige la prenait toute entière. Mais par moments, elle parvenait à prendre un peu de recul et à s'observer. Ce qu'elle voyait lui faisait du mal mais pour autant, elle n'avait aucune idée de la manière dont elle pouvait s'en sortir. Elle était prise dans les tentacules de la tristesse et des idées noires et elle s'étouffait.

Il lui arrivait souvent de ressentir physiquement cet étouffement. Elle était oppressée, le souffle court et saccadé. La seule façon qu'elle avait trouvée pour échapper à cette sensation était de dormir.

Mais là, assise dans le couloir, elle sentait que même dormir ne suffirait pas à chasser le malaise. Il fallait qu'elle sorte. Elle étouffait en elle, elle étouffait dans la maison. Il fallait qu'elle respire.

Camille se leva, enfila une polaire et un caban de marin trouvé dans la maison ainsi qu'une paire de baskets et un bonnet. Elle se précipita à l'extérieur et, sans même penser à verrouiller la porte d'entrée, se mit à courir dans la rue en direction de l'océan. Il tombait toujours des trombes d'eau glaciale et le vent ne cessait de forcir.

Elle longea la plage et rejoignit la digue balayée par le vent et les embruns. Déstabilisée par les rafales, elle eut du mal à en atteindre le bout. Une fois arrivée, elle s'immobilisa, leva les bras en croix, rejeta la tête en arrière et offrit son visage à la tempête.

Soudain, un hurlement sortit de sa gorge. Un cri rauque venu du fond de ses entrailles, chargé de colère et de désespoir. Un cri venu se mesurer à la tempête, comme pour vomir ces derniers mois, comme pour rejeter le trou noir, l'extraire de son ventre, n'en faire qu'une boule et la jeter à la mer. Elle cria longtemps, de toutes ses forces, reprenant son souffle à plusieurs reprises, le visage balayé par le vent, la pluie et l'eau salée. Et quand sa voix commença à faiblir, elle se tut, ses bras retombèrent le long de son corps et elle regarda droit devant elle. Alors, elle se mît à respirer avidement. Elle avala l'air à grandes gorgées, comme si elle en avait été privée pendant des années. Elle se remplit d'oxygène. Elle se gonfla de tempête. Jusqu'à épuisement.

Au bout de longues minutes pendant lesquelles elle fit corps avec la tempête, elle finit par se laisser glisser par terre et s'assit à même les rochers détrempés. Elle se sentait mieux maintenant. Comme libérée d'un poids. Comme si elle avait évacué quelque chose de lourd. Elle se sentait mieux et ses larmes s'étaient taries.

Et puis tout à coup, elle eut une drôle de sensation. Comme une présence derrière elle. Elle n'osait pas se retourner et prit soudainement conscience de son apparence. Elle était encore en pyjama, avec des baskets informes aux pieds, un caban trois fois trop grand pour elle et qui devait dater des années 80, un bonnet de ville avec des filaments brillants, et certainement le visage bouffi et sali par les larmes. Elle ruisselait, affalée sur la digue comme une poupée de chiffon. Quel spectacle... Et puis, prenant le dessus sur le bruit assourdissant du ressac, une voix s'éleva derrière elle.

- Mademoiselle ? Vous m'entendez ?

-...

- Mademoiselle ? Reprit la voix en montant le ton.

- ...

- Est-ce que vous m'entendez ? Est-ce que tout va bien ?

-...

Camille était pétrifiée. Un homme était bien derrière elle. Elle réfléchissait à toute vitesse et ne savait pas quoi faire, incapable de se retourner pour le regarder. Il avait peut-être un couteau ou un pistolet. Que lui voulait-il ?

- Mademoiselle, je vous en prie, répondez-moi. Est-ce que je peux faire quelque chose pour vous aider ?

Camille ne répondait toujours pas et elle commença à trembler. Chaque minute lui semblait durer une éternité. Soudain, elle sentit la main de l'homme se poser sur son épaule droite. Il ne lui en fallut pas plus pour se lever d'un bond et se retourner avec une furieuse envie de s'enfuir. Elle se retrouva face à l'homme, stupéfaite. Jeune, vêtu d'une parka noire ajustée, d'un jean et de bottes marines, il avait l'air de tout sauf d'un meurtrier. Mais Camille fut surtout frappée par ses yeux. Malgré la nuit et la météo catastrophique, elle fut happée par la clarté de son regard. Un regard bleu vert, lumineux, profond, un mélange de présence et de douceur. Elle resta comme hypnotisée quelques secondes quand les yeux se plissèrent. L'homme souriait.

- Que faites-vous là mademoiselle ? Vous avez vu cette tempête ? C'est vraiment dangereux de rester ici. Les vagues peuvent passer par-dessus la digue et vous emporter. Sans compter les rafales qui peuvent vous faire tomber si vous êtes un peu en équilibre. Non, vraiment, je vous assure, vous devriez aller sur la dune. Le spectacle y est tout aussi beau mais vous y serez en sécurité.

- ...

- J'habite juste au-dessus, là-haut, la maison avec les lambris bleus marine, dit-il en montrant une maison donnant sur la plage. Quand je vous ai aperçue tout à l'heure vous m'avez fait peur. J'ai même cru que vous alliez vous jeter à la mer ! Allez, ne restez pas là. Venez avec moi, je vais vous ramener sur la plage.

Camille ne bougeait toujours pas, ne sachant comment réagir devant l'incongruité de la situation. Elle finit par ouvrir la bouche de laquelle sortit une voix rauque :

- Heu... Oui... Non... J'étais venue voir la tempête... Je sais pas... Je... Je vais... Heu...

Et, tout à coup, elle détala et se mit à courir en bousculant le jeune homme. Elle eut vite fait de rejoindre la maison de Maud et grimpa directement à l'étage. Dans la chambre, elle se déshabilla entièrement en grelottant et se glissa nue dans le lit, complètement abasourdie. Elle mit du temps à se réchauffer et les dernières minutes tournoyaient dans sa tête. A la pensée du décalage entre la frayeur qu'elle avait eue et la douceur qu'elle avait ressentie chez cet inconnu, elle eut honte de sa réaction.

- Mais quelle conne ! S'exclama-t-elle. Je suis complètement dingue ! Il a dû me prendre pour une folle ! N'importe quoi ! N'IMPORTE QUOI ! Mon Dieu quelle honte... Mais qu'est-ce qu'il doit penser de moi... Pourvu que je ne le croise pas à nouveau.

Elle s'en voulait d'avoir été aussi stupide. Depuis toujours, elle ne supportait pas de montrer ses faiblesses, à qui que ce soit. Elle prenait garde à toujours être impeccable et à avoir le bon comportement, en toutes circonstances. Jamais un pas ou un mot de travers, toujours conforme à ce que les autres attendaient d'elle, toujours soucieuse de plaire, aucun droit à l'erreur. Alors autant dire que ce qui s'était passé ce soir était inimaginable en temps normal. Camille se dit qu'elle était tombée bien bas pour se retrouver échouée sur une digue, en plein déluge, trempée comme une soupe, et en pyjama de surcroit. Et qu'une personne soit spectatrice de sa déchéance lui était tout simplement insupportable. Qu'elle se laisse aller oui, mais chez elle, dans son intimité. Qu'elle le constate dans le regard de l'autre, quel qu'il soit, n'était pas une option. Même au plus bas, l'éventualité d'un jugement qu'elle considérerait comme négatif n'était pas envisageable. Elle se dit que c'était certainement pour cette raison que personne n'était au courant de son état. Pas même ses propres parents, pas même son ami de toujours, Dan, avec qui elle avait vécu tant de choses. Seule Constance avait eu le droit de l'approcher. Sans doute parce que Constance avait aussi connu de gros passages à vide lors desquels Camille avait été témoin de sa détresse. Elle n'avait donc rien à lui cacher et elle pouvait partager sans crainte ses humeurs les plus inavouables.

Ces réflexions la mettaient mal à l'aise. Elle se trouvait face à une contradiction dont elle venait de prendre conscience et qui la perturbait. Elle, si naturellement à l'écoute des autres, toujours prête à les aider, toujours prompte à donner des conseils pleins de bon sens, était-elle incapable de les appliquer elle-même ? Elle avait souvent discuté avec Benoît, l'ex petit ami de Samuel, détrôné par Sébastien en même temps qu'il prenait subrepticement le job de Camille. Benoît souffrait du regard des autres sur son homosexualité qu'il ne parvenait pas à assumer. Quand il en parlait, il guettait la moindre réaction chez son interlocuteur et l'interprétait à sa façon, et c'était souvent très négatif. Il avouait qu'il accordait tellement d'importance au fait de recevoir l'assentiment de l'autre qu'il en perdait son naturel et sa

———

spontanéité. Et cela l'empêchait d'être pleinement heureux, dans son couple comme ailleurs. Cela avait très certainement contribué au fait que Samuel se soit tourné vers Sébastien, d'un naturel plus expansif et libéré. Finalement, Camille était un peu pareil. En apparence très sereine, elle dépensait une sacrée dose d'énergie pour être dans la norme et ne jamais rien laisser paraître. Et ça la bouffait de l'intérieur. Ca la laissait épuisée, vidée. Et personne pour l'aider. Pas parce que personne ne le voulait, mais parce qu'elle n'autorisait personne à pénétrer dans son côté sombre. Et pourtant il était bien là, et depuis quatre mois, il avait décidé de se retourner contre elle, et elle subissait ce revirement de plein fouet. Mais comment en sortir ? Elle s'en accommodait depuis tant d'années que c'en était devenu confortable.

Elle en était à ce stade de réflexion quand le sommeil vint la cueillir tout doucement. Elle se laissa aller, emmitouflée dans la chaleur de sa couette, bien à l'abri de la tempête qui ne décolérait pas.

—

Chapitre 3

Quand elle se réveilla le lendemain matin, le mauvais temps avait laissé place à un ciel bleu parsemé de petits nuages cotonneux. Côté vent, c'était le calme plat. Camille s'étira doucement et attrapa son téléphone pour regarder l'heure. Onze heures déjà ! Elle avait dû dormir une quinzaine d'heures. Il faut dire qu'après l'épisode d'hier et les semaines de manque de sommeil, elle aurait pu dormir pendant des jours entiers.

Au souvenir de la soirée de la veille, elle se sentit mal à l'aise. Elle était encore dévorée par le sentiment de honte qu'elle avait éprouvé en rentrant. Ainsi, c'était ça sa vie maintenant. C'était comme cela que les autres la voyaient. Et la veille au soir en avait été l'apothéose. Ce matin, reposée et lucide, elle prit conscience pour la première fois que cela ne pouvait réellement plus durer. Elle réalisa que sa souffrance l'avait coupée d'elle-même. Qu'elle ne ressemblait plus à la personne qu'elle était vraiment : une jeune femme souriante, dynamique et qui aimait les autres. Sa dépression avait fait ressortir tout le manque de confiance en elle qu'elle trimballait depuis qu'elle était enfant et il était devenu omniprésent. Il régnait sur sa vie comme un dictateur, lui interdisant presque tout. C'était devenu un enfer. Et maintenant, elle en avait assez. Elle avait besoin de passer à autre chose, elle avait trop souffert.

Mais comment faire ? Après des mois de vie en ermite, comment retrouver l'extérieur ? Surtout vu l'image qu'elle devait dégager, ça allait être compliqué...

Elle se leva et décida d'écrire une liste des choses qu'elle allait faire pour l'aider à sortir de son mutisme. Camille avait toujours fonctionné avec des listes, ce qui l'aidait beaucoup. Elle faisait des listes de courses bien-sûr, mais aussi des listes de ce qu'elle avait à faire pour le week-end, des listes de cadeaux de Noël et d'anniversaires, des listes de personnes à inviter, des listes de choses à emporter en vacances, etc. Ça la motivait et, il faut bien le dire, ça la rassurait. Remplir l'espace pour être sûre de faire quelque chose de sa vie. Un peu caricatural, certes, mais c'était quand même un peu ça. Alors aujourd'hui, elle allait écrire une liste de petites actions du quotidien qui allaient la forcer à mettre le nez dehors et à se confronter aux autres. Pas si simple....

———

Elle prit une douche rapide et, tout en avalant son petit déjeuner, elle commença à écrire.

Une demi-heure plus tard, sa liste était prête et elle décida de commencer par quelque chose d'anodin en apparence mais qui allait lui coûter un bel effort : sortir faire ses courses. Ce serait un beau premier défi, et c'était plus qu'utile vu l'état de désolation des placards de cuisine.

Elle se rendit à pied dans le centre du bourg et fit ses achats à la supérette. Elle choisit un magazine de décoration intérieure à la librairie et prit le chemin de la boulangerie. Au moment où elle pénétra dans la boutique, elle fut propulsée quelques années en arrière. Rien n'avait changé. Ni l'odeur alléchante du pain frais, ni la décoration à l'ancienne, ni la boulangère elle-même qu'elle trouva affairée derrière son comptoir. Comme tout le monde, Denise avait pris des rides, pas mal de cheveux blancs et quelques kilos au passage, mais son sourire était aussi avenant que deux ans auparavant. Cette sexagénaire respirait la joie de vivre et elle pétillait toujours autant. Occupée à servir les clients, elle ne vit pas Camille arriver. Quand elle l'aperçut enfin, elle eut un moment d'hésitation, puis son visage s'illumina. Elle ouvrit les bras et fit le tour du comptoir en trottinant pour serrer Camille contre elle.

- Camille ! s'écria-t-elle. Quelle surprise !

Elle relâcha son étreinte quelques instants pour détailler la jeune femme de la tête aux pieds.

- En tous cas, tu es toujours aussi jolie ! Même après toutes ces années, je t'ai tout de suite reconnue. Depuis quand es-tu là ?

- Je suis arrivée il y a deux jours.

- Ah ! Tu as vu cette tempête hier soir ? Tu n'as pas eu trop peur ?

Camille éclata de rire.

- Non, ça a été, j'ai grandi vous savez !

- C'est vrai, excuse-moi ! s'exclama Denise. Je te vois toujours comme lorsque tu étais enfant. Bon, et tu es là pour combien de temps ?

- Je ne sais pas trop. Quelques jours. Peut-être quelques semaines. Je n'ai pas encore décidé.

- Tu es en vacances ? Tu es venue avec ton amoureux ? Tu as des enfants ?

Camille sourit péniblement.

- En vacances oui, en quelque sorte. Je suis venue me reposer. Et comme je suis seule, que je n'ai pas de mari et pas d'enfant, c'est facile.

- Ah, je vois...

Denise fit une pause, réfléchit quelques secondes, puis ajouta :

- Aujourd'hui je ferme la boulangerie à dix-sept heures. Si tu es libre, tu peux me rejoindre à la maison pour prendre un thé. Je t'apporterai des tartelettes au citron, tu verras, elles sont à tomber ! On en profitera pour papoter toutes les deux. Je suis sure que tu as des tas de choses à me raconter ! Qu'en dis-tu ?

Camille hésita puis pensa à sa liste et à ses démons qu'elle avait décidé de combattre et répondit par l'affirmative.

- Parfait ! Annonça Denise. On se retrouve à dix-sept heures quinze chez moi. Tu te souviens où c'est ?

- Oui, oui, je me souviens. Je serai là. Merci !

- Il n'y a pas de quoi. Je suis heureuse de te revoir tu sais. Au fait, il te fallait quelque chose ?

- Ah oui ! Du pain ! Je veux bien une baguette pas trop cuite s'il vous plait.

- Et une baguette pour la petite Camille ! Regardez comme elle est belle, s'exclama Denise, tout sourire, en s'adressant au client suivant. Camille ne savait pas trop si le compliment s'adressait à elle ou au pain en question, mais elle se sentit rougir. Elle prit sa baguette, paya et sortit de la boulangerie en saluant Denise de la main.

Pour une première sortie, c'était plutôt pas mal. Elle était fière d'elle et se laissa aller à sourire tout en prenant le chemin du retour, chargée de ses sacs de courses.

Elle se concocta un déjeuner équilibré fait de poisson au court bouillon, de légumes vapeur, et d'une purée de banane saupoudrée de sucre qui lui rappela ses goûters d'enfant. Une fois le repas terminé, elle s'installa dans le canapé et commença à feuilleter le magazine acheté le matin même. Mais elle avait du mal à se concentrer sur sa lecture, la perspective du thé chez Denise l'angoissant de plus en plus. Qu'allait-elle lui demander ? Que voulait-elle savoir ? Qu'allait-elle penser ? Camille se posait un tas de questions et commençait à se demander pourquoi elle avait accepté de s'y rendre. Après tout, si elle prétextait un rendez-vous oublié ou un mal de tête, elle pourrait facilement annuler. C'était tentant.

Elle se leva, se planta devant la fenêtre et regarda le jardin. Elle se dit qu'elle était dans le même état que lui : en friche et abandonné. Et pour qu'il retrouve une allure de jardin, il allait falloir s'en

———

occuper. Pour elle, c'était pareil, il allait falloir qu'elle s'occupe d'elle-même. Et les tartelettes au citron de Denise allaient certainement l'y aider.

A dix-sept heures quinze précises, Camille sonna à la porte de Denise. Elle était passée par toutes les couleurs plusieurs heures durant, anticipant chaque bribe de potentielle conversation. Ne tenant plus en place dans la maison, elle était sortie cueillir un bouquet de fleurs sauvages sur la dune. Enfin, elle était finalement devant chez Denise, son bouquet de fleurs à la main, et il n'était plus question de reculer.

La porte s'ouvrit sur le sourire de Denise.

- Bonsoir Camille ! Entre, je t'en prie. Fais comme chez toi. Tiens, donne-moi ton manteau.

Tout en retirant sa veste, Camille jeta un rapide coup d'œil autour d'elle. Elle avait pris l'habitude d'observer le moindre détail de l'intérieur des personnes chez qui elle se rendait. Elle en retirait de précieuses indications sur la personnalité de chacun, et elle aimait beaucoup se livrer à cette petite analyse. L'intérieur de Denise était coquet et douillet. Un peu démodée, la décoration était en apparence classique. Des meubles en bois brillant qui devaient sentir la cire, des lampes aux abat-jours en tissu plissé, des tonnes de petits bibelots qui prenaient la poussière, un tapis persan à dominante rouge, des photos dans des cadres dorés : c'était la caricature d'un intérieur auquel la propriétaire n'avait pas touché depuis trente ans. Cela dit, il avait quelque chose de rassurant. Camille s'avança dans le salon de Denise.

- Merci beaucoup de m'avoir invitée, c'est vraiment un plaisir de vous revoir après tout ce temps.

- Pour moi aussi tu sais. Depuis combien d'années n'étais-tu pas venue à Saint- Karel ?

- Hum… je dirais une bonne dizaine d'années. Maud est morte il y a six ans et j'avais arrêté de venir régulièrement déjà quelques années auparavant.

- Six ans déjà, murmura Denise. Elle manque à tout le village tu sais. Elle avait une si grande joie de vivre. Elle était toujours de bonne humeur, c'était toujours un plaisir de la voir.

- A moi aussi elle me manque. C'était un peu le petit grain de folie de la famille. Et puis, quelque part, c'était elle qui nous réunissait. Maintenant qu'elle n'est plus là pour le faire, on se retrouve moins souvent.

———

- A ce propos, comment va ta famille ?

- Plutôt bien. Mes parents sont à la retraite et ils habitent toujours à Bordeaux. Bérénice est toujours mariée avec Patrice et leurs enfants ont bien grandi. Sabrina a quatorze ans et elle en fait voir de toutes les couleurs à ses parents, et Hugo a dix ans.

Denise éclata de rire :

- Bérénice n'a que ce qu'elle mérite ! S'exclama-t-elle. Elle était insupportable elle aussi à l'âge de sa fille ! Je me souviens que même Maud avait du mal à en venir à bout.

Denise prit place sur un fauteuil et invita Camille à en faire de même.

- Veux-tu une tartelette au citron pour accompagner ton thé ? Tu vas voir, elles sont exceptionnelles ! Je crois que Julien, mon nouveau pâtissier, a un don. Celles de Charles étaient délicieuses, mais celles-ci sont encore meilleures.

À l'évocation du mari de Denise, Camille hésita puis se lança.

- J'ai appris que vous aviez perdu votre mari assez récemment. Je suis vraiment désolée.

- Oui, Charles est mort il y a presque deux ans. Les débuts ont été très difficiles. Oh, ça l'est toujours d'ailleurs. Mais maintenant j'ai pris mes marques. Après sa mort, j'étais complètement perdue. Pourtant je m'y attendais, depuis le temps qu'il était malade. Mais on n'est jamais vraiment préparé à ces choses-là. Tu sais que je n'ai fermé la boutique que trois jours ? Arnaud et Romain, qui faisaient le pain depuis toutes ces années aux côtés de Charles, ont continué. Et moi, je me suis accrochée à ma boutique comme j'ai pu. Je crois que c'est cette boulangerie qui m'a sauvée. Et puis la solidarité des gens aussi. J'ai dû recruter un pâtissier pour remplacer Charles et j'ai trouvé Julien presque tout de suite. Je lui ai demandé de faire un essai, et je te prie de croire qu'au moment où j'ai goûté ses gâteaux, j'ai compris que c'était lui qu'il me fallait ! Il a un sacré talent ! Je n'ai jamais autant vendu de pâtisseries que depuis qu'il est là. Enfin bon, voilà, ce n'est pas toujours facile la vie, mais on s'en sort.

Elle eut un petit rire étouffé et son regard fuit celui de Camille pendant quelques secondes pour se poser sur les cadres d'un guéridon installé près d'elles. Camille y reconnut un portrait de Charles, le défunt mari de Denise, ainsi qu'une photo de leur mariage. Comme ils avaient l'air heureux... N'importe qui se serait mis à envier leur bonheur rien qu'en regardant cette photographie. Camille admira également le portrait d'une femme d'une soixantaine d'années qui ressemblait beaucoup à Denise. Ce devait être quelqu'un de sa famille. Enfin, dans un petit cadre posé derrière tous les autres se trouvait la photo d'un homme d'une quarantaine d'années portant dans les bras un bébé. Camille se demanda de qui il s'agissait, mais elle n'eut pas l'occasion de se poser plus longuement la question, Denise ayant attrapé précipitamment une tartelette qu'elle posa sur une assiette pour la tendre ensuite à Camille. La jeune femme, un peu surprise, eut la sensation que Denise ne voulait pas qu'elle s'attarde sur les photos. Ne sachant pas comment réagir, elle attrapa l'assiette et laissa son début de frustration de côté.

- Tiens, tu m'en diras des nouvelles !

Elles restèrent en silence quelques instants, le temps de déguster leur pâtisserie. Camille rompit le silence.

- C'est vrai qu'elles sont délicieuses. Vraiment, j'adore !

- Merci. Je dirai à Julien que tu as apprécié. Et toi alors, comment va ta vie depuis tout ce temps ?

Camille répondit un peu trop précipitamment au goût de Denise.

- Et bien, tout va bien. Je suis graphiste. J'habite à Paris dans un appartement que j'ai acheté il y a quatre ans. Je m'y plais beaucoup, c'est en plein cœur de Paris, ce qui me permet de sortir facilement, de passer du temps avec mes amis. C'est bien différent du Bordelais ! La vie parisienne me va tout à fait ! J'ai les commerces à proximité, je n'ai que quelques stations de métro pour aller travailler, mes voisins sont très sympas, et le quartier, n'en parlons pas ! Il est génial ! Bref, tout va bien et voilà.

Camille eut un petit rire crispé et Denise ne lui accorda même pas le bénéfice du doute :

- Si tout va aussi bien que tu le dis, que fais-tu ici toute seule dans une maison à moitié abandonnée et bourrée d'acariens alors que tu n'étais pas venue depuis dix ans, et de surcroit par un temps pareil ? Ne me fais pas croire que Saint-Karel était ton option vacances de rêve pour cette année !

Camille rosit et observa Denise, désarçonnée par son franc-parler. La fourchette en l'air, elle ne savait plus quoi faire. Elle finit par replonger dans sa tartelette au citron, histoire de se donner une contenance. Quelques bouchées plus tard, le regard perçant de Denise planant toujours sur elle, elle posa son assiette.

- C'est vrai, vous avez raison, ça ne va pas très fort en ce moment, murmura-t-elle.

- Tu veux m'en parler ? Proposa Denise.

———

- Je ne sais pas. A vrai dire, j'ai l'impression que rien ne peut m'aider. Tout ce que je fais est un effort, et je suis vraiment, vraiment fatiguée. Camille soupira.

Denise posa le bout de ses doigts sur le genou droit de Camille. Le contact fit sursauter la jeune fille et elle plongea ses yeux dans le regard puissant de Denise. Après un long silence, elle commença à raconter.

- Tout a commencé il y a un peu plus de trois ans. J'ai rencontré Antoine, un client de l'agence dans laquelle je travaille. On est tombés amoureux, et il est venu s'installer chez moi. Un vrai bonheur au début. Sauf qu'il était en plein divorce, que ça a duré presque deux ans, et qu'il ne s'en est jamais vraiment remis. Il s'est beaucoup apitoyé sur lui-même et j'en ai fait les frais, à plein d'égards. Il pleurait souvent, il ne voyait plus que par moi, et il me mettait la pression sans trop le vouloir d'ailleurs. J'étais complètement oppressée par cette relation qui était devenue trop pesante, trop pressante. Je portais notre couple à bout de bras, ne sachant jamais à quoi allait ressembler le jour suivant. En me levant le matin je scrutais son visage pour me rassurer et me dire qu'il allait bien. Quand il m'envoyait un message j'angoissais à l'idée de l'ouvrir et de découvrir ce qu'il avait écrit. Quand on partait en vacances, la moindre petite chose pouvait se transformer en déluge émotionnel. Je dis cela maintenant, mais je crois qu'à ce moment-là, je ne m'en rendais pas vraiment compte. J'étais encore amoureuse, et surement convaincue que je lui étais indispensable pour vivre. Je m'étais mis une responsabilité énorme sur les épaules, et je ne vivais plus que pour lui, à travers lui. Je me suis oubliée pendant tout ce temps, j'ai perdu le sommeil, j'ai commencé à pleurer un peu chaque jour, je suis devenue triste. Et puis on est restés chacun dans notre souffrance, en partageant de moins en moins de choses, et en commençant à se faire des reproches à demi-mots. On a commencé à se disputer, on avait de plus en plus de mal à se comprendre. Et puis, il y a quatre mois, au cours d'une dispute un peu plus forte que les autres, il a pris ses affaires et il est parti. Comme ça, d'un coup. Je ne vous dis pas le choc, le vide. J'ai beaucoup culpabilisé car j'étais convaincue qu'il avait besoin de moi pour aller bien. J'avais peur pour lui. J'étais même terrorisée à l'idée qu'il puisse faire une bêtise. Je me disais que ce serait de ma faute, parce que je n'avais pas été assez patiente, pas assez à son écoute. C'était un sentiment atroce. Mon amie Constance, qui m'a toujours soutenue dans cette histoire, me disait de ne pas m'en faire et qu'il était assez grand pour se prendre en mains. Mais c'était plus fort que moi. J'ai passé des jours d'angoisse terrible à regarder avec terreur mon téléphone de peur qu'il ne se transforme en apporteur de mauvaises nouvelles. Et puis finalement il ne s'est rien passé. J'ai appris par un ami commun que c'était très difficile pour lui, mais que somme toute, ça allait. Alors j'ai commencé à relâcher la pression et c'est là que j'ai craqué. J'ai tourné en rond autour de la Concorde comme une imbécile et j'ai été transportée à l'hôpital où on m'a diagnostiqué une bonne dépression. Depuis, je suis sous traitement et ma vie ne ressemble plus à grand-chose. Parce qu'en plus, histoire de couronner le tout, j'ai été virée de mon boulot. Evidemment, une fille en dépression dans un cabinet de graphisme jeune et dynamique, ça fait désordre. Alors mon patron, qui était devenu un très bon ami, m'a licenciée en me faisant croire qu'il avait des difficultés économiques et que limite il me rendait service. Quel culot ! Alors j'ai perdu d'un seul coup mon boulot et mon ami. La totale quoi. Alors voilà, personne n'est au courant de ma descente aux enfers, même pas mes parents. Il n'y a que Constance qui connaît toute l'histoire. Et vous maintenant.

Camille eut un petit sourire à travers les larmes qui scintillaient au bord de ses yeux. Denise l'avait écoutée sans l'interrompre, attentive à chaque mouvement, à chaque regard, à chaque intonation, touchée par ce récit livré par la jeune femme. La main toujours posée sur le genou de Camille, elle lui demanda :

- Alors pourquoi es-tu venue ici ?

Camille soupira.

- Un concours de circonstances. J'ai inventé un bobard pour échapper à une soirée, et j'ai fini par penser que finalement, le bobard n'était pas une si mauvaise idée. Alors j'ai tenté le coup. Je ne sais pas pourquoi. Mais je n'en peux plus de Paris, je n'en peux plus de mon appartement, je vois Antoine partout, tout me fait penser à lui, c'est l'enfer. J'étouffe et j'ai besoin de prendre l'air, de changer de vie, de voir autre chose, d'autres personnes, d'autres endroits. Et Saint-Karel, c'est mon enfance. C'est rassurant. Et puis il y a la maison de Maud, c'est plus facile.

- Je comprends, sourit Denise. Et je crois que tu as bien fait de venir ici.

- Je ne sais pas, soupira Camille. Quand je suis arrivée j'ai eu l'impression que ça me faisait du bien. Et puis j'ai commencé à réfléchir et ma tristesse est repartie de plus belle. Je vais mieux, c'est certain. Mais je me sens encore si fragile. C'est comme si j'avais perdu le contact avec le monde réel. Je ne suis quasiment pas sortie ces derniers mois et j'ai complètement perdu confiance en moi. J'ai l'impression que tout ce que je fais est nul, que je ne vais arriver à rien, que tout le monde me regarde et me juge.

Camille eut un petit rire crispé.

- Une conversation comme celle-là par exemple, cela fait plusieurs semaines que je n'en ai pas eu de si longue. Quand on y pense, c'est complètement dingue.

- Pas tant que cela Camille. Quand on est au fond du gouffre on n'a envie de voir personne et engager une discussion "normale" est un effort surhumain. Et je sais de quoi je parle.

Le regard de Denise s'assombrit. Elle continua :

- A la mort de Charles, je me suis renfermée sur moi-même. Pour une boulangère, c'est quand même un comble. Charles est mort à l'hôpital de Nantes un samedi. Quand je suis partie de l'hôpital, le soir, je pleurais tellement que j'ai été incapable de téléphoner à qui que ce soit. J'ai envoyé un message à Arnaud qui secondait Charles à la boulangerie et je lui ai dit qu'on n'ouvrirait pas pendant quelques jours. Et puis je n'ai pas pu rentrer à la maison de la nuit. C'était au-dessus de mes forces de retrouver notre quotidien sans lui. Alors j'ai marché dans la ville, longtemps. Et autour de moi la vie continuait. Les gens faisaient la fête, sortaient, s'amusaient. C'était normal, on était samedi soir. Et moi, je ne faisais plus partie du même monde qu'eux. J'ai fini par rentrer au petit matin et j'ai dormi. Je suis restée dans un état de léthargie totale pendant trois jours. Pour être franche, je ne me souviens même pas de tout. C'est Nina, ma sœur, qui est venue de Rennes pour me secouer, inquiète que je ne réponde pas au téléphone. Je ne sais pas comment elle a fait, mais le lendemain matin j'étais dans ma boulangerie, et la vie repartait tant bien que mal. Alors peut-être qu'à toi il t'a manqué une Nina et que maintenant tu as besoin, au fond de toi, que la vie reparte.

- Sans doute. Mais si je dois passer à autre chose, après avoir fait le tour de ma souffrance, je ne sais pas comment m'y prendre. Tout me demande un tel effort.

- C'est normal. Tu vois, c'est comme un muscle que l'on ne sollicite pas régulièrement. Quand on reprend le sport, c'est difficile, ça fait mal sur le coup, et après on a plein de courbatures. Mais on est fier de soi !

Camille éclata de rire.

———

- C'est certain ! Hier j'ai marché pendant plusieurs heures sur la falaise. J'ai cru que mes cuisses n'allaient jamais s'en remettre !
- Et bien voilà, pour les contacts humains et le quotidien c'est pareil. Il faut que tu te muscles à nouveau. Au début ce sera difficile et tu devras te donner du mal, et sans doute que tu connaitras quelques courbatures émotionnelles, mais tu verras, tu seras fière de toi.
- A vous entendre, ça a l'air si facile, soupira Camille. Mais en vrai, je suis complètement perdue et, pour être tout à fait honnête, pas loin du découragement avant même d'avoir tenté quoi que ce soit.
Denise sourit et plongea son regard dans celui de Camille. Elle la scruta un bon moment, ce qui commença à mettre la jeune femme mal à l'aise.
- Que veux-tu au juste ?
- Comment ça ?
- Et bien, que veux-tu ? A quoi veux-tu arriver ? Que veux-tu changer ?
Camille prit quelques secondes pour réfléchir.
- Ce que je veux, c'est retrouver une vie normale.
- C'est-à-dire ?
- Et bien… Je ne sais pas, une vie normale quoi. Une vie comme tout le monde.
Denise ne répondit pas. Manifestement, elle attendait la suite.
- Comment dire… C'est avoir envie de se lever le matin. C'est être capable d'aller travailler sans menacer de fondre en larmes à n'importe quel moment. C'est voir ses amis, sa famille, ses voisins, sans arrière-pensée, juste par plaisir. C'est pouvoir engager une conversation sans angoisser. C'est faire ce qu'on a envie sans se convaincre à tout prix que c'est archi nul et qu'on ne vaut rien. C'est aller au bout d'un projet sans céder au découragement au beau milieu. C'est refaire confiance et accepter de créer de nouvelles relations. C'est savoir de quoi on a envie et avoir suffisamment de courage pour le faire. C'est aller faire ses courses sans se demander ce que la caissière pense de soi. C'est faire du shopping sans se dire qu'on a l'air d'un sac avec n'importe quel vêtement. C'est oser, rire, parler, partager, s'affirmer, sortir, découvrir, apprendre, avancer, se disputer, dire oui, dire non, profiter. C'est se sentir utile, faire du bien et se faire du bien. C'est se dire qu'on n'est pas ici pour rien. C'est faire en sorte que son quotidien ait un sens. C'est arrêter de tourner en rond et avoir

———

envie de vivre le jour suivant. C'est ça une vie normale vous voyez. C'est ça.

Camille se tut. Tout son corps s'était tendu. Ses poings étaient serrés, ses épaules relevées et tous ses muscles crispés. Denise, quant à elle, la fixait toujours. Un silence assourdissant envahit la pièce. Elle prit la parole.

- Et aujourd'hui ?

Camille ne bougea pas d'un cil. Elle respirait plus difficilement. Le silence dura.

- Aujourd'hui, finit-elle par dire d'une voix atone, c'est juste tout l'inverse.

L'air était devenu très lourd et on n'entendait plus que le tic-tac de l'horloge du salon.

Les yeux de Camille s'embuèrent et son menton commença à trembler. Il était clair qu'elle se contenait au prix d'un énorme effort. Tout à coup, n'y tenant plus, elle éclata en sanglots. Elle cacha son visage dans ses mains et pleura sans retenue. Au bout de longues minutes, Denise la prit dans ses bras. Elle lui caressa les cheveux et l'embrassa doucement.

- Ca va aller. Pleure, ça fait du bien. Tu vas t'en sortir, je te le promets.

- Aidez-moi Denise, je vous en supplie, aidez-moi. Je ne sais plus comment faire, je ne sais plus parler aux gens, j'ai peur de tout, j'ai tellement peur.

Denise la serra un peu plus fort et après quelques instants, elle murmura :

- Je vais t'aider Camille, je vais t'aider. Ça va aller.

Elles restèrent ainsi longtemps, jusqu'à temps que Camille se calme. Puis, Denise s'écarta et réfléchit un bon moment pour finir par reprendre la parole.

- Je ne suis pas psychologue. Et je n'ai pas la prétention de savoir ce qu'il te faut. Mais j'ai sincèrement envie de t'aider. A deux on est toujours plus forts. Tu peux venir me voir autant que tu le souhaites et je serai toujours là pour t'écouter. Si tu me parles de ce que tu ressens, de ce que tu souhaites faire, je pourrai te donner mon avis et peut-être t'aider à avancer. Qu'en penses-tu ?

Sincèrement touchée par la main que lui tendait Denise, Camille n'hésita pas longtemps.

- J'en pense que c'est une bonne idée. Je vous connais depuis que je suis toute petite et je vous fais confiance. D'ailleurs, si je viens de me confier à vous, c'en est bien la preuve. Et puis j'ai vraiment

———

besoin de parler à quelqu'un. Je réalise que j'ai besoin d'un avis extérieur et certainement aussi d'encouragements.

- Alors c'est d'accord, répondit Denise. Je serai là pour t'écouter autant que tu le souhaites et peut-être te donner mon avis si tu en as besoin.

Camille lui sourit en retour et se détendit un peu. Puis elle pensa à la liste qu'elle avait écrite le matin même et décida d'en parler à Denise. Elle lui expliqua que c'est la première ligne de sa liste qui l'avait amenée jusqu'à ce rendez-vous. En apparence, faire les courses n'avait rien d'exceptionnel. Sauf que pour Camille, cela signifiait rencontrer des gens et elle en avait tellement perdu l'habitude que c'en était devenu compliqué.

- En tous cas tu as bien fait car si tu étais restée chez toi, tu ne serais pas ici maintenant.

- C'est certain. Mais je dois vous avouer que l'idée de venir ici m'a angoissée pendant une bonne partie de la journée.

- Et maintenant ?

- Maintenant je suis contente de ne pas m'être inventé d'excuse pour ne pas venir.

Elles éclatèrent de rire toutes les deux.

- Et ensuite ?

- J'aimerais que ce genre de chose arrive plus souvent. Discuter en toute simplicité, partager, c'est ce que j'aime dans notre échange. Je voudrais que ce soit davantage le cas.

- Et pourquoi ne le provoquerais-tu pas toi-même ?

- Comment ça ?

- Si j'ai bien compris, le contact avec les autres te manque.

- Oui. En temps normal, je parle plutôt facilement avec les autres. Disons que la communication n'est pas une difficulté pour moi.

- Alors il faudrait que tu retrouves cela.

- Oui, mais comment ?

- En faisant en sorte de créer de vrais contacts.

- Qu'entendez-vous par de vrais contacts ?

- Rencontrer une personne physiquement, parler avec elle, et pas seulement de la pluie et du beau temps. Engager une conversation, lui poser des questions.

- Mais pourquoi des questions ?

- Parce que c'est ce qui permet de mieux connaître la personne que tu as en face de toi et de ne pas en rester au stade de la simple conversation qui ne sert à rien.

- Je comprends. Mais vous croyez que j'en serais capable ?

———

- Ca, c'est à toi de me le dire.

Camille soupira.

- Je n'en sais rien. La vérité, c'est que j'ai la trouille.

- Je sais. Mais on peut apprivoiser la peur, la surmonter. Il faut en avoir le courage.

- Oui, et c'est à moi de faire le travail de toute façon.

Elle se tut, songeuse.

- Je vais y penser, reprit-elle. Mais je pense que vous avez raison et qu'il faut que je me force.

- J'en suis convaincue. Et je pense aussi que tu es capable de surmonter ton appréhension.

Camille réfléchit et se lança.

- Denise, est-ce que je peux vous demander de revenir vous voir disons…jeudi ? Le fait d'avoir une échéance en tête me forcera à me prendre en main et à faire des efforts.

- Si tu veux. Ce sera toujours avec plaisir, tu le sais.

- Parfait. Alors ça me laisse quatre jours pour faire en sorte de créer de vrais contacts avec des gens. Je n'ai aucune idée de comment je vais bien pouvoir m'y prendre, mais je vais le faire, c'est promis.

- Tout cela me semble très bien. Et tu me raconteras tout jeudi.

- D'accord !

Le sourire aux lèvres, Camille reprit son assiette et les deux femmes finirent de déguster leur gâteau dans un silence émaillé d'une toute nouvelle connivence.

Quand elle eut terminé, Camille posa doucement sa fourchette et, sans lever les yeux murmura :

- Pourquoi faites-vous cela pour moi ? Je suis sincèrement très touchée par toute l'attention que vous me portez et, à vrai dire, je n'y suis plus très habituée.

- Peut-être parce que je te connais depuis que tu es née et que cela fait de toi quelqu'un d'un peu spécial pour moi. Je ne sais pas vraiment en fait. Tu sais, j'aimais beaucoup Maud et je retrouve un peu d'elle en toi. Alors si je peux t'aider un tant soit peu, je le ferai.

- Je comprends, répondit Camille, songeuse. En tous cas, j'apprécie ce que vous faites pour moi. Merci, vraiment.

Puis elle se leva et prit congé de Denise.

- Je vais rentrer maintenant. Je vous remercie encore du fond du cœur, je suis vraiment très touchée.

- De rien. Et rendez-vous jeudi, même heure, même endroit.

- Et mêmes tartelettes ? dit Camille en éclatant de rire.

———

- Oui, absolument ! Mêmes tartelettes ! Sauf si tu préfères un autre parfum.
- Oh non, surtout pas !
- Alors c'est noté. Prends soin de toi et à très vite.

Denise raccompagna Camille qui la quitta sur le seuil de la porte en l'embrassant.

Une fois dans la rue, Camille respira à pleins poumons. L'air sentait l'iode ce qui lui fit un bien fou. Elle se mit en marche en direction de la maison de Maud et, tout en longeant la plage, elle réfléchit à la discussion qu'elle venait d'avoir. Elle se sentait un peu chamboulée. Elle était à la fois excitée par la promesse qu'elle venait de faire à Denise, et aussi un peu angoissée. Elle allait jouer le jeu, elle en était certaine, même si elle était morte de trouille.

Ce soir-là, Camille passa une soirée apaisée. Elle écouta de la musique, lovée dans le vieux canapé de Maud, elle parcourut quelques magazines et monta se coucher tôt après un repas tout simple qu'elle prit le temps de savourer. Et, pour la première fois depuis des semaines, elle s'endormit rapidement et sereinement.

———

Chapitre 4

Le lendemain matin, le temps avait viré au gris et le ciel était très bas. La météo n'incitant pas à la promenade, Camille décida de faire un peu de rangement dans la maison. Intuitivement, elle savait qu'elle était partie pour rester ici un bon bout de temps. Alors autant prendre ses marques.

Munie de sacs poubelle et de grandes boîtes de rangement trouvées dans la chambre du rez-de-chaussée, elle fit un grand tri dans les affaires de sa tante, rangeant soigneusement ce qu'elle souhaitait conserver et jetant ce qui devait l'être. Elle nettoya ensuite de fond en comble le salon et la cuisine qui en avaient bien besoin.

Deux heures plus tard, la pièce avait repris un coup de jeune et Camille était très satisfaite. Avant de régler son sort au premier étage, elle décida de s'accorder une pause et s'installa sur le canapé avec un thé brûlant. Quelques minutes plus tard, elle commença à frissonner. Elle mit cela sur le compte de l'agitation dont elle avait fait preuve ces deux dernières heures et s'emmitoufla dans un plaid. Bercée par la chaleur du plaid, elle somnola à moitié et réalisa en émergeant de son demi-sommeil que son nez était gelé. Elle se leva et se dirigea vers un radiateur pour vérifier que tout fonctionnait bien. Il était glacé.

- Et merde ! s'écria-t-elle.

Forte de cette réaction on ne peut plus spontanée, elle se rendit dans le garage à la recherche de la chaudière fautive. Depuis le pas de la porte, elle balaya la pièce du regard et aperçut sur le mur opposé une chaudière qui avait l'air d'un autre temps. Elle se planta devant et l'observa comme si le fait de la menacer du regard allait la faire redémarrer. Peine perdue, elle était éteinte pour de bon.

Camille la tapota, tripota tous les boutons, la regarda sous toutes les coutures, mais rien n'y fit. Elle décida d'attendre un peu pour voir si, par miracle, elle n'allait pas finir par redémarrer toute seule.

Elle entreprit donc le nettoyage du premier étage après avoir enfilé un pull supplémentaire.

Une heure plus tard, la chaudière boudait toujours dans son coin de garage et Camille se rendit à l'évidence, il allait falloir faire quelque chose. Seulement voilà, elle ne savait pas à qui s'adresser. Elle réfléchit rapidement et décida qu'après déjeuner, elle se rendrait au village pour demander conseil à un commerçant. De plus, ce serait l'occasion de tenter de discuter avec la personne à

———

qui elle allait demander de l'aide. Mais avant cela, elle entreprit de déjeuner pour reprendre quelques forces et se réchauffer.

Après le déjeuner, elle partit à pied et choisit d'aller demander conseil au libraire de la place centrale. Elle avait envie de se remettre à la lecture maintenant qu'elle se sentait un peu mieux et, pour encourager son élan, elle avait envie d'un nouveau livre.
Elle poussa la porte de la librairie et parcourut la boutique du regard. Son choix se porta sur le rayon des romans policiers car c'était ce qui lui semblait le plus facile à lire : une intrigue, du suspense, de l'action, pas de temps mort pour penser à autre chose. Elle s'approcha du rayon et inclina la tête pour déchiffrer les titres inscrits sur les tranches des livres positionnés sur le rayon face à elle. Elle en saisit un au titre plutôt aguicheur et releva la tête pour en lire le résumé. C'est là que son regard fut attiré par une silhouette située à quelques pas d'elle. Il ne lui fallut que quelques secondes pour reconnaître le jeune homme de la digue.
Camille prit le temps de l'observer à la dérobée. Grand, élancé, il avait une allure incroyable. Il bougeait avec une élégance d'un naturel troublant que l'on retrouvait dans chacun de ses gestes. Ses cheveux épais étaient d'un noir exceptionnellement sombre et il avait les traits fins et le visage harmonieux. Sa mâchoire légèrement carrée dessinait avec douceur le bas de son visage. Ses yeux cachés, absorbés par la sélection d'un magazine, étaient délicatement rehaussés de sourcils tout aussi noirs que ses cheveux. Il portait un pantalon noir très ajusté assorti d'un pull anthracite à col roulé et une épaisse veste sombre couronnée d'une capuche bordée de fourrure. Ses chaussures de ville étaient impeccables et son poignet droit laissait entrevoir une montre d'une magnifique simplicité. Il dégageait une impression mélangée de solidité, de puissance et de sérénité, et aussi un charisme indéniable. Camille réalisa qu'elle le regardait sans aucune forme de discrétion et elle rougit violemment à cette idée. Elle se retourna subitement vers les livres devant elle en faisant semblant d'être très absorbée par la lecture du résumé du livre qu'elle tenait dans les mains. Elle sentit peu à peu le feu quitter ses oreilles et ses joues et elle pensa à respirer à nouveau. Elle reposa finalement le livre et bascula à nouveau la tête pour se mettre en quête d'un autre livre. Son regard s'arrêta sur un roman policier détenteur d'un prix littéraire. Elle le prit en mains et le retourna pour lire ce qui était écrit au dos.

———

" On est en avril 1992 et Harry Bosman, inspecteur depuis 20 ans à la PJ de Marseille, est réveillé en pleine nuit par des coups de feu. Apparemment, ils viennent de chez son voisin de palier. En pyjama, les cheveux hirsutes, il se précipite dans l'appartement d'à côté. Et c'est là qu'il va découvrir l'horreur et se retrouver pris dans la tourmente d'une folle enquête qui va le mener aux confins de l'Andalousie de l'exposition universelle de 1992.
Un quinzième roman d'un réalisme lancinant et d'........."

- Pardonnez-moi, je crois que nous nous sommes déjà rencontrés n'est-ce pas ?

Camille sentit ses joues s'empourprer à mesure que sa tête se redressait. Elle leva les yeux sur le jeune homme qui la dévisageait dans un sourire. Comme sur la digue, Camille fut désarçonnée par le regard qu'il posait sur elle. Il la regardait droit dans les yeux, intensément.

- Oui, en effet, j'étais venue voir la tempête sur la digue l'autre soir, répondit Camille du tac au tac.

- Oui, j'ai vu ça ! dit-il en éclatant de rire.

Camille tenta de faire bonne figure :

- Bon, c'est vrai que ce n'était pas l'idée du siècle. J'ai pris une bonne douche d'embruns !

- J'imagine ! J'espère au moins que ça vous a plu, répondit-il en riant doucement.

- Oui, oui, tout-à-fait. C'était très chouette !

Camille sentait qu'elle s'enfonçait et qu'il fallait mettre fin à cette discussion au plus vite.

- Bon, je vais y aller. Au revoir.

- Ok. A bientôt peut-être.

Elle tourna les talons et ne répondit pas. Elle n'avait pas l'intention de le revoir bientôt étant donné le contexte de leur première rencontre et le jour sous lequel elle s'était montrée.

Elle se dirigea vers la caisse et se souvint qu'il y avait peu de chance pour que la maudite chaudière se soit remise en route toute seule pendant son absence. Elle paya son livre et demanda au libraire s'il pouvait lui recommander un chauffagiste. Il réfléchit quelques instants et commença à fouiller dans un tiroir de son comptoir à la recherche d'une carte qu'il se souvenait vaguement avoir rangée. Il surgit tout à coup de derrière le comptoir avec la fameuse carte de visite à la main.

- Et voilà mademoiselle ! Robert Pierre, chauffagiste à La Turballe. Il est venu réparer notre chaudière il y a quelques années et il a été parfait. Je vous le recommande !

———

Camille lui adressa un grand sourire :

- Merci beaucoup ! Je vais l'appeler de ce pas.

- Sauf que Robert Pierre a fermé son entreprise il y a deux ans, dit une voix derrière elle.

Elle se retourna et tomba nez à nez avec le jeune homme de la digue.

- Ah bon ? S'étonna le libraire. Mais quelle idée, il était génial ce type !

- Peut-être, mais il a déménagé dans le sud. Sa femme était marseillaise et elle voulait retrouver le soleil. Il avait pour projet de rouvrir une entreprise là-bas.

- Le sud, quelle idée ! reprit le libraire. Bon, et bien je suis désolée mademoiselle, c'était ma seule idée.

- Vous avec des problèmes de chaudière ? demanda le jeune homme à Camille.

- Oui. Ma chaudière est complètement arrêtée depuis ce matin et je ne sais pas quoi faire. J'ai appuyé sur tous les boutons mais elle ne veut rien savoir. Et la maison commence à se refroidir sérieusement.

- Je peux passer voir ce que je peux faire pour la réparer. Je m'y connais un peu. Je ne vous promets rien, mais je peux regarder. Ce n'est peut-être pas grand-chose.

Camille resta interdite, ne sachant pas quoi répondre. Le libraire le fit à sa place :

- Mais oui ! C'est une excellente idée ! Il travaille dans le bâtiment, il s'y connaît bien. Il pourra vous dire si c'est réparable ou pas. Tu peux passer quand chez la petite demoiselle ?

- Et bien, disons cet après-midi. Enfin, si vous êtes d'accord et si vous êtes disponible bien-entendu, proposa-t-il à une Camille un peu déconcertée.

Elle choisit de botter en touche.

- Et bien…, commença-t-elle. Je ne sais pas. Je… je ne voudrais pas vous déranger…

Il y eut un moment de flottement auquel le libraire mit fin d'une phrase :

- Et bien c'est parfait ! Il passera chez vous cet après-midi pour vous remettre votre chaudière sur pied ! Et voilà une affaire de réglée.

Le jeune homme se tourna vers Camille :

- Alors c'est noté. Moi c'est Elyes, lui dit-il en lui tendant la main.

———

- Et moi je m'appelle Camille, répondit la jeune femme en lui serrant la main. Merci en tous cas.
- Vous me remercierez quand j'arriverai à faire fonctionner votre chaudière à nouveau, s'exclama-t-il. Vers dix-sept heures, cela vous convient-il ?
- Heu…oui, merci.
- Et, question idiote, où habitez-vous ?
- Très juste ! Je suis au 3 rue des Lilas.
- Parfait. A tout à l'heure alors, conclut Elyes en posant sur Camille un regard doux et assuré. A bientôt Serge ! Lança-t-il à l'attention du libraire tout en se dirigeant vers la sortie de la boutique.
- A bientôt Elyes, répondit le libraire qui fit un clin d'œil à Camille. Vous allez voir, il est super ! C'est un bon petit gars.
- On verra, répondit Camille. Merci beaucoup pour votre aide en tous cas.
Elle salua le libraire et reprit le chemin de la maison, un peu étonnée de la tournure qu'avaient pris les événements.

Une fois rentrée chez Maud, elle constata que la température de la maison ne s'était pas améliorée, bien au contraire. Pour se réchauffer, elle entreprit de terminer le grand nettoyage du premier étage.
Tout en triant et dépoussiérant, Camille songeait au rendez-vous qui l'attendait un peu plus tard dans l'après-midi. Elle l'appréhendait, c'était le moins que l'on pouvait dire ! Mais comme elle n'avait pas le choix, elle s'efforçait de se faire une raison. Il allait juste regarder la chaudière, avec un peu de chance il pourrait la réparer, et sinon il lui donnerait les coordonnées d'un dépanneur. C'était tout.
- Allez, ça va bien se passer, dit-elle à haute voix pour se rassurer.
Mais sa voix sonnait faux et manquait d'assurance, ce qui acheva de la stresser pour le reste de l'après-midi.

Deux heures plus tard, elle avait terminé son grand nettoyage et elle en était très satisfaite. Elle traina les sacs poubelle jusqu'au garage en se disant qu'elle allait devoir trouver un moyen de les évacuer d'une façon ou d'une autre. Elle rangea les grandes caisses dans lesquelles étaient maintenant entreposés les souvenirs de Maud dans un coin du garage. L'heure du rendez-vous approchait et elle réalisa qu'elle était couverte de poussière. Elle mourrait d'envie de prendre une douche, mais sans eau chaude, c'était déjà

———

moins tentant. Elle opta pour un débarbouillage et mit de l'eau à chauffer dans la bouilloire. Elle fit ses ablutions dans la salle de bain rose, se changea et s'enduit le visage de crème hydratante. Une fois sa toilette de chat terminée, elle s'arrêta devant le miroir et se regarda, pour de vrai, pour la première fois depuis plusieurs mois. Ce qu'elle vit ne lui fit pas plaisir. Ses cheveux châtains étaient ternes et mal coupés. Ils tombaient sur ses épaules négligemment, sans aucune tenue ni retenue. Sa peau était pâle et malmenée. Des cernes noirs soulignaient ses yeux noisette qui semblaient avoir rétréci, et les rides qui les prolongeaient s'étaient creusées. Ses épaules semblaient s'affaisser et elle avait l'air triste.

Elle détourna ses yeux du miroir en soupirant. Quels que soient les efforts qu'elle allait fournir, elle avait du chemin à parcourir avant de se retrouver.

Il lui aurait fallu du maquillage, mais cela faisait des mois qu'elle n'utilisait plus ni mascara, ni blush, ni ombre à paupière. Elle fouilla dans sa trousse de toilette à la recherche d'un vestige de produit de beauté et tomba miraculeusement sur un échantillon de parfum. Elle en déposa quelques gouttes dans son cou et gagna quelques grammes de confiance.

Elle décida de lire un peu pour tromper son attente. Elle s'enroula à nouveau dans le plaid et tenta de se plonger dans un magazine. Quelques minutes plus tard, alors qu'elle se débattait avec un article de mode vantant le retour du pastel pour l'été, on frappa à la porte.

Camille bondit du canapé et son cœur s'emballa. Le temps d'arriver jusqu'à la porte d'entrée, elle transpirait déjà. Elle ouvrit la porte d'un coup.

- Bonsoir, lui dit Elyes dans un sourire.

- Bonsoir, répondit Camille dans une grimace qui se voulait accueillante. Entrez, je vous en prie.

En pénétrant dans le séjour, Elyes balaya la pièce du regard.

- C'est très joli chez vous. J'aime beaucoup. Sans mauvais jeu de mot, c'est très chaleureux !

Il éclata de rire et Camille se dit qu'il fallait qu'elle esquisse au moins un sourire.

- Blague à part, continua-t-il en reprenant son sérieux, vous avez réussi à créer une ambiance sympa tout en conservant le charme du lieu. Ces maisons sont très anciennes et elles sont véritablement l'âme de la région. Franchement, j'aime beaucoup.

———

- Merci, répondit timidement Camille. Mais je n'y suis pour rien. C'était la maison de ma tante, et maintenant qu'elle est décédée, la maison est un peu à l'abandon. Vous avez dû le constater en voyant le jardin. J'ai fait un peu de tri et j'ai tout nettoyé, mais il y a encore du travail.

- Et bien votre tante devait avoir une sacrée personnalité pour faire de cette maison un lieu aussi accueillant.

- Ca, c'est le moins que l'on puisse dire, fit Camille songeuse, un petit sourire au coin des lèvres.

- Alors, cette chaudière, où est-elle ? Dans le garage je suppose ?

- Oui, absolument. Venez avec moi.

Elyes se dirigea vers la chaudière et en ôta le capot. Il dévissa plusieurs pièces, souffla sur la poussière accumulée, demanda des outils à Camille et démonta une bonne partie de la bête récalcitrante pendant que la jeune femme patientait sagement à côté de lui. Après avoir remonté le tout et tenté de relancer la chaudière une bonne demi-douzaine de fois, il annonça à Camille qu'elle n'était pas encore fichue, mais qu'il fallait changer une pièce. Il lui proposa de la diriger vers un professionnel qui pourrait lui fournir la pièce en question et l'installer, ce que Camille accepta volontiers avant de lui proposer de rentrer dans la maison pour se laver les mains. Au moment de sortir du garage, ils trouvèrent deux radiateurs qu'ils rapatrièrent dans le salon et ils les branchèrent immédiatement.

- Puis-je vous offrir à boire ? demanda Camille.

- Avec plaisir ! Répondit Elyes en se retournant.

Camille se dirigea vers le réfrigérateur.

- Alors...... J'ai du jus d'orange, du coca light, et...... C'est tout ! Je suis désolée, je suis arrivée il y a quelques jours et j'ai fait l'essentiel des courses. Ou sinon, j'ai du thé.

- Un thé sera parfait ! Ça nous réchauffera.

Ils tournèrent les yeux vers les deux radiateurs dont l'odeur de poussière réchauffée confirmait qu'ils fonctionnaient.

Camille leur servit deux thés au caramel et ils prirent place dans les canapés.

- Alors comme ça vous êtes en vacances ? demanda Elyes.

- Oui, c'est ça, en vacances, répondit Camille un peu évasive.

- Vous venez souvent ici ? C'est drôle, je crois que je ne vous ai jamais croisée. Pourtant, je connais du monde ici.

- En effet, je ne viens pas souvent. A vrai dire, je n'étais pas revenue depuis plusieurs années. J'ai passé toutes les vacances de

———

mon enfance ici, dans cette maison. Et quand mes grands-parents sont morts, c'est ma tante qui a hérité de la maison. Nous avons continué à venir, mais moins régulièrement. Ma mère ne s'entendait pas vraiment avec ma tante.

Camille sourit.

- Après, reprit-elle, je suis venue seule chez ma tante quelques fois. Et puis elle est morte et je crois que je n'avais plus très envie de revenir en sachant qu'elle ne serait plus là. Mais maintenant, je suis contente d'être ici !

- Je comprends ! La région est très belle. Vous êtes en vacances combien de temps ?

- Et bien, je...... je ne sais pas. Encore quelques jours peut-être.

- Ah bon ? dit Elyes d'un air étonné. Vous n'avez pas dit à votre patron à quelle date vous seriez de retour ?

- Et bien.... Non. A vrai dire, je....je travaille seule.

- Ah d'accord ! Je comprends mieux ! Et vous faites quoi comme métier ?

- Je suis graphiste.

En prononçant ces mots, Camille réalisa à quel point c'était de moins en moins vrai et à quel point elle avait perdu toute motivation.

Et puis elle pensa soudainement à Denise. C'était le moment de poser des questions.

- Et vous ?

- Que dire ? J'habite à Saint-Karel depuis cinq ans. Auparavant je vivais à Paris, et puis j'ai eu envie de vert et de nature et j'ai trouvé un poste à Nantes. Je suis ingénieur dans une boîte de travaux publics. C'est pour cela que je connais pas mal de monde dans le bâtiment et que j'ai de bons contacts à recommander. D'ailleurs, ça me fait penser qu'il faut que j'envoie un message à Michel pour votre chaudière. Je vais le faire tout de suite, ce sera fait.

Il sortit son smartphone de sa poche et Camille le regarda pianoter sur l'écran. Il avait décidément beaucoup d'allure.

Quand il eut terminé, Camille lui demanda :

- Comment avez-vous atterri à Saint-Karel ?

- Comme je vous l'ai dit, j'avais besoin de calme et de verdure. Alors j'ai eu beaucoup de chance quand j'ai trouvé ce poste à Nantes, mais habiter en ville ne me tentait plus. Alors j'ai sillonné la côte et j'ai découvert Saint-Karel. J'en suis immédiatement tombé amoureux. J'ai trouvé une maison en ruine qui était à vendre sur le bord de la plage et je l'ai retapée. C'est la maison grise et bleu

———

marine qui donne sur la digue. Quand je l'ai achetée, elle était dans un état pitoyable. Il a fallu tout refaire. Je n'ai conservé que la dalle de béton et les travaux ont pris des mois. C'était comme construire une maison neuve. J'ai adoré faire cela.

Les yeux d'Elyes brillaient. Camille ressentait son emballement et son cœur s'accéléra. Il continua :

- Vous savez, dans mon métier, je conçois des constructions diverses et variées, et ensuite je coordonne les travaux. Mais c'est toujours pour les autres, selon leurs envies et leurs idées. Et bien souvent, je dois dire que j'aurais volontairement fait autrement ! Alors, pour une fois, faire à mon idée, selon ce que je voulais moi, c'était vraiment bien. Autrement dit, je me suis fait plaisir ! Et je suis content du résultat. Et puis il faut dire que l'emplacement est vraiment idéal. Depuis mon salon, j'ai une vue magnifique sur toute la baie. Je vois le soleil se lever d'un côté et se coucher de l'autre. Je me sens beaucoup plus proche de la nature, plus calme, plus serein. J'ai un endroit pour me ressourcer, et mon quotidien s'en ressent.

Camille souriait.

- En tous cas, ça se voit ! Et ça donne envie. Moi aussi, je crois bien que j'ai atteint les limites de la vie parisienne, soupira la jeune femme.

- Vous y habitez depuis longtemps ?

- Oui, depuis un peu plus de dix ans. Depuis que j'ai commencé à travailler en fait.

- Vous êtes originaire de quel endroit ?

- Je suis Bordelaise. Ma famille habite depuis des générations à Bordeaux et j'y ai passé plus de vingt ans. J'y ai fait toutes mes études et je suis arrivée à Paris pour mon stage de fin d'études que j'ai effectué dans une agence qui m'a embauchée immédiatement après. Et ensuite, les années ont passé, et j'ai construit ma vie là-bas. Et vous ? Vous êtes resté longtemps à Paris ?

- A vrai dire, j'y suis né. Mes parents sont Marocains et ils sont arrivés en France dans les années soixante. Je suis le troisième de la fratrie, pas vraiment prévu au programme d'ailleurs ! J'ai deux grandes sœurs, Dalia et Alia, qui m'ont cocooné quand j'étais petit. Un petit garçon dix ans après deux filles, vous imaginez ? Maintenant elles sont toutes les deux mariées avec des enfants, et je ne les vois plus beaucoup. J'ai eu une enfance heureuse, malgré le fait que mes parents ne roulaient pas sur l'or. Mon père tenait un magasin de chaussures à Belleville. Ma mère s'occupait de nous.

———

Elle l'aidait de temps en temps au magasin, et elle faisait aussi quelques petits travaux de couture pour des voisines ou des clientes de mon père. J'ai passé mon enfance entre le magasin et le petit appartement que nous avions au-dessus. Les clientes de mon père m'adoraient et me gavaient de gâteaux et de bonbons. Alors autant vous dire qu'au moment où je me suis retrouvé au collège, ça m'a fait drôle ! J'étais tout gentil, à peine sorti des jupes de ma mère et de mes sœurs. Et puis j'ai fini par grandir et par m'endurcir à force de prendre des claques par les gamins de mon âge. Et à la fin du lycée, j'étais bon élève et je parvenais à maintenir une place respectée dans la classe. J'étais loin d'être la coqueluche du lycée, mais au moins, on me laissait tranquille. Et puis après mes études d'ingénieur j'ai quitté l'appartement familial. Mes sœurs étaient déjà parties depuis longtemps alors ce n'était plus pareil. J'ai pris un appartement et j'ai commencé à sortir, à rencontrer des gens, autres que les connaissances de mes parents je veux dire. J'ai rencontré une fille, Manon, qui a emménagé avec moi. Et puis elle est partie pour un autre et je me suis retrouvé tout seul dans l'appartement que nous avions fini par considérer comme notre appartement commun. Alors j'ai bien réfléchi, et j'ai décidé de changer d'horizon, en me disant que ça m'aiderait à oublier Manon et à vivre une vie qui me correspondrait davantage. Je connaissais déjà ce coin de Bretagne car nous y avions passé quelques vacances avec mes parents, mais je n'aurais pas imaginé que je viendrais y habiter un jour.

Enfin voilà, me voici à Saint-Karel et je m'y plais toujours autant.

Une question brûlait les lèvres de Camille :

- Et Manon, vous avez fini par l'oublier ?

A peine eut-elle posé sa question qu'elle rougit violemment.

Elyes détourna les yeux et son regard partit dans le vague. Il esquissa un sourire.

- Et bien, en vérité, pas tout-à-fait. J'ai retrouvé un équilibre et je suis heureux. Oui, vraiment, je suis heureux. Mais il m'arrive encore de penser à elle, à tous les moments que nous avons passés ensemble. Et immanquablement, je me demande pourquoi elle est partie. Avec le temps, j'ai identifié certaines choses, et je sais qu'il y en a d'autres que je ne veux pas voir. Mais c'est comme ça, et je me suis fait une raison. On ne décide pas toujours de tout dans la vie. Parfois, les autres le font pour nous, et il faut savoir faire avec.

Camille ne répondit pas et le silence s'installa. Ils burent leur thé sans parler et au début, Camille en fut gênée. Et puis au fil des

———

minutes, elle commença à apprécier cette sensation. Elle était calme et ressentait simplement la présence d'Elyes. Une présence à la fois douce et puissante, masculine, sécurisante. Comme elle n'osait pas le regarder, ses yeux se posaient tour à tour sur les meubles de la pièce, le jardin qu'elle apercevait au travers de la fenêtre, la table basse, ses mains qui enserraient son mug.

Et puis Elyes leva les yeux sur elle et brisa le silence.

- Camille, vous faisiez quoi sur la digue l'autre soir ?

Camille sursauta. La question d'Elyes lui fit l'effet d'une bombe. Elle sentit qu'elle commençait à paniquer. Elle avait chaud, elle avait froid, elle réfléchissait à toute allure sans pour autant trouver aucune réponse. Et pourtant, il fallait qu'elle réponde.

- Je... Je vous l'ai dit, je voulais voir la tempête de plus près. C'était... C'était tellement stupéfiant. Je... En fait, je ne sais pas si c'était une bonne idée. Et puis... Enfin voilà quoi.

Elle regarda Elyes qui la dévisageait attentivement.

- La tempête, oui..., répondit-il. Vous savez quoi, je ne veux pas me mêler de ce qui ne me regarde pas, mais j'ai bien vu que vous aviez l'air d'aller vraiment mal ce soir-là. Et je ne vous connais pas, mais de ce que je peux constater, vous avez une petite mine. Et j'ai vu aussi que ce que je vous ai raconté tout à l'heure vous a touchée. Je ne vous demande pas de me raconter l'histoire, mais je veux juste vous dire que ça n'en vaut certainement pas la peine. Votre vie est plus précieuse que ce que vous avez perdu. Je suis sûr que vous avez plein de belles choses à faire et à vivre. Alors n'attendez pas. Ne restez pas accrochée au passé. Il vous tire en arrière, il ne vous sert plus à rien, si ce n'est à éviter de refaire les mêmes erreurs. Si vous êtes venue ici, ce n'est pas par hasard. Alors profitez-en pour avancer.

Le regard scotché sur Elyes, Camille ne bougeait pas d'un cil. Elle ouvrit la bouche :

- Je...

Elyes l'interrompit immédiatement :

- Vous savez, tout le monde a le droit d'avoir un coup de mou..., lui dit-il très doucement.

Il marqua un silence.

- Faites juste attention à vous.

La jeune femme baissa les yeux et hocha imperceptiblement la tête. Puis, Elyes se leva.

- Je vais vous laisser maintenant. Michel devrait me répondre rapidement pour la chaudière. Si vous voulez, vous pouvez me

———

laisser votre numéro de portable. Quand il me répondra je vous enverrai un message pour vous dire à quel moment il peut venir faire les réparations. Ça vous va ?

- Heu, oui, oui, parfaitement, répondit Camille encore sous le coup de la discussion.

Elle se leva et attrapa un papier et un crayon qui trainaient, y nota son numéro et le tendit à Elyes.

- A bientôt alors, lui dit Elyes en rangeant le morceau de papier dans la poche de sa veste qu'il venait d'enfiler.

- A bientôt. Et merci.

Pour toute réponse, Elyes lui sourit. Et ce sourire était plein de sincérité et de sympathie. Elle en fut bouleversée.

Une fois Elyes parti, elle se sentit soudain très lasse. Elle s'effondra dans le canapé et se blottit sous le plaid.

Ce soir-là, elle resta de longues minutes à ne rien faire, juste comme ça, en silence. Au début, les pensées se bousculaient dans sa tête. Et puis, au bout d'un long moment, elles s'apaisèrent et Camille retrouva une partie du calme qu'elle avait perdu depuis longtemps. Elle se surprit à respirer plus lentement et plus profondément. Elle sentit que cette respiration et cet apaisement la renforçaient imperceptiblement.

Avant d'aller se coucher, elle entra doucement dans la chambre de sa tante. Elle s'assit sur le lit et respira le peu de ce qu'il restait encore de Maud. Ses yeux se posèrent sur la table de nuit sur laquelle se trouvait La Bible. Elle la saisit, l'ouvrit au hasard et lu ce qui lui tombait sous les yeux.

« Retrouve ton repos, mon âme
Car le Seigneur t'a fait du bien,
Il a sauvé mon âme de la mort,
Gardé mes yeux des larmes et mes pieds du faux pas. »

Camille sentit les larmes lui monter aux yeux. Elle referma le livre et sortit de la pièce en refermant la porte avec délicatesse, comme si elle sortait d'un temple.

Elle se déshabilla et se glissa sous la couette, puis se laissa emporter par un sommeil enfin réparateur.

———

Chapitre 5

Camille fut réveillée par les rayons du soleil qui perçaient au travers des volets de bois bleu. Elle s'étira comme un chat. Elle avait bien dormi.

Après son petit déjeuner, elle sortit faire une balade sur la côte pour prendre l'air et profiter du soleil. Elle marcha longtemps, toute étonnée de se sentir plus légère que trois jours auparavant. Comme quoi...

Sur le chemin du retour, elle aperçut au loin une silhouette tout au bord de la falaise. Intriguée, elle plissa les yeux et la scène se précisa au fur et à mesure qu'elle avançait. Une femme était assise sur une sorte de tabouret en toile, face à la mer. Le point de vue était magnifique. Devant elle, une toile était posée sur un chevalet. Elle tenait une palette de couleurs dans sa main gauche et un long pinceau dans sa main droite. Elle portait un chapeau de paille rose vif et un châle vert sapin à franches. C'était tellement caricatural que c'en était presque surréaliste. En s'approchant plus près, elle fut saisie par ce qu'elle découvrit. La toile était constellée de touches de couleurs vives savamment ordonnées. Bien qu'elle ne soit pas terminée, ce qui en ressortait à ce stade était époustouflant. Au-delà de la justesse dont la peinture faisait preuve, elle dégageait de la vivacité, de la force, du mordant, mais aussi de la poésie et une beauté infinie. Elle vous prenait aux tripes et vous plongeait dans le remous du ressac qu'elle représentait et dont il est impossible de ressortir intact.
Camille resta figée dans le dos de la peintre, pétrie d'émotions. Elle observait la toile et se laissait embarquer par le flot de son ressenti.
Et puis, poussée par une impulsion, elle s'avança sans quitter la toile des yeux jusqu'à se trouver tout à côté de la femme. Celle-ci continua à peindre, déposant délicatement d'épaisses tâches de gouache sur le tableau, sans s'émouvoir de la présence de Camille. Au bout de longues minutes, elle suspendit son geste :
- La vue est magnifique n'est-ce pas ?
Sa voix était rauque, probablement éraillée par des années de cigarettes.
- Magnifique..., murmura Camille. Et ce tableau... Vous avez un don, Madame.

———

La femme leva le visage vers Camille. Le teint buriné, elle avait dû abuser du soleil en plus du tabac. Elle n'était plus toute jeune et l'aspect de papier froissé de son visage contrastait avec l'élégante finesse de sa silhouette.

- Merci jeune fille. Je suis contente que cela vous plaise. Voyez-vous, ce que je peins, c'est pour les autres, pas pour moi. Je suis quelqu'un d'assez réservé. Non pas que j'ai du mal à parler avec les autres, non. Mais j'ai été élevée dans une famille où les sentiments devaient être tus. Alors je n'ai jamais appris à dire ce que je ressentais ni à exprimer la moindre émotion. La peinture, c'est le seul moyen que j'ai trouvé pour faire sortir tout ce qu'il y a à l'intérieur de moi. Et aussi pour susciter quelque chose chez les autres. Les faire réagir, les faire ressentir.

- Comme je vous comprends, soupira Camille, pensive.

- Pourquoi, vous peignez aussi ? S'étonna la femme.

- Heu… non, non, pas du tout ! S'exclama Camille. J'imagine, c'est tout. En tous cas, c'est réussi. Je suis sincèrement chamboulée par votre toile. Je l'aime beaucoup.

- Ravie de l'entendre ! Mais je ne me suis pas présentée. Lysiane Andrée, enchantée.

Elle se leva pour tendre la main à Camille qui la serra avec un regard complice.

- Camille Ellé. Je suis ravie de vous rencontrer.

- Si vous aimez ce que je fais, vous pouvez venir faire un tour à mon exposition. J'expose à la galerie d'art et culture de Saint-Karel. J'y suis jusqu'à la fin de la semaine prochaine, tous les soirs de 17h à 20h. Si vous avez un peu de temps, passez me voir, ce sera l'occasion pour moi de vous faire découvrir quelques-unes de mes peintures.

- Avec grand plaisir ! Je passerai sans aucun doute.

Camille marqua une pause. Comme la veille, elle se força à poser une première question à l'artiste.

- Dites-moi, vous peignez depuis longtemps ?

- A vrai dire, pas tellement non. Je ne fais pas partie de ces personnes dont c'est la vocation depuis l'enfance. L'envie, ou peut-être le besoin devrais-je dire, me sont venus beaucoup plus tard, à l'âge adulte, avec les aléas et les drames de la vie.

Lysiane tourna son visage vers le large et se rassit. Elle marqua un temps de pause avant de reprendre.

- J'ai eu trois enfants. Deux filles et un garçon. Mes filles ont vécu leur adolescence sans encombre, mais pas mon fils. Il a connu des difficultés au lycée. Des problèmes avec les jeunes de son âge. Ils étaient violents avec lui, physiquement et verbalement. Je n'ai jamais su exactement ce qu'il s'est passé pendant tout ce temps. Toujours est-il que Rémi n'a pas supporté. Il s'est suicidé. Il s'est pendu dans le garage de notre maison. Il avait dix-sept ans. Sa mort a été un drame, il n'y a pas de mot pour décrire ce que nous avons vécu. Avec le recul, je me demande encore comment nous avons fait pour nous en sortir. J'ai voulu consulter un psychologue car je sentais que je n'y arrivais pas toute seule. J'avais trop de souffrance en moi. Seulement voilà, impossible de parler. Tout était retenu au fond de moi. C'est lui qui m'a proposé de peindre pour extérioriser ce qui me rongeait à l'intérieur. J'ai commencé par peindre des toiles très noires. Certaines représentaient Rémi, d'autres simplement le chaos. Avec le recul, je peux maintenant dire que c'est la peinture qui m'a sauvée.

Elle eut un petit sourire dans le vague.

- Et puis au fil des années, ma peinture a évolué et j'ai fini par me concentrer presqu'exclusivement sur des paysages. Je recherche des endroits qui me touchent et je les représente au travers de ce que je ressens, de l'émotion qu'ils suscitent en moi. Et j'espère toujours que cela remue un peu les tripes de celui ou de celle qui regarde mes tableaux.

- C'est évident ! On voit que vous peignez avec votre cœur et pas avec votre tête. C'est ce qui fait toute la différence. Et c'est cela qui nous touche.

- Merci Camille. Je suis très touchée par ce que vous me dites.

- C'est moi qui vous remercie. Merci de m'avoir raconté votre histoire, elle donne tellement de sens à ce que vous faites. Je passerai vous voir bientôt à la galerie, c'est promis. Je vais vous laisser terminer maintenant. Merci encore.

- A très bientôt alors. Faites attention à vous.

Camille lui adressa un large sourire en lui prenant les mains. Comme Elyes la veille, on lui demandait de prendre soin d'elle. Pour la seconde fois en quelques minutes, elle sentit ses yeux s'humidifier.

- Oui, vous avez raison, il faut que je fasse attention à moi. Ce n'est pas simple en ce moment pour moi. Je suis venue ici dans l'espoir d'aller mieux, et ça commence à fonctionner.

Lysiane lui jeta un regard malicieux.

- Si je peux me permettre de vous donner un conseil : mettez-vous à la peinture.

Camille la regarda interloquée.

- Peut-être, hésita-t-elle. Je vais y penser. A très bientôt.

- A bientôt ma jolie.

Puis elle s'éloigna et, tout en marchant, elle se demanda pourquoi elle n'avait pas dit à Lysiane qu'une bonne quarantaine de toiles qu'elle avait peintes elle-même dormait au fond de sa cave à Paris.

A peine Camille fut-elle rentrée que son téléphone portable sonna. C'était sa mère.

- Bonjour Maman.

- Bonjour Camille. Comment vas-tu ?

- Ca va. Et vous, quoi de neuf ?

- Oh, pas grand-chose. Ton père est tout le temps sur l'ordinateur, je ne sais pas ce qu'il fiche. Et moi je m'occupe. Et puis tu as vu ce temps ? Impossible d'aller se promener. Et toi, ça avance tes recherches d'emploi ? Tu as eu des entretiens ?

- Non, je n'ai pas de nouvel entretien.

Camille marqua une pause.

- A vrai dire, j'ai décidé de prendre quelques jours de vacances. Je suis à Saint-Karel, chez Maud.

La réaction ne se fit pas attendre.

- Quoi ? A Saint-Karel ? Mais qu'est-ce que tu fabriques là-bas ?

- Et bien je suis un peu fatiguée en ce moment alors j'ai voulu venir me reposer un peu et profiter de l'air marin. Et de profiter un peu de la maison de Maud. D'ailleurs tu verrais le jardin, c'est un vrai capharnaüm.

- Ce n'est pas étonnant, déjà qu'à l'époque où on y allait il n'était pas entretenu. Ça n'a pas dû s'arranger. Mais pourquoi dis-tu que tu es fatiguée ? Tu ne travailles plus alors tu as le temps de te reposer non ?

- Oui… enfin non, pas trop en fait. Il faut tout de même arriver à gérer le licenciement, ce n'est quand même pas évident. Et puis la rupture avec Antoine est aussi un peu difficile à avaler. Alors ça me fait du bien de changer d'air.

- Pour Antoine, tu sais ce que j'en pense. Ce n'était pas un garçon pour toi. Je ne te l'ai jamais dit mais c'est ce que je pensais. Et ton père aussi d'ailleurs. Et pour le travail, tu vas en retrouver facilement ! Beaucoup d'entreprises emploient des graphistes. Tu sais, la crise c'est bon pour ceux qui ne veulent rien faire. Ceux qui veulent vraiment travailler trouvent sans problème, crois-moi. Seulement il faut se bouger et faire ce qu'il faut.

———

- Je sais. Mais ce n'est pas toujours évident.

- Tu as le temps en tous cas. Tu as toute la journée ! Et tu fais quoi à Saint-Karel ? Ça doit être complètement mort.

- C'est vrai qu'il n'y a pas foule, et justement c'est bien. Je me promène, je fais un peu d'exercice, et j'ai aussi fait du rangement dans la maison.

- Du rangement ? Mais ce n'est pas à toi de le faire. C'est à ton père et à ton oncle. Ne perds pas de temps avec cela. Concentre toi plutôt sur ta recherche d'emploi.

- Mais Maman, ça me fait plaisir de le faire. Je suis contente de retrouver les affaires de Maud, ça me rappelle des souvenirs.

- Oui, enfin bon, bonjour la perte de temps. Mais que veux-tu que je te dise ? Fais comme tu veux. Tu rentres quand ?

- Je ne sais pas encore. Je te dirai quand je serai de retour à Paris.

- Et tu as prévu de venir nous voir quand ?

- Je ne sais pas. Il faut que je regarde le prix des billets de train.

- Et bien fais-le alors, tu te rends compte que nous ne t'avons pas vue depuis Noël ?

- Oui Maman. Je vais regarder. Tu me passes Papa ?

- D'accord. Je vais essayer de le décoller de son ordinateur. A bientôt. Bisous

- Oui. Bisous.

Camille entendit sa mère appeler son père en criant "Pauuuuuul" à travers la maison. Aux bruits de pas qui se rapprochaient elle devina qu'il arrivait. Puis elle entendit sa mère dire :

- Mais bon sang, qu'est-ce que tu fiches encore sur cet ordinateur ?

- Je regarde des trucs sur Internet.

- Et à quoi ça te sert ? Il y a plein de choses à faire dans la maison. Franchement, on a d'autres chats à fouetter.

Camille se demandait bien à quels chats elle faisait référence, enfin, façon de parler bien-sûr. Sa mère avait l'art de se plaindre et elle n'était jamais contente. A la longue, c'était pénible.

- Oui, c'est bon Béatrice, répondit Paul. Je vais le faire après. Je parle à Camille et après je m'occupe de tes cadres.

Et voilà, le nœud du problème était une simple histoire de cadres en attente d'un morceau de mur.

- Ok. Fais vite alors.

Camille entendit le souffle de son père à l'autre bout du fil.

- Bonjour Camille. Comment vas-tu ?

- Ca va. Je disais à Maman que je suis à Saint-Karel chez Maud.

- Ah bon ? Tu y es depuis quand ?

- Depuis trois jours. La chaudière est tombée en panne. Il faut remplacer une pièce. Le réparateur viendra d'ici la fin de la semaine.

- Ça ne m'étonne pas. Elle a cent ans cette chaudière ! dit Paul en éclatant de rire. Et la maison, elle est dans quel état ?

- Ça va. J'ai fait le ménage, il y avait une tonne de poussière. J'ai fait du tri aussi. En revanche, le jardin est une vraie friche. Le type que vous avez trouvé doit passer une fois tous les trois mois vu l'état de la pelouse. Enfin, si on peut encore appeler ça une pelouse.

- C'est vrai qu'il n'avait pas l'air très sérieux quand on l'a rencontré avec Philippe. Mais bon, il n'y avait que lui. C'est bien que tu aies pu faire du tri. On n'a jamais vraiment pris le temps de le faire avec ton oncle. Mais dis-moi, tu restes longtemps là-bas ?

- Je ne sais pas encore. C'est bon pour la santé l'air iodé, plaisanta Camille. Alors je vais en profiter encore un peu.

- Tu as bien raison ! S'exclama son père. J'aimerais bien moi aussi faire ce genre de choses. Mais Béatrice ne veut pas entendre parler de Saint-Karel et elle est trop occupée à garder les enfants de Bérénice pour faire autre chose.

- Tu pourrais venir tout seul non ?

- Bof, non. Et puis j'ai des choses à faire à la maison.

Camille lâcha l'affaire.

- A toi de voir. Bon, je vais te laisser. A bientôt.

- Oui, à bientôt. Je t'embrasse.

- Moi aussi.

Camille raccrocha. A elle seule, la conversation qu'elle venait d'avoir avec ses parents résumait parfaitement les relations qu'ils entretenaient. En apparence, ils renvoyaient l'image d'une famille heureuse et soudée, ce qui n'était d'ailleurs pas complètement faux. Cependant, Camille avait la sensation d'y étouffer. Sa mère avait été très présente, mais pas toujours dans le bon sens du terme. Elle avait effectué toute sa carrière dans une banque et, comme elle avait des horaires de bureaux, qu'elle ne travaillait pas le mercredi et que la banque était située à deux pas de chez eux, elle était souvent à la maison. Elle avait soigné les bobos, aidé ses filles à faire leurs devoirs, avait organisé des virées shopping à Bordeaux, les avait aidées dans le choix de leurs études, les avait consolées de leurs premiers chagrins d'amour, etc, etc. De ce fait, elle était très impliquée dans la vie de ses filles. Elle avait toujours un conseil ou un avis à donner et, comme elle avait un caractère bien prononcé,

———

elle imposait, sans doute bien souvent sans s'en rendre compte, ses convictions. Camille s'était naturellement pliée à ce mode de fonctionnement, faisant inconsciemment certains choix pour sa mère et non pour elle-même. Sauf qu'au fil des années, c'était devenu de plus en plus pesant. En quittant sa ville natale, elle avait pris un peu de liberté et elle avait réalisé qu'autre chose était possible, ce qui lui avait bien plu. Alors, elle avait commencé à moins supporter les intrusions, certes bienveillantes et pleines de bonnes attentions, de sa mère dans sa vie personnelle et professionnelle et elle avait mis peu à peu de la distance. Elle avait fini par trouver un semblant de nouvel équilibre, qui lui semblait plus juste.

Après le déjeuner, Camille décida de s'offrir une petite sieste. Elle retira son pantalon et son pull et se glissa sous la couette en sous-vêtements. Elle se pelotonna comme un chat au fond du lit et elle se laissa glisser dans un sommeil léger.

Deux heures plus tard, une sonnerie lui parvint aux oreilles. Elle était terriblement lointaine… L'esprit embrumé, elle se demanda si ce n'était pas un rêve. Puis la sonnerie s'arrêta, avant de reprendre de plus belle. Cette fois, Camille ouvrit les yeux et en localisa la provenance. C'était son téléphone qui s'égosillait depuis le rez-de-chaussée. Elle bondit du lit et dévala l'escalier avant de saisir l'appareil et de constater que c'était Constance qui l'appelait. Elle décrocha.
- Camille ? Ça va ? Pourquoi tu ne réponds pas ?
La pauvre avait l'air complètement affolé.
- Salut toi ! Oui, ça va. Ne t'inquiète pas, j'étais juste en train de dormir.
- Ah bon ? A cette heure-là ?
- Bah oui. Pourquoi ?
- Je ne sais pas, comme ça. Remarque, vu le temps qu'il fait, tu as bien raison de rester sous la couette.
Par réflexe, Camille regarda dehors. Le soleil était radieux. Elle mit quelques secondes à réaliser que Constance parlait du temps de Paris, ne sachant pas que son amie avait pris le large quatre jours plus tôt.
- En fait, je ne suis pas à Paris. Je…
- Ah bon ? La coupa Constance. Mais tu es où ?
- Je suis à Saint-Karel, dans la maison de ma tante.

———

- Quoi ? Mais qu'est-ce que tu fiches là-bas ? Tu ne m'avais pas dit que tu avais prévu de partir !
- A vrai dire, ce n'était pas prévu. Je suis partie vendredi sur un coup de tête. On a échangé quelques SMS avec Daniel et on a parlé de Saint-Karel. Je me suis dit que ce serait une bonne idée de venir y passer quelques jours. Je ne sais pas bien pourquoi d'ailleurs mais bon, j'ai pris un billet de train et voilà, je suis arrivée vendredi soir.
- Et... tu vas bien ? demanda Constance d'un ton hésitant.
- Oui, tout va bien, sourit Camille. Je suis contente d'être chez ma tante. J'ai trié ses affaires et j'ai retrouvé plein de souvenirs. Ça m'a fait plaisir. Et puis je me balade et je prends l'air. Moi qui n'avais pas mis le nez dehors depuis un bail, je peux te dire que je m'aère.
- Tant mieux alors. Je suis rassurée. Et tu connais du monde là-bas ?
- Pas vraiment. J'ai rencontré la boulangère que je connais depuis que je suis toute petite. Elle s'appelle Denise et elle est adorable. Elle m'a même invitée à prendre le thé. Et puis la chaudière de la maison est tombée en panne. Je suis allée chercher de l'aide à la librairie et j'ai rencontré un type qui bosse dans le bâtiment et qui s'y connaît. Il est venu voir la chaudière et m'a dit qu'il fallait changer une pièce. Une personne qu'il connaît doit passer dans les jours qui viennent pour la réparer.
- Et bien dis donc, je suis épatée ! Tu as l'air d'aller drôlement mieux !
- Oui, je commence à me sentir un peu mieux.
- Et dis donc, il est comment ce type qui s'y connaît en chaudières ?
Constance avait une voix de conspiratrice. Camille éclata de rire.
- Et bien... Il est pas mal du tout ! Grand, brun, élégant. Il est d'origine marocaine. Il habite à Saint-Karel mais il travaille à Nantes. Il est ingénieur dans une entreprise de travaux ou quelque chose comme ça et ça a l'air de lui plaire. Il a complètement refait la maison qu'il a achetée à Saint-Karel.
- Hum hum... Tu m'as l'air d'en connaître un rayon sur lui. Elle a bon dos la chaudière ! En tous cas, ça fait plaisir de t'entendre rire !
- Oui, c'est vrai que ça fait du bien de rire à nouveau.
- Ecoute Camille, si Saint-Karel est une bonne thérapie pour toi, restes-y autant que tu veux ! Tu ne rates rien à Paris !
- Et toi, comment vas-tu ?

———

- Oh, rien de neuf. La routine. Il est temps que les vacances de Pâques arrivent, les enfants commencent à être intenables. Ils sont crevés, et moi aussi du coup.

Camille sourit. Constance était institutrice et elle adorait son métier. Elle savait s'y prendre avec les enfants et ils le lui rendaient bien.

- J'imagine. Elles vont vite arriver maintenant.
- Heureusement ! Bon, tu reviens quand ?
- Franchement, je n'en ai aucune idée. Pour le moment, je me sens bien ici, alors je vais rester un peu.
- Tu as raison. Je t'ai vue tellement au fond du gouffre ces derniers mois que tout ce que tu peux tenter pour aller mieux est bienvenu. N'oublie pas de me donner de tes nouvelles, sinon je vais m'inquiéter !
- Oui, bien-sûr ! Je t'embrasse fort.
- Moi aussi. Et prends bien soin de toi.
- Merci…

Camille raccrocha, sereine. La légèreté de Constance lui faisait du bien. Son amie était toujours pleine de surprises, pouvant avoir les pieds sur terre tout en se posant des questions incroyables et en étant prête à faire n'importe quoi. Elles se connaissaient depuis quelques années, s'étant rencontrées à l'occasion de leur cours de danse. Une solide amitié s'était rapidement nouée entre elles. Elles avaient pris l'habitude de tout se raconter et elles avaient une confiance inébranlable l'une en l'autre. Constance avait toujours été présente pour Camille, et inversement. C'était rassurant de savoir qu'elle serait là, quoi qu'il arrive.

Camille monta s'habiller et décida de tenter de démarrer la voiture de Maud. Elle avait aperçu les clefs dans le tiroir du buffet et elle avait envie de faire un tour sur la corniche.

La vieille Clio démarra au quatrième essai, ce qui relevait du miracle vu son âge. En revanche, Camille eut plus de mal à refermer la porte de garage grippée.

Elle finit par réussir à extraire la voiture du jardin en friche et prit la direction de la corniche. Il faisait beau et la route était déserte. Camille n'avait pas conduit depuis plusieurs mois, alors elle prit la route avec prudence. Au bout de quelques minutes, elle retrouva de l'assurance, ouvrit la fenêtre et passa sa main à l'extérieur de la voiture. Elle sentit l'air lui caresser la main et l'avant-bras et joua

———

avec la légère résistance de l'air contre sa paume. Elle sourit et prit les virages suivants avec encore plus de plaisir.

Alors qu'elle roulait et profitait de ces moments de douceur et de liberté, son téléphone émit une rapide sonnerie indiquant qu'elle venait de recevoir un message. Elle y jeta un coup d'œil et vit s'afficher un numéro qu'elle ne connaissait pas. Intriguée, elle se rangea sur le bas-côté et lu le message.

- Bonjour Camille. J'espère que vous profitez du beau temps. Michel peut passer chez vous demain pour la chaudière. Êtes-vous ok ? Elyes

Le cœur de Camille fit un léger bond dans sa poitrine. Demain....? Évidemment que oui, c'était ok pour elle. Elle n'avait rien de prévu de toutes façons, ni pour demain, ni pour plus tard.

- Bonjour Elyes. Oui, c'est bon pour moi. Merci pour votre message. Camille

La réponse arriva presqu'immédiatement.

- Parfait ! 14 h ?

- Oui, ok pour 14 h.

- Parfait !

Un autre message arriva quelques dixièmes de secondes plus tard.

- Ça va vous ?

Les battements cardiaques de Camille s'accélèrent un peu.

- Oui, merci. Et vous ?

Elle trouva sa réponse tout à fait nulle.

- Très bien oui. Je suis sur un chantier du côté de Pornichet. Alors je profite un peu du soleil ;)

C'était le moment d'avoir l'air un peu plus détendue...

———

- Moi aussi. Je me balade sur la Corniche. J'ai réussi à démarrer la voiture de ma tante ;-) et la route est magnifique.

- Vous avez de la chance ! Si vous avez un peu de temps, descendez voir la crique du Criméa. Elle est en contrebas de la route de la corniche juste avant d'arriver à Piriac. Elle n'est pas indiquée, il faut prendre le chemin juste avant la maison aux volets rouges. Vous verrez, cet endroit est magique. Et je vous raconterai l'histoire demain :)

- Avec plaisir ! Merci pour l'idée, je vais y aller !

- Profitez bien pour moi et à demain !

Camille reposa son téléphone sur le siège et sourit. Sans trop savoir pourquoi elle avait aimé cet échange de messages. Et elle réalisa qu'elle était plutôt heureuse à la perspective de revoir Elyes le lendemain. Elle ne le connaissait pas, ne l'avait vu que deux fois (dont une dans des circonstances plus que particulières), et pourtant elle se sentait à l'aise avec lui.

Quand elle redémarra la voiture, le sourire sur ses lèvres s'était élargi.

———

Chapitre 6

Le lendemain, le temps avait viré au gris. Dehors, un vent froid semblait vouloir chasser le printemps et l'épaisse couche de nuages défilait à toute vitesse dans un ciel couleur de plomb.

N'ayant aucune envie de mettre le nez dehors par ce temps qui la rendait apathique, Camille traina toute la matinée en pyjama. Elle parcourut les deux magazines qu'elle avait apportés avec elle, puis éclusa une pile de journaux datant des années quatre-vingt-dix. Elle tourna dans la maison et s'arrêta devant chaque bibelot, laissant le flot de ses souvenirs aller et venir au gré de ses pensées. Elle se rappela les fous-rires avec sa tante, les parties de cartes à n'en plus finir les jours de pluie, les baignades sous le soleil du mois d'Août qui s'éternisaient jusqu'à ce qu'elle ressorte de l'eau en tremblant de froid, les copines qui changeaient chaque été au gré des choix de destinations de vacances de leurs parents, les pâtés de sable, les méduses, les algues, l'odeur si tenace de l'iode. Et puis elle se souvint des virées nocturnes et des discussions à n'en plus finir avec Daniel et Pauline alors que la fin de leur adolescence rendait leur vie un peu plus compliquée. Lui revint en mémoire les questions qu'ils se posaient et celles qu'ils n'osaient pas évoquer mais qu'ils avaient tous les trois en tête. Elle sourit au souvenir de la manière qu'ils avaient de se rassurer sans en avoir l'air. Toutes ces années, quelles qu'en aient été les difficultés, étaient profondément ancrées en elle et l'avaient aidée à se construire. Saint-Karel et tout ce qui faisait la magie de ses étés l'avaient aidée à trouver un équilibre.

Elle se rendit compte à quel point elle était attachée à cet endroit et à quel point elle ne l'avait pas vraiment réalisé. Elle était heureuse d'être là, ici et maintenant, avec ce qu'il se passait dans sa vie. Elle avait fait le bon choix. Elle en était certaine.

Perdue dans ses pensées, Camille ne vit pas la matinée s'écouler. Elle réalisa tout à coup qu'il était midi passé et qu'elle était encore en pyjama. Elle rangea la pile de magazines, prit une douche rapide et entreprit de s'habiller. Pour la première fois depuis plusieurs mois elle se planta devant sa valise ouverte de laquelle émergeaient des tas de vêtements en pagaille, et elle se demanda ce qu'elle allait bien pouvoir porter. Depuis l'épisode de l'hôpital, elle n'avait eu que faire de la manière dont elle était habillée et de l'image qu'elle pouvait renvoyer. Mais aujourd'hui, c'était un peu différent. Alors

———

qu'elle exhumait un à un les vêtements de la valise, elle se surprit à constater qu'elle avait envie d'être à son avantage. Elle devait avouer qu'elle trouvait Elyes très charmant et elle voulait inconsciemment être à la hauteur. Elle finit par choisir un pantalon slim en coton noir et une blouse liberty qui lui donnerait bonne mine. Au moment de se coiffer, elle décida qu'il lui faudrait acheter un peu de maquillage. Tant pis, ce ne serait pas pour aujourd'hui.

Quand on frappa à la porte, elle se leva du canapé un peu moins nerveusement que la fois précédente, même si son cœur s'était mis à battre la chamade. Après avoir invité Elyes à entrer, Camille en profita pour le détailler des pieds à la tête. Il portait un jean bleu foncé, un polo au col blanc et un pull gris à col en V très ajusté. Il avait aux pieds des baskets en toile grise et bleue. Ses cheveux un peu ébouriffés et sa barbe de trois jours lui donnaient une allure faussement décontractée qui lui allait terriblement bien. Alors qu'il passait devant elle, elle saisit au vol son odeur qui la bouleversa instantanément.
- Bonjour Camille, dit-il simplement dans un sourire.
- Bonjour. Vous allez bien ?
- Très bien oui ! Michel devrait arriver d'un instant à l'autre. Il m'a appelé pour me dire qu'il était en route. Ça s'est réchauffé chez vous on dirait ?
- Oui ! Je crois que le soleil d'hier a bien aidé. Il était temps, j'étais vraiment gelée l'autre soir.
- Vous verrez, Michel est très pro. Ce soir, cette histoire de chaudière ne sera plus qu'un mauvais souvenir.
Ils s'assirent dans les canapés.
- Et votre balade d'hier alors ? C'était comment ? Racontez-moi !
- Et bien c'était… magnifique. Cela faisait longtemps que je n'étais pas allée sur la corniche. J'avais presque oublié à quel point c'est beau. J'adore le côté sauvage et naturel de cet endroit. Et puis je suis allée voir la crique dont vous m'avez parlé.
- Ah oui ! Vous avez trouvé facilement ?
- Oui, sans aucun problème. Heureusement que vous m'aviez donné la maison aux volets rouges comme point de repère, ça m'a tout de suite permis de trouver la descente.
- Et alors ? Qu'en avez-vous pensé ?
Camille marqua une pause.
- Et bien, au début, quand je suis arrivée, je me suis dit que cette crique n'avait rien d'exceptionnel et qu'elle était comme toutes les

autres. Et puis je me suis souvenue que vous deviez me raconter son histoire. Alors je me suis dit qu'il devait y avoir quelque chose de spécial rattaché à cet endroit et je me suis assise sur le sable. La mer était calme et il y avait juste une petite brise. J'ai retiré mes chaussures et j'ai enfoncé mes pieds dans le sable. Au bout d'un moment j'ai fermé les yeux. J'ai même fini par m'allonger sur la plage. J'ai commencé à me détendre, et je me sentais tellement bien que je me suis à moitié endormie. Je ne sais pas combien de temps je suis restée comme cela, à écouter l'eau arriver sur la plage. Et puis la mer est montée et quand elle a atteint mes pieds j'ai décidé de rentrer. Et en remontant, je suis tombée sur une petite croix de bois plantée sur un rocher face à la mer. Il y avait deux chapelets enroulés autour de la croix. Ils avaient l'air tellement vieux ! Je me suis demandée pourquoi elle était là. C'était beau, et ça avait l'air… comment dire… tellement à sa place. Vous voyez ce dont je parle ? Elyes souriait en la regardant.

- Bien-sûr que je vois de quoi vous parlez. Je vous avais dit que je vous raconterai l'histoire de cette crique, alors je vais le faire. Vous vous souvenez qu'elle s'appelle la crique du Criméa ? Et bien ce nom lui a été donné en hommage à un naufrage qui a eu lieu dans cette crique. La légende dit qu'au début des années 1900, une équipe de pêcheurs est partie de Piriac relever ses filets, comme chaque matin. Le bateau s'appelait le Criméa. Il y avait trois hommes à bord. La vie était difficile et la pêche plutôt aléatoire, alors ils étaient toujours en quête d'endroits nouveaux qui leur permettraient de ramener plus de poisson. L'un des pêcheurs avait entendu parler d'un coin précis où les maquereaux affluaient. Comme ils leur restaient un peu de temps, ils décidèrent d'aller y jeter un œil. Personne ne sait exactement ce qu'il s'est passé, mais toujours est-il que le bateau a coulé. Les trois hommes sont morts noyés. Seul le capitaine était marié, les deux autres hommes étaient de jeunes étrangers qui avaient été embarqués quelques mois plus tôt alors qu'ils arrivaient d'on ne sait où à la recherche d'une vie meilleure. On raconte que Marguerite, la jeune épouse du capitaine, ne s'est jamais remise de la mort de son mari. Après plusieurs semaines de descente aux enfers, elle aurait planté une croix de bois, face à l'endroit où le bateau aurait coulé, et aurait sauté du haut des rochers dans la mer où elle se serait noyée pour rejoindre son époux pour l'éternité. Cette croix, c'est celle que vous avez vue. Et la légende dit que les deux chapelets sont apparus dans la

———

nuit suivante. Ils auraient été déposés par les âmes du capitaine et de Marguerite, en symbole de leur amour éternel.

Camille était bouche bée et Elyes éclata de rire.

- Enfin, ça c'est la légende qui le dit ! S'exclama-t-il.
- Oui, pardon ! Ah mince, j'ai l'air complètement ridicule !

Camille rit à son tour.

- Mais non, pas du tout ! Je trouve ça très touchant que cette histoire vous subjugue autant, dit-il avec un regard gentiment moqueur.
- Attendez, c'est de votre faute ! Ça a l'air tellement vrai ! Se défendit Camille.
- Mais ça l'est sûrement ! Répondit Elyes avec un clin d'œil.
- Vous vous moquez de moi, dit Camille en éclatant de rire. Je suis sure que vous venez d'inventer cette histoire juste pour me voir me ridiculiser !
- Mais pas du tout ! Je vous assure que si vous demandez aux gens d'ici de vous raconter l'histoire de la crique du Criméa vert ils vous diront exactement ce que je vous ai dit. En moins bien évidemment !

Ils rirent de concert.

Camille reprit.

- En tous cas, légende ou pas légende, il a dû bel et bien se passer quelque chose dans cette crique, sinon il n'y aurait pas cette croix. Et puis de toute façon, peu importe, ce qui compte c'est que cet endroit soit si beau.

Elyes était redevenu sérieux et son regard était devenu plus profond.

- Absolument. Vous avez raison. Ce qui est important c'est qu'on s'y sente si bien. Et que vous ayez aimé !
- Ça oui ! Merci de m'avoir fait découvrir cet endroit.
- On pourra y retourner ensemble si vous avez un peu de temps un de ces jours.

Camille sentit ses joues rosir.

- Pourquoi pas, oui.

Elle lui sourit timidement.

Puis on frappa à la porte et Elyes se leva pour ouvrir.

- Bonjour Michel, dit-il à un homme trapu qu'il invita à entrer.

Le teint buriné, Michel sentait le tabac à trois kilomètres et affichait un sourire franc sous des yeux bleu clair.

- Bonjour Elyes. Alors, elle est où cette chaudière ?

———

- Dans le garage. Je vais t'accompagner. Je te présente Camille, la propriétaire des lieux.

Michel se dirigea vers Camille et lui serra vigoureusement la main.

- Bonjour. En fait, je ne suis pas vraiment la propriétaire. C'est la maison de ma tante, et personne n'y est venu depuis longtemps. Alors la chaudière a dû avoir du mal à résister à toutes ces années pendant lesquelles elle n'a pas fonctionné.

- En effet, cela n'a certainement rien arrangé. Je vais aller voir ça.

Elyes et Camille accompagnèrent Michel dans le garage.

- Oh là là, s'exclama ce dernier. Elle est préhistorique votre chaudière !

Camille se sentit un peu gênée et Elyes dû le ressentir car il répondit :

- Eh oui ! C'est pour cela que j'ai fait appel à toi. Je sais que tu es un as quand il s'agit de remettre sur pied des antiquités.

- Ne vous en faites pas Mademoiselle, je vais vous réparer tout ça.

- Vous avez besoin d'outils, ou de quelque chose ? demanda la jeune femme.

- Rien du tout ! J'ai tout dans ma caisse à outils. Vous pouvez aller boire un café, je vous appelle quand j'ai terminé.

- OK, répondit Elyes. Vous venez Camille ?

Camille le suivit jusqu'au salon où ils se rassirent dans les canapés.

- Vous allez voir, il va vous la réparer en un clin d'œil. C'est un vrai pro.

- Vous l'avez connu comment ?

- J'ai eu l'occasion de travailler avec lui sur quelques chantiers et c'est comme cela que j'ai pu apprécier la qualité de son travail. Depuis, je fais appel à lui dès que je le peux. Vous savez, dans mon métier, il est primordial de pouvoir faire confiance aux personnes avec qui on travaille. Il en va de notre réputation. Alors vous verrez, la chaudière, vous allez la garder pendant encore des années ! D'ailleurs, j'ai cru comprendre que vous n'étiez pas venue ici depuis longtemps.

- Non, c'est vrai. Ma tante est décédée il y a six ans et personne n'est vraiment revenu ici depuis. Mon père et mon oncle sont passés en coup de vent pour remettre la maison en ordre quelques jours après la mort de Maud et ils ont embauché un jardinier pour s'occuper du terrain. Mais aucun de nous n'est venu y passer de nouvelles vacances.

- Et votre tante n'avait pas d'enfants ?

———

- Non, elle ne s'est jamais mariée et n'a jamais eu d'enfants. Elle avait une vie un peu à part. Toujours en vadrouille, très originale, elle avait un franc-parler qui dérangeait et qui la rendait attachante en même temps. Je pense qu'elle était incapable de se poser. Le seul endroit où elle se retrouvait, c'était ici. C'était son port d'attache en quelque sorte.

- Comme je la comprends ! C'est tellement ressourçant ici. Ça devait être un sacré personnage votre tante. Mais alors, qu'est-ce qui vous a décidée à venir à Saint-Karel après toutes ces années ?

Camille fut surprise par la question et ne sut quoi répondre. Elle enroula ses bras autour d'elle et baissa les yeux.

- Pardonnez-moi, lui dit doucement Elyes. Je suis indiscret. Vous n'êtes pas obligée de répondre vous savez.

- Si si. Ne vous en faites pas. C'est juste que je n'ai pas vraiment la réponse à votre question.

- Comment cela ?

- Et bien, à vrai dire, je ne sais pas vraiment ce qui m'a décidée à venir ici. Comme vous l'avez deviné, je ne suis pas au meilleur de ma forme. Vous aviez raison l'autre jour quand vous m'avez dit que j'avais l'air d'avoir été touchée par votre histoire avec Manon. Mon histoire avec Antoine s'est terminée il y a quatre mois et j'ai du mal à encaisser. Je crois que je n'en suis pas encore tout à fait remise. Surtout qu'à cette rupture s'est ajouté mon licenciement. Je travaillais dans une agence de graphisme et mon boss m'a virée du jour au lendemain pour mettre à ma place son nouveau petit ami. Alors ça a fait trop pour moi et j'ai pété un plomb. J'étais vraiment au fond du seau et je suis venue ici sur un coup de tête, en espérant que ça m'aide à aller mieux.

Camille avait les larmes aux yeux.

- Et...ça vous aide à aller mieux ? Lui demanda-t-il doucement.

Camille releva la tête et elle fut happée par le regard du jeune homme. Elle abandonna toute résistance et se sentit instantanément en confiance.

- Oui, je crois que oui. Vous voyez, une conversation comme celle-là, c'était inenvisageable pour moi il y a un mois. J'ai parlé à plus de monde en cinq jours ici qu'au cours des deux derniers mois à Paris. Je suis sortie, j'ai marché, j'ai parlé à des gens que je ne connaissais pas, j'ai ri. Tout cela peut vous paraître anodin, mais pour moi c'est un grand pas.

- Vous pouvez être fière de vous alors. Vous avez bien fait de venir ici. Vous allez voir, c'est comme Michel avec votre chaudière, Saint-Karel va vous remettre sur pieds.

Camille sourit et Elyes posa sa main sur le bras de la jeune femme, ce qui la réconforta immédiatement et la troubla un peu aussi.

- Et combien de temps avez-vous avez prévu de rester ici ? Lui demanda-t-il.

- Je n'en ai aucune idée. Vraiment aucune idée. Je n'ai aucun programme établi, ni aucune idée de ce que je vais faire. J'improvise au jour le jour et de toute façon, rien ni personne ne m'attend à Paris. Alors je ne suis pas pressée.

- Vous avez raison. Il faut vous laisser le temps d'aller mieux. Vous avez quelque chose de prévu ces prochains jours ?

- Pas vraiment non. Pourquoi ?

Et tout en posant la question, le souvenir de Lysiane lui revint en mémoire.

- Ah si, s'exclama-t-elle. J'ai rencontré hier matin une femme qui peignait sur la falaise. Vous verriez ce qu'elle peint. C'est incroyable. Elle m'a un peu raconté son histoire et elle m'a proposé de passer voir son exposition à la galerie d'art de Saint-Karel. Ca me tente vraiment d'y aller pour découvrir ses autres tableaux. Et puis je dois dire que le personnage en tant que tel m'a beaucoup plu. Alors je suis curieuse de la découvrir un peu plus.

- Vous aimez la peinture ?

- Oui, assez. Je ne m'y connais pas énormément mais je vais voir des expositions de temps en temps. J'aime surtout les artistes méconnus du public et qui arrivent à transmettre quelque chose. J'adore me laisser embarquer par des œuvres confidentielles que je découvre par hasard. Je suis capable de rester devant certains tableaux pendant de longues minutes, juste pour le plaisir de ressentir l'émotion qui monte en moi.

Elyes la regardait parler, visiblement avec plaisir.

- Vous êtes incroyable, sourit-il.

- Mais…pourquoi ?

- Pourquoi ? Parce qu'en quelques minutes, vous m'avez montré une jolie facette de vous. Vous faites preuve de tellement de sensibilité et de sincérité.

Camille rougit carrément.

- Merci…dit-elle timidement. Je…je ne sais pas quoi dire.

- Et bien ne dites rien.

Camille plongea à nouveau dans le regard d'Elyes.

———

- OK, murmura-t-elle.
Elle marqua une pause puis demanda :
- Ca vous dirait de m'accompagner à cette exposition ?
A peine sa phrase achevée, elle réalisa ce qu'elle venait de dire et
s'en trouva soudain très gênée. Heureusement, Elyes répondit
immédiatement.
- Avec grand plaisir ! Vous voulez y aller quand ?
- Comme vous voulez. Je n'ai rien de prévu, alors autant se caler
sur votre emploi du temps.
- Et bien je travaille demain et vendredi, donc ça va être
compliqué. Mais samedi je suis libre. Si ça vous dit, on y va samedi
en fin d'après-midi.
- OK. C'est parfait pour moi. J'espère que ça va vous plaire.
- Vu ce que vous m'en avez dit, je suis certain que oui. Si vous êtes
d'accord, je passe vous prendre et on y va à pied, c'est tout près.
- C'est parfait pour moi.

Ce fut le moment que choisit Michel pour entrer dans le salon.
- Ca y est, votre chaudière fonctionne. Tu avais raison Elyes, j'ai
changé la pièce dont tu m'avais parlé et elle est repartie au quart de
tour. Vous allez voir Mademoiselle, elle va vous faire encore
quelques années.
- Merci beaucoup ! Vous m'ôtez une sacrée épine du pied.
Combien je vous dois ?
- Rien du tout ! C'était un plaisir de vous rendre service. Et puis
vous êtes une amie d'Elyes, alors il est hors de question que je vous
fasse payer quoi que ce soit.
- Et bien... merci ! C'est vraiment très gentil.
Camille et Elyes raccompagnèrent Michel à la porte d'entrée et lui
dirent au revoir en le remerciant une dernière fois.
Une fois la porte fermée, ils se retrouvèrent face à face, debout, ne
sachant que faire sous l'effet de l'intimité de l'instant d'avant
interrompue.
- Bien, dit Elyes. Je vais vous laisser aussi. Merci pour cette
discussion et merci pour l'invitation. Je passe vous prendre samedi
vers 17 heures ?
- Oui, ce sera très bien. Merci à vous surtout. Sans vous, la maison
se serait transformée en igloo.
Ils sourirent tous les deux et Elyes se pencha spontanément vers
Camille pour lui faire la bise. Elle sentit la barbe du jeune homme
effleurer sa joue droite, puis sa joue gauche. Elle respira d'un peu

———

plus près son odeur si délicate et apprécia le contact de sa main qu'il avait posée sur son épaule.

- A samedi alors.

- Oui, à samedi. Merci.

Elle referma la porte et traversa la pièce pour se poster devant la fenêtre face au jardin.

On était encore en début d'après-midi et le ciel était toujours aussi gris. Mais contrairement à ce matin, elle se sentait d'humeur légère. Elle repensa à la discussion qu'elle venait d'avoir avec Elyes et se dit que cette dernière n'était pas étrangère à sa bonne humeur. Elle s'était sentie en confiance, écoutée. Elle avait eu l'impression de vraiment partager quelque chose avec quelqu'un, en toute sincérité. Cela lui faisait du bien. Et dire qu'elle avait même osé lui proposer de l'accompagner voir cette exposition. C'était dingue ! Et elle l'avait fait tellement spontanément. Et elle avait maintenant presque hâte d'être à samedi.

Camille décida de se préparer un thé qu'elle allait boire tranquillement lovée dans le canapé. Puis, elle irait se promener pour prendre un peu l'air. Elle n'était pas encore sortie de la maison aujourd'hui et elle prenait goût aux balades de bord de mer. Etre à Saint-Karel lui donnait l'autorisation de prendre soin d'elle. Comme si à Paris elle se complaisait dans le fait de s'enfoncer et de se morfondre dans son désespoir. Comme si le moindre mouvement vers la lumière pouvait être une trahison à sa tristesse. Comme si le fait d'aller mieux donnait moins d'importance à la fin de son histoire. Comme si, pour honorer la mémoire de son amour passé, elle était condamnée à être triste, à aller mal.

Ici c'était différent. Aucune trace d'Antoine. Aucune trace de Samuel. Le terrain était vierge. La vie pouvait prendre place, s'étirer de tout son long sur ce terrain de jeu tout neuf. Et Camille pouvait se vautrer dedans.

———

—

Chapitre 7

Le lendemain, on était jeudi, et c'était le jour du rendez-vous de Camille avec Denise. Elle était à la fois impatiente et pleine d'appréhension. Impatiente car elle était sincèrement heureuse à l'idée de partager un nouveau moment avec Denise dont elle appréciait la joie de vivre, la finesse et la perspicacité. Pleine d'appréhension car elle se demandait bien ce que Denise penserait de tout cela. Elle devait bien avouer que depuis dimanche et sa première rencontre avec Denise, elle se sentait nettement mieux, même si tout cela avait été au prix d'un certain nombre d'efforts. Elle avait hâte d'en parler avec Denise.

La journée passa rapidement et à dix-sept heures quinze précises, Camille sonnait à la porte de Denise. La porte s'ouvrit presqu'instantanément et Denise serra Camille dans ses bras.
- Bonjour ma toute belle, s'exclama-t-elle.
- Bonjour Denise.
- Alors, comment vas-tu ?
- Plutôt bien. Et j'ai pas mal avancé en quatre jours.
- Et bien entre vite. Nous allons nous installer au salon et tu vas me raconter tout cela.
Elles pénétrèrent dans la maison et Camille choisit le même fauteuil que la fois précédente. Et comme la fois précédente, son regard se posa sur les photographies qui ressemblaient à des portraits de famille. A sa connaissance, Denise n'avait pas d'enfant. Cet homme devait être son neveu, le fils de sa sœur. Elle oublia vite son interrogation et sourit en apercevant les deux tartelettes au citron disposées dans de délicates assiettes de porcelaine blanche aux motifs floraux.
- Je vois que vous n'avez pas oublié les tartelettes au citron.
- Bien-sûr que non ! J'ai demandé à Julien de m'en mettre deux de côté quand il les a faites ce matin. Bon, alors, raconte-moi tout. Que s'est-il passé depuis dimanche ?
- Pas mal de choses. D'abord, j'ai fait du rangement dans la maison qui en avait bien besoin. C'est fou tout ce que Maud avait pu entasser. J'ai jeté pas mal de choses et j'en ai rangé beaucoup d'autres. C'était bien de replonger dans toutes ses affaires. J'ai eu l'impression de la retrouver un peu. Et puis pendant que je rangeais, la chaudière de la maison est tombée en panne. J'ai essayé de la bidouiller moi-même mais autant vous dire que je n'ai pas été

efficace du tout. Alors j'ai décidé d'aller demander de l'aide dans le village. Je suis allée voir le libraire pour qu'il me conseille une personne à contacter. Sauf que là-bas j'ai à nouveau rencontré le jeune homme que j'avais vu le premier soir sur la digue. Vous vous souvenez, je vous en avais parlé ? Vu l'image que j'avais dû lui donner ce fameux soir, j'ai essayé de l'éviter. Mais en fait il s'y connaît très bien dans tout ce qui touche au bâtiment. Alors le libraire lui a demandé de passer à la maison et de regarder la chaudière. Il est venu le soir même et il n'a pas pu la réparer car il fallait changer une pièce. Il a demandé à l'une des personnes avec qui il travaille de venir changer la pièce. Ce monsieur est passé hier après-midi et depuis, tout fonctionne nickel. Je suis bien contente d'ailleurs car il faisait vraiment froid dans la maison.

- Au fait, qui est ce jeune homme ? Je le connais peut-être.

- Il s'appelle Elyes. Il habite en face de la plage, au niveau de la digue, dans la maison grise et bleue. Vous voyez laquelle c'est ?

- Oui, bien-sûr ! Et je connais un peu Elyes. Il est très sympathique, toujours très aimable et prêt à rendre service. Il est à Saint-Karel depuis quelques années et il fait l'unanimité. Tu as un peu discuté avec lui ?

- Oui. Pas mal même. C'est vrai qu'il est très sympathique. Il m'a conseillé d'aller voir la crique du Criméa et il m'en a raconté l'histoire. C'est fascinant ! Et puis on a un peu parlé de tout et de rien.

- C'est-à-dire ?

- Et bien de lui, de son histoire, de pourquoi il était arrivé ici et de ce qui faisait qu'il y était resté. Et de moi aussi. Du fait que je n'allais pas très bien notamment. Et puis je lui ai parlé d'une peintre que j'ai rencontrée sur la falaise l'autre jour. Vous la connaissez peut-être, elle s'appelle Lysiane Andrée. Elle peint magnifiquement bien. Elle expose à la galerie d'art de Saint-Karel en ce moment. Nous allons visiter son exposition samedi soir ensemble.

- Je connais bien cette femme peintre. Ce n'est pas la première fois qu'elle expose ici et effectivement, ce qu'elle fait est remarquable. Mais dis-moi Camille, c'est un peu plus que parler de tout et de rien non ?

Camille rougit jusqu'aux oreilles.

- Enfin, reprit Denise, ce que je veux dire, c'est que vous êtes allés un peu plus loin que parler de la pluie et du beau temps. Tu sais, parler de soi est un exercice difficile. Mais attention, quand je dis

———

parler de soi, c'est parler de soi vraiment. Dire vraiment qui on est et ce qui nous arrive, au-delà des apparences et de l'image que l'on veut renvoyer.

- C'est vrai. Pour être franche, quand je l'ai croisé dans la librairie, je n'avais justement en tête que cette image que j'avais dû lui donner sur la digue l'autre soir. Et puis il a été tellement….simple, accessible… Je ne sais pas, j'ai du mal à définir ce qu'il y a derrière ça, mais c'est venu tout seul. Il m'a parlé de son histoire et ça m'a touchée. C'est sans doute cela qui m'a donné envie de me confier un peu, de lui parler de moi.

- Ce que tu as du mal à définir et à nommer, cela s'appelle la confiance.

- Oui, c'est ça, répondit Camille songeuse. Je me suis sentie instantanément en confiance avec lui. Comme si je pouvais lui parler sans risque. Comme si j'étais sure qu'il allait me comprendre.

- Et c'était comment ?

- C'était tellement confortable. C'était reposant. C'était comme tout lâcher, abandonner ses armes. Arrêter de se méfier. Savoir qu'on ne risque rien.

- Et ça représente quoi pour toi ?

- Et bien, je crois que j'en ai besoin en ce moment. J'ai perdu confiance en l'autre après ma rupture avec Antoine et mes déboires avec mon ancien patron et ami Samuel. Et je pense que j'ai aussi un peu perdu confiance en moi.

- Pas qu'un peu je pense, sourit Denise.

Elles se turent un instant et attaquèrent leur dessert. Puis Camille reprit la parole.

- Je comprends pourquoi vous avez parlé d'établir un vrai contact avec différentes personnes dimanche dernier. Avec le recul, même si ça n'a pas été simple, je me rends compte que j'en ai besoin. C'est même vital pour moi. Je n'ai jamais supporté les relations superficielles et je ne sais pas faire sans la confiance, à double sens. Si je suis si mal depuis quatre mois, c'est parce que je ne n'ai plus cette confiance. J'ai perdu mes repères. Antoine et Samuel, c'était un peu mes piliers, ceux à qui je me livrais sans retenue. Alors une fois partis, c'est un peu comme si tout s'écroulait. J'ai besoin d'avoir de vrais échanges, pas seulement parler de la météo et des potins. Je crois que je suis assez douée pour que les autres se confient à moi. Je ressens beaucoup les émotions et je pense que je fais passer assez facilement les miennes. Mais pour que cela se

—

fasse, il faut être en face de personnes authentiques, qui parlent avec leur cœur.

Camille sourit doucement.

- C'est ce que j'ai trouvé chez Elyes et Lysiane. Des personnes simples et accessibles. Qui n'ont peur ni de s'ouvrir aux autres, ni de recevoir l'autre. Je réalise que depuis notre discussion de dimanche, je prends conscience que c'est vraiment important pour moi.

- Alors cela signifie que tu commences à reconstruire tes bases. Tu ne pourras aller mieux qu'en t'appuyant sur quelque chose de solide. Avoir des relations de confiance en fait partie. C'est un peu comme quand on bâtit une maison. D'abord, on construit les fondations. Ca demande du temps et ce n'est pas le plus agréable à faire, mais c'est essentiel, parce que la maison ne tiendra debout que si elle repose sur quelque chose de solide. Ce n'est qu'une fois la base achevée qu'on peut monter le reste de la maison, ce qui se voit. Pour toi c'est pareil, tu dois d'abord commencer par savoir sur quoi t'appuyer. Ensuite seulement, tu pourras sortir de ton cocon et retrouver tes ailes. Là, tu es en train de faire le tri et de rassembler ce qui est important pour toi, ce qui ne se voit pas mais qui est indispensable à ton équilibre.

- Je vois, répondit Camille. C'est un peu comme un puzzle. Je sens qu'il y a des pièces maitresses qu'il faut que je place en premier pour pouvoir continuer à le construire. Je crois que jusqu'à maintenant j'avais commencé par le mauvais côté, et que les pièces que j'avais placées en premier n'étaient pas les bonnes et ne me permettaient pas de les rattacher au reste du jeu. Oui, voilà, je crois que je comprends parfaitement ce que vous voulez dire.

- Exactement. Tu as tout compris.

Denise sourit.

- Maintenant, reprit-elle, je pense qu'il faut que tu identifies quelles sont ces autres pièces indispensables à l'élaboration de la structure de ton puzzle. As-tu une idée de ce à quoi elles pourraient ressembler ?

- Hum…. Je ne sais pas. Comment pourrais-je le savoir ?

- Et bien, dis-moi quels sont les autres moments qui ont été importants pour toi durant ces derniers jours.

Camille prit le temps de réfléchir. Elle tourna la tête vers la fenêtre et son regard s'échappa pour se poser sur les arbres renaissants sous le soleil printanier.

- Si je devais retenir deux moments de ces derniers jours, ce serait mes balades sur la corniche et ma discussion avec Lysiane.
- Tu peux m'en dire plus ?
- Ce que j'ai aimé avec Lysiane, aussi court que fut ce moment, c'est l'intensité de notre échange. Elle m'a parlé de choses très personnelles. Elle m'a fait confiance, et c'était très fluide et très naturel. Et aussi, j'ai aimé la manière dont nous avons parlé de sa peinture. Rien à voir avec la technique par exemple. Tout tournait autour du côté émotionnel, du ressenti. De la peinture qui sort des tripes. J'ai senti que quelque chose de fort se passait entre elle et moi. Parce que nous partagions la même vision de la peinture, les mêmes valeurs autour de la pratique de cet art.
- Je vois. Comment pourrais-tu nommer cela ?
- Je dirais, quelque chose comme le partage de valeurs communes.

Denise se leva et se dirigea vers un petit secrétaire duquel elle sortit un bloc-notes et un crayon de papier. Elle le donna à Camille et lui demanda de noter les deux points qu'elles avaient déjà identifiés. En écrivant « vivre des relations de confiance » et « partager des valeurs communes », Camille sentit son cœur battre un peu plus fort.

- Et qu'en est-il de tes balades sur la corniche ?
- Ce que j'ai aimé c'est découvrir de nouveaux endroits. Profiter de la nature. Me perdre dans des endroits que je ne connaissais pas, ou plus, et trouver du plaisir à me laisser surprendre par un paysage, un arbre, une plante, un point de vue ou un coup de vent. J'ai aimé y être seule et me laisser guider par mon seul instinct. Je me suis sentie moi-même, sans jugement, sans pression.
- Qu'est-ce qui était important pour toi à ce moment-là ?
- C'était d'être dans la nature. Et de découvrir. De garder ce plaisir de la découverte de quelque chose de neuf pour moi.

Camille prit le crayon et nota « la nature » et « la découverte ».

- Qu'y a-t-il ? L'interrogea Denise qui scrutait son visage.
- Rien ! Répondit Camille. C'est juste que ça sonne bien tout ça.
- Si ça sonne bien, comme tu dis, c'est parce que ça te correspond. Cela veut dire que tu touches à l'essentiel.

Denise posa sa main sur celle de la jeune fille qui plongea ses yeux dans le regard de la boulangère.

- Merci, souffla-t-elle. C'est très précieux ce que je viens de découvrir là.
- Je sais. Et maintenant il faut que tu l'entretiennes.

———

- Oui, exactement comme pour le fait de créer de vrais contacts, il faut que je provoque les choses, que je crée des occasions de les vivre.

- Oui. Et il faut aussi que tu ressentes l'impact que cela a sur toi quand tu le fais. Que tu ressentes à quel point c'est juste pour toi.

- Je vois.

Camille fit une petite moue adorable avec sa bouche.

- Et bien je sais ce qu'il me reste à faire.

Denise éclata de rire.

- On dirait, oui !

Elles burent leur thé accompagné des tartelettes apportées par Denise et parlèrent de tout et de rien, savourant le moment partagé.

Puis Camille se leva et embrassa Denise en lui souhaitant une bonne soirée et elles convinrent de se retrouver le dimanche suivant à la même heure.

Quand la porte se referma derrière elle, elle prit le temps de respirer l'air frais et d'en savourer chaque particule. Puis elle s'engagea sur le chemin du retour, le cœur plus léger.

Chapitre 8

Le lendemain matin, Camille fut réveillée par les rayons du soleil qui tentaient de s'inviter dans la maison. Elle s'étira comme un chat et sortit de son lit pour ouvrir en grand tous les volets et profiter de la météo printanière.

L'air était encore frais, mais elle décida d'aller prendre son petit déjeuner dans le jardin. Elle avait aperçu dans un coin du garage la vieille table de jardin en métal vert, assortie de deux fauteuils dépareillés. Armée d'une éponge, elle entreprit de les sortir et d'en retirer l'énorme couche de poussière qui les recouvrait. Elle s'installa ensuite avec son thé et ses tartines au soleil, emmitouflée dans le plaid du salon.

Une demi-heure plus tard, le visage offert au soleil, Camille n'avait pas bougé d'un pouce. Elle était tellement bien. Les seuls bruits qu'elle entendait étaient les pépiements des oiseaux et le ressac de l'océan un peu plus loin. La vie lui parut soudain plus douce et plus simple.

Elle ouvrit doucement les yeux et observa ce qui s'offrait à ses yeux. Des couleurs, beaucoup de vert surtout. Des herbes folles courbées par la brise. Du bleu au-dessus de sa tête. Des petits morceaux de nuages accrochés les uns aux autres. De la chaleur offerte par le soleil qui grimpait dans le ciel. Et le silence. Surtout. Le silence.

Camille se laissa emporter par ses sensations. Elle était comme dans un tourbillon, elle ressentait tout, très fort. Elle se sentait vivante. Et puis, sans réfléchir, elle retira ses chaussettes et fit quelques pas pieds nus dans l'herbe. Elle savoura la fraicheur de la terre sous ses pieds et la caresse de l'herbe sur ses chevilles nues. Elle s'immobilisa et laissa tout son poids reposer sur la plante de ses pieds qui écrasait la terre. Elle resta quelques minutes ainsi, comme pour s'ancrer un peu plus profondément dans le sol. Elle laissa chaque cellule de son corps être envahie par un sentiment de bien-être et d'apaisement retrouvés. Chaque parcelle de sa peau était recouverte de frissons et elle pouvait entendre les battements de son cœur. C'était ça, être en vie. C'était sentir, et ressentir. C'était être à sa place, quelle qu'elle soit. C'était être là où elle devait être. C'était maintenant.

Après sa toilette, Camille décida qu'il fallait qu'elle en profite encore un peu plus et c'est tout naturellement qu'elle se dirigea vers la plage. Seulement cette fois, elle n'emprunta pas le chemin de la corniche mais partit de l'autre côté, là où elle n'était pas encore allée depuis son arrivée. C'était l'occasion de découvrir d'autres endroits, ou plutôt de les redécouvrir tant elle avait déjà exploré tous les recoins de Saint-Karel.

Après avoir marché pendant plus d'une heure à un rythme soutenu, elle était essoufflée et sentait la sueur dégouliner au long de son dos. Ses cheveux étaient humides et ses muscles lui imploraient silencieusement de bien vouloir faire une pause. Elle aperçut un petit chemin qui semblait descendre en contrebas. Avec un peu de chance il lui permettrait de s'approcher un peu plus de la mer. Elle l'emprunta et, après avoir échappé de justesse à plusieurs glissades improbables, elle rejoignit une crique minuscule encadrée de rochers et de chardons sauvages. L'étendue recouverte de sable était ridiculement petite et elle permettait tout juste à Camille de s'allonger, ce qu'elle fit immédiatement. Etendue à même le sable, sa tête touchait presque les rochers et elle pouvait respirer le parfum des plantes qui l'entouraient. Elle sentait aussi l'odeur si caractéristique du sable chauffé au soleil et celle de la mer qui menaçait de venir lui chatouiller les pieds à chaque vague déposée sur la plage. Ses doigts s'enfoncèrent dans le sable et se mirent à jouer avec. Camille prêta attention à chaque détail. Le poids de son corps sur le sable, la douceur du soleil sur son visage, le va-et-vient des vagues à ses pieds, les cris des mouettes et des goélands, les odeurs, la lumière au travers de ses paupières closes. Ses sensations étaient si intenses qu'elle pouvait les ressentir dans tout son corps. Elle avait conscience du sang qui battait dans ses tempes, de son cœur qui cognait dans sa poitrine, des fourmillements de vie qui la parcourait de haut en bas. Et puis les larmes lui montèrent aux yeux. L'émotion était là, tenace, puissante, envahissante. Et elle la vivait de toutes ses forces. Comme le lui avait demandé Denise, et comme elle aurait dû le faire depuis toujours. Se raccrocher à l'essentiel, aussi petit et insignifiant qu'il puisse paraître. Une odeur, un son, une image, une émotion, c'était son essentiel, son indispensable, sa clé du bonheur. Elle en prenait enfin conscience.

Le trajet du retour lui parut plus long. Elle s'était refroidie et elle avait hâte de se réchauffer sous la douche, ce qu'elle fit immédiatement en arrivant. Une fois sous l'eau, elle se sentit soudain très lasse. Depuis le matin, c'était le grand huit émotionnel. Elle passait d'un bonheur intense à de grands moments de fatigue. Elle touchait du doigt la plénitude, puis elle retombait dans le brouillard de ses pensées. Provoquer des occasions de vivre ce qui était important pour elle lui procurait un bonheur intense, mais de courte durée. Elle redescendait ensuite sur terre assez rapidement alors qu'elle aurait voulu que cela dure un peu plus longtemps. Mais c'était sans doute naturel. Après tous ces mois de galère, c'était déjà presqu'un exploit de parvenir à recréer ces petits moments de bonheur et de savoir comment en profiter. Il fallait continuer à s'accrocher, à provoquer ces moments de grâce, encore et encore, et à s'en enrichir, autant que possible.

Puis elle se demanda quel devrait être son prochain pas. Aller marcher un peu plus loin ? Prendre la voiture de Maud et partir à la découverte d'un endroit qu'elle ne connaissait pas ? Elle avait besoin de plus que ça. Elle avait besoin d'un vrai défi, de quelque chose qui lui ferait vraiment du bien même si c'était difficile. Et ce défi, elle le connaissait. C'était de téléphoner à Daniel, et de tout lui raconter.

Après une après-midi de repos et de lecture paisible au cours de laquelle elle n'avait cessé de repousser l'échéance, Camille se décida enfin. Elle attrapa son téléphone et composa le numéro de son ami d'enfance. Il décrocha immédiatement.

- Camille ! Comment vas-tu ?
- Salut Dan. Ca va bien, et toi ? Quoi de neuf ?
- Oh, rien de particulier. La routine quoi. Notre crémaillère était très sympa, et tu nous as manqué tu sais, même si je comprends que tu nous aies préféré un week-end avec ton amoureux !
Daniel éclata de rire.
- Tu ne l'as jamais vraiment aimé n'est-ce pas ?
- Qui ça ? Antoine ? Pas vraiment non. Excuse-moi de te dire ça, mais j'ai toujours trouvé qu'il n'était pas à la hauteur. Tu as besoin de quelqu'un de fort, qui soit capable de te pousser, de te porter, de t'encourager. Et il me semble que dans votre couple c'est plutôt l'inverse. C'est toi qui prends les rennes, c'est toi qui le soutiens. C'est très bien pour lui, et tu le fais à merveille, mais moi ce qui m'intéresse c'est toi. Et je persiste à croire qu'il a le beau rôle dans l'histoire. A mon avis, c'est lui qui s'en tire le mieux. Je t'ai déjà dit tout ça d'ailleurs, ce n'est pas un scoop. Mais bon, que veux-tu, c'est lui que tu as choisi, alors je fais avec !

———

Un silence se glissa dans la conversation. Camille prit une grande inspiration.

- Je ne suis plus avec Antoine, Dan. C'est fini.

A l'autre bout du fil, le silence était stupéfiant. Daniel mit quelques secondes à réagir.

- Oh Camille, je suis désolé. Pardon de t'avoir dit tout ça, je ne savais pas que c'était terminé entre vous deux. Que s'est-il passé ?

- Pour tout te dire, je ne sais pas. Je crois qu'on était au bout de notre histoire, tout simplement. Je lui reprochais de ne pas être assez solide, sans vraiment le lui dire pour autant. Et lui je ne sais pas. Peut-être d'être trop dure. On s'est laissé envahir par le quotidien, par la facilité. On ne partageait plus grand-chose et tout était prétexte à se reprocher des choses à demi-mots. Et tu avais raison, je ne pouvais pas m'appuyer sur lui, ou en tous cas pas complètement ou pas autant que je l'aurais voulu. Je crois qu'il ne s'est jamais vraiment remis de sa rupture avec Natalia. Il en a gardé une forme de fragilité que j'avais du mal à supporter et que je ressentais en permanence. Bien-sûr, je comprenais tout cela, mais j'avais besoin de plus, et il était incapable de me le donner. Alors un jour, sans vraiment qu'on aborde le nœud du problème, le ton est monté pour une broutille et il est parti en claquant la porte. Il est revenu le lendemain pendant que j'étais au bureau pour récupérer ses affaires et je ne l'ai pas revu depuis.

- Et ça s'est passé quand ?

- Début décembre.

- Quoi ? Début décembre ? Mais ça fait plus de quatre mois ? Pourquoi tu ne m'as rien dit ?

- Parce que j'ai commencé par penser que ça s'arrangerait et qu'on arriverait à recoller les morceaux. Et puis Noël a passé, la nouvelle année aussi, et toujours rien. Alors un jour j'ai pété un plomb. Je me suis retrouvée à l'hôpital où on m'a diagnostiqué une dépression. J'ai passé les trois derniers mois enfermée chez moi à pleurer et ruminer mon mauvais sort. Même mes parents ne sont pas au courant. Il n'y a qu'à Constance que j'ai réussi à me confier. Je suis tellement désolée Dan, j'aurais vraiment voulu t'en parler, mais j'avais tellement peur de te décevoir.

- Mais n'importe quoi Camille ! Comment pourrais-tu me décevoir ? Tu sais que depuis toutes ces années je suis avec toi, quoi que tu fasses, quoi que tu entreprennes. Alors comment peux-tu penser que tu me décevrais à cause d'une dépression ? Et d'ailleurs, est-ce que tu vas mieux ?

———

- Oui, je commence à aller mieux. Avec le recul, j'ai compris que ma descente aux enfers n'était pas due à la rupture avec Antoine en elle-même. Ce que je veux dire c'est que ce n'est pas le manque d'Antoine qui me fait du mal, ou le fait que je puisse être encore amoureuse de lui. J'ai compris depuis longtemps que nous étions allés au bout de notre histoire et que nous ne nous apporterions plus rien l'un à l'autre. En revanche, c'est le sentiment d'échec que j'ai eu beaucoup de mal à digérer. Assumer de s'être trompée, affronter le regard des autres, c'est compliqué pour moi.

- Je comprends. Je te connais bien, depuis tellement longtemps. Tu dépenses beaucoup d'énergie à tenter d'être parfaite. Alors évidemment, quand la perfection n'est pas au rendez-vous, tu ne comprends pas, tu n'acceptes pas, et tu t'écroules. Mais il y a un juste milieu Camille. Et il te faut trouver cet équilibre.

- Oui, je sais tout ça. Mais entre le savoir et l'accepter pour l'appliquer, il y a un monde. Et puis ce n'est pas tout.

- C'est-à-dire ?

- L'annonce de ma dépression a fait l'effet d'une tornade à l'agence. Au début Samuel m'a soutenue, ou en tous cas j'ai eu la faiblesse de le croire. J'ai été incapable de retourner travailler et il me disait qu'il ne fallait pas que je m'inquiète, qu'il s'occuperait personnellement de mes dossiers et de mes clients. Et puis plus rien, plus aucune nouvelle. Jusqu'au jour où il m'a envoyé un SMS pour me dire que Sébastien allait officiellement « prendre le relais ». J'ai cru qu'il me remplacerait simplement pendant mon absence et que je retrouverais mon poste en revenant mais quelques jours plus tard j'ai reçu la première lettre de ma procédure de licenciement. J'ai appelé Samuel et il a eu le culot de me dire qu'avec la crise, l'agence manquait de clients et que c'étaient des raisons économiques qui le poussaient à se séparer de moi. J'étais dégoûtée et ça m'a enfoncée encore un peu plus.

- C'est vraiment immonde. Cela dit, ajouta doucement Daniel, aussi difficile à vivre que cette épreuve ait pu être, c'est peut-être le signe que tu dois passer à autre chose non ? J'ai l'impression depuis longtemps que tu te satisfais de ton métier parce que ça fonctionne tout seul, mais es-tu vraiment passionnée ? As-tu envie de te lever tous les matins pour aller travailler ? Sais-tu pourquoi tu vas bosser ? Quel sens donnes-tu à ton métier ?

- Je n'en sais rien. Je n'ai pas les réponses à ces questions. Mais tu as sans doute raison. Je n'ai aucune envie de retourner travailler. Pas parce que je ne me sens pas capable de bosser, pas parce que c'est trop tôt, mais parce que j'ai perdu la motivation. Je n'ai plus envie. Plus du tout.

- Et tu vas faire quoi ?

- Aucune idée. Je suis venue à Saint-Karel parce que je devais trouver une excuse pour ne pas venir à ta crémaillère, tout simplement parce que je ne m'en sentais pas capable et que je n'avais pas le courage de tout te raconter. Au départ, je ne savais pas bien pourquoi je venais et je crois que je l'ai fait sur un coup de tête. Maintenant, je comprends que ce que je cherche ici c'est de retrouver ce qui est important pour moi, de me raccrocher à ce qui est ancré au plus profond de moi. Et être à Saint-Karel me permet de retrouver tout cela et de me construire de nouveaux repères. Alors je ne sais pas ce que tout ça va donner, je ne sais même pas combien de temps je vais rester, mais ce que je sais c'est qu'être ici me fait du bien.

- Et tu fais quoi de tes journées ?

- Je marche beaucoup. Je profite de la nature. Je rencontre de nouvelles personnes. Je me retrouve petit à petit. D'ailleurs, est-ce que tu te souviens de Denise, la boulangère ?

- Bien-sûr que je m'en souviens ! Avec les quantités de bonbons qu'on lui a achetées, je ne peux pas l'avoir oubliée ! Pourquoi ?

- Parce qu'en allant acheter du pain, elle m'a reconnue immédiatement. On a discuté deux minutes et je crois qu'elle tout de suite tout compris. Elle m'a invitée à prendre le thé chez elle et en moins de temps qu'il faut pour le dire je lui ai tout balancé. Moi qui n'avais pas réellement parlé depuis des mois, je peux te dire que ça m'a fait un drôle d'effet.

- Je te crois volontiers.

- Dan, tu n'es pas trop fâché ?

- De quoi ? Du fait que tu aies mis quatre mois à m'avouer que tu allais mal ? Je dois dire que j'aurais préféré que tu m'appelles plus tôt. Je ne sais pas si j'aurais pu t'aider, mais j'aurais été là pour toi, c'est certain. Mais non, je ne suis pas fâché. Et à l'avenir, fais-moi plaisir, parle-moi, dis-moi ce qui va et ce qui ne va pas. Tu sais que je serai toujours là pour toi.

- Je sais Dan. Et je ne t'en remercierai sans doute jamais assez. Et merci de ta franchise. Tu m'as toujours dit très clairement ce que tu pensais d'Antoine et à la longue, j'ai fini par m'apercevoir qu'il y avait un fond de vérité. Alors s'il te plaît, promets-moi de toujours être franc avec moi.

- C'est promis. Tu me connais, je sais difficilement faire autrement.

———

Ils rirent de concert.

- Qu'y-a-t-il de prévu au programme pour les prochains jours ? Reprit Daniel.

- Pas grand-chose pour le moment. Je me laisse vivre et je suis plutôt en mode improvisation. Cela dit, je dois aller visiter une exposition de peinture demain soir. J'ai fait la rencontre d'une femme étonnante qui peint des tableaux magnifiques. Elle expose encore quelques jours alors j'ai promis d'aller la voir et de découvrir le reste de ses œuvres.

- Et tu y vas avec Denise ?

- Heu, non. J'y vais avec garçon dont j'ai fait la connaissance il y a quelques jours.

- Camille ! S'exclama Daniel. Je suis sûr que si je ne t'avais pas posé cette question tu ne m'aurais pas parlé de lui ! Je me trompe ?

- Je ne sais pas, répliqua Camille dans un éclat de rire. Chaque chose en son temps ! Je t'ai déjà dit pas mal de choses pour aujourd'hui !

- C'est vrai, mais là, je sens qu'il me manque un morceau du puzzle !

- OK…! Il habite à Saint-Karel, juste au-dessus de la plage, et comme il travaille dans le bâtiment, il m'a trouvé un type pour réparer ma chaudière qui était tombée en panne. On a un peu discuté et il est très sympa.

- C'est tout ? Tu te fiches de moi là !

- Bah non. Bon, c'est vrai qu'il est pas mal et qu'il est vraiment très sympa. Pour tout te dire, on a vraiment bien accroché, en tous cas moi, j'ai bien accroché. On a parlé de choses très personnelles très rapidement et je me suis sentie en confiance instantanément. Il a l'air simple et équilibré et il a l'air de comprendre ce que je ressens sans que j'aie besoin de lui dire grand-chose.

- C'est toi qui lui as proposé de t'accompagner à l'expo ?

- Oui c'est moi. Je ne sais d'ailleurs pas ce qui m'a pris. C'est sorti comme ça, tout seul.

- Si il t'a dit oui, c'est que lui aussi il accroche bien !

Camille se sentit rougir.

- Tu crois ?

- Evidemment que oui andouille ! Et il s'appelle comment ?

- Il s'appelle Elyes. Ça lui va tellement bien.

- Ah d'accord, je vois que tu es déjà totalement objective !

- Mais non ! Arrête de te moquer de moi !

- Je te taquine !

———

- Bon, j'arrête de te parler de lui parce que sinon tu vas me faire dire des choses que je n'ai pas envie de te dire.

Ils riaient maintenant tous les deux de bon cœur.

- Bon d'accord. Mais je compte sur toi pour tout me raconter ensuite.
- Promis !
- Allez, je te laisse. Prends soin de toi s'il te plait. Et si tu as le moindre problème, surtout appelle-moi d'accord ?
- D'accord, c'est promis. Je t'embrasse Dan.
- Moi aussi je t'embrasse. A très vite.
- A très vite.

Camille raccrocha avec le sourire. Bien qu'elle l'appréhendait fortement, cette conversation lui avait fait un bien fou. Et le fait d'évoquer tout cela avec Daniel lui permettait de prendre un peu plus conscience des avancées qu'elle était en train de faire. Chaque pas demandait un effort mais elle en était récompensée. Elle en était maintenant certaine. Elle savait sur quoi elle pouvait s'appuyer, et sur qui aussi. Il fallait maintenant renforcer tout cela et repartir sur ces bases nouvelles. Oui, la vie pouvait être belle. Il fallait simplement savoir en saisir les instants de grâce. Et les quelques minutes partagées avec Daniel en faisaient sans aucun doute partie.

———

Chapitre 9

On était samedi et Camille était à Saint-Karel depuis déjà une semaine. Le temps filait à une vitesse vertigineuse et elle était heureuse d'être là. Le programme de la journée s'annonçait léger, n'ayant prévu que la visite de l'exposition de Lysiane en fin de journée avec Elyes. Et d'ailleurs, elle ne pensait qu'à cette soirée. Elle s'interrogeait sur la manière dont elle s'habillerait, sur leurs éventuels sujets de discussion. Elle se demandait s'ils allaient avoir des choses à se dire, s'ils se reverraient ensuite... Sa tête tourbillonnait et le stress commençait à poindre. Elle décida de préparer un peu plus que les dernières fois sa rencontre avec Elyes. Si elle se sentait un peu plus à son avantage, tout cela lui paraitrait sans doute moins difficile. Elle monta dans la voiture de Maud et prit la direction de Guérande pour s'offrir une jolie jupe, une nouvelle coupe de cheveux et un peu de maquillage.

Il était 16 heures et Camille décida qu'il était temps de se préparer. Elle prit une douche et enfila la jupe vert d'eau qu'elle avait achetée le matin même. Le vert ne faisait habituellement pas partie de ses couleurs favorites, mais la jupe lui avait sauté aux yeux alors qu'elle pénétrait dans la boutique. Elle l'avait essayée et la vendeuse l'avait rassurée sur l'effet qu'elle produisait une fois portée. Camille était plutôt adepte des tenues sobres et elle avait eu envie d'oser un peu plus. Et puis après tout, elle ne risquait rien. Assortie à une paire de collants opaques noirs et à un petit pull près du corps, la jupe était parfaite. Elle déposa une légère couche de fond de teint sur son visage qu'elle poudra ensuite. Elle ajouta une touche de blush et maquilla discrètement ses yeux. Puis elle s'observa sans indulgence dans le miroir. Après une semaine de repos, elle avait repris des forces. Correctement habillée et maquillée, elle ressemblait enfin à la jeune femme qu'elle était réellement. L'image que lui renvoyait le miroir lui correspondait et elle se reconnaissait pour la première fois depuis plusieurs mois. Elle sourit à son reflet et se parfuma pour sublimer le tout. Puis elle descendit dans le salon pour attendre Elyes qui n'allait pas tarder.

A 17 heures pile on frappa à la porte. Camille alla ouvrir à Elyes avec le cœur battant.
- Bonjour Elyes. Comment allez-vous ?

———

Elle l'embrassa sur les deux joues.

- Très bien merci ! Et vous ?

Camille sentit les yeux du jeune homme se poser sur elle.

- Je vais bien, répondit-elle dans un sourire, les joues un peu roses.

- Vous êtes vraiment ravissante. Vous avez fait quelque chose à vos cheveux ou je me trompe ?

- Oui, c'est bien vu. Je suis allée chez le coiffeur ce matin. Ils avaient besoin d'une bonne coupe, c'était vraiment n'importe quoi !

- En tous cas c'est très réussi.

Il avait l'air sincère et ce compliment tout simple toucha Camille. La jeune femme observa Elyes. Il portait un jean ajusté et une chemise à carreaux bleus, ornée de parme à l'intérieur du col et des poignets. Ses chaussures de ville et sa veste noires lui donnaient une allure très élégante. Il était à peine rasé et ses cheveux semblaient tellement doux et épais. Elle eut soudain très envie d'y passer la main.

- Alors, on y va à cette expo ?

Camille se reprit.

- Oui, on y va ! Laissez-moi attraper une veste et je vous suis.

Elle enfila une veste en cuir et verrouilla la porte de la maison derrière eux.

Ils marchèrent jusqu'à la galerie d'art et culture du village. Cette petite salle accueillait tout au long de l'année des artistes plus ou moins connus. Les expositions étaient très diversifiées, ce qui faisait la richesse et la renommée de cette salle qui attirait des visiteurs venus spécialement depuis les communes alentours. On passait ainsi de la peinture contemporaine à de la sculpture sur plâtre, puis d'une exposition de bijoux fantaisie à celle d'objets en bois flotté.

Elyes s'effaça pour laisser Camille pénétrer dans la salle. Comme sur la corniche quelques jours plus tôt, elle se sentit immédiatement happée par les tableaux de Lysiane. Devant elle se dressait une immense toile qui la dominait de toutes ses couleurs. L'œuvre représentait une falaise abrupte au pied de laquelle se jetait une mer déchaînée. Balayée par les vents, la falaise était visiblement mise à rude épreuve. Les herbes folles qui la recouvraient étaient presque couchées et on pouvait deviner des tourbillons formés par le vent. Les couleurs étaient franches, les contours un peu flous. Le vert se mélangeait au gris et au bleu, la tempête s'invitait partout et à l'immobilité de la falaise se confrontait la folie du vent enragé. Ce

———

paysage aurait pu paraître banal et presque usé tant il avait déjà dû être représenté. Mais l'interprétation qu'en avait faite Lysiane et tout ce qu'elle avait dû y mettre d'elle-même le rendaient stupéfiant de vérité. On ne pouvait qu'être instantanément bouleversé.

Plantée devant le tableau, Camille était comme hypnotisée.

Elle sentit une main se poser sur son épaule.

- Bonjour jeune fille.

Camille tourna la tête et découvrit Lysiane qui l'observait avec un sourire énigmatique.

- Ah, bonjour Lysiane. Pardonnez-moi, je ne vous ai pas vue arriver.

- En effet, vous aviez l'air complètement ailleurs.

- J'étais surtout absorbée par votre toile. Elle est magnifique. Vous avez un don pour nous bouleverser.

- C'est surtout parce que vous avez une sensibilité qui vous permet de ressentir les émotions et que vous n'avez pas peur de les recevoir. Je crois que ce n'est malheureusement pas le cas de tout le monde. Bon nombre de personnes passent devant mes toiles sans vraiment les regarder. Et c'est un peu dommage car ce que je veux, c'est justement provoquer des réactions chez l'autre. Qu'elles soient tristes ou gaies ne m'importe guère. Alors quand ça arrive, comme chez vous, c'est le signe que j'ai bien fait mon travail.

- C'est évident !

Camille se tourna vers Elyes.

- Lysiane, je vous présente Elyes, un ami qui a accepté de m'accompagner ce soir.

Lysiane tendit élégamment une main manucurée à Elyes qui la saisit en rivant ses yeux à ceux de la peintre.

- Enchantée jeune homme.

- De même Madame. Camille m'a parlé avec beaucoup d'enthousiasme de votre exposition et j'ai hâte de la découvrir.

- Et bien prenez votre temps, et profitez-en. J'espère que mes petits gribouillages vont vous plaire, ajouta Lysiane, un brin provocatrice.

- J'espère aussi, lui répondit Elyes sur le même ton espiègle.

Lysiane tourna les talons dans un regard taquin et abandonna Camille et Elyes devant la toile autour de laquelle ils avaient discuté.

- N'est-elle pas bouleversante cette peinture ? Interrogea Camille.

- Si, absolument. Il s'en dégage quelque chose de presque violent. C'est étonnant à quel point un simple paysage peut revêtir un caractère aussi mystique et impétueux. Vous aviez raison, cette femme a un talent rare. Et c'est un personnage étonnant.

- Je vois que le feeling est le même. Et je suis contente que ça vous plaise. On continue la découverte ?

- Avec grand plaisir !

Elyes offrit son bras à Camille et ils se dirigèrent vers le tableau suivant.

Une heure plus tard, ils avaient fait plusieurs fois le tour de la salle et avaient pris le temps de contempler chaque œuvre. Ils étaient restés de longues minutes devant leurs toiles favorites à échanger leurs impressions.

- C'était une belle découverte. Merci de m'avoir proposé de vous accompagner car sans vous je n'aurais jamais eu l'idée de franchir la porte de cette galerie.

- Je suis heureuse que l'expo vous ait plu, et je suis encore plus heureuse de l'avoir partagée avec vous.

- Et bien, que diriez-vous d'aller prendre un verre ? Il est encore tôt pour dîner mais nous pouvons commencer par un petit verre de vin blanc.

- Avec grand plaisir ! Allons d'abord saluer Lysiane.

- Très bien. Allons-y. Et ensuite, je vous invite au troquet du coin !

Camille éclata de rire et entraîna Elyes en direction de l'artiste qui serrait des mains.

Quand elle eut terminé, Lysiane se dirigea vers eux.

- Alors ? Verdict ?

- Nous sommes conquis, répondit Camille. Et pas qu'un peu. Je persiste à affirmer que vous avez un talent rare.

- Merci beaucoup. Au-delà de ce que vous me dites, ce qui me touche est que vous appréciez ma peinture pour les bonnes raisons. Ce que je veux dire, c'est que vous êtes sensibles à ce que je peins parce que vous êtes sensibles au message que je veux faire passer. C'est exactement pour cela que je peins.

- Merci pour cette belle découverte Madame, ajouta Elyes. Et sachez qu'au-delà de la contemplation de vos toiles, vous nous avez permis d'échanger sur des ressentis et des interprétations intimes. Et c'était un très joli moment.

- J'en suis ravie. Revenez quand vous voulez, ce sera toujours un plaisir de vous accueillir dans mon exposition.

- Nous reviendrons peut-être faire un tour à nouveau. Merci encore et à très bientôt.

———

- A bientôt jeunes gens. Prenez soin de vous, et passez une douce soirée, leur souhaita-t-elle dans un sourire.

Camille et Elyes quittèrent la galerie et éclatèrent de rire.

- Elle est vraiment étonnante, commenta Elyes.
- C'est vrai qu'elle n'est pas comme tout le monde. Et c'est ce que j'aime bien chez elle. Bon, où m'emmenez-vous ?
- Au bar du port. Original n'est-ce pas ?
- Tout-à-fait. Je suis sûre que dans chaque ville de bord de mer se trouve un bar du port !
- Oui, mais aucun n'a autant de charme que le nôtre.
- Je vous crois sur parole, répliqua Camille en riant.

Ils pénétrèrent dans le fameux bar du port qui surplombait les quais. D'un charme un peu désuet, l'établissement dégageait une ambiance chaleureuse et, en ce samedi soir, il était plein à craquer.

- C'est étonnant tout ce monde pour un village comme Saint-Karel, s'étonna Camille.
- C'est vrai que cela peut sembler curieux, mais ce bar est connu dans toutes les communes aux alentours et le patron organise régulièrement des petits concerts pour faire connaître les artistes locaux ou des événements culturels et ces soirées ont contribué à la notoriété du lieu.

Ils s'installèrent de chaque côté d'une table située juste derrière les baies vitrées. De là, ils pouvaient admirer le port et les retardataires de retour d'une virée en mer. Un homme se dirigea vers eux et tendit la main à Elyes.

- Salut Elyes. Comment vas-tu ?
- Salut Raphaël, répondit Elyes en lui rendant sa poignée de main. Ca va bien. Et toi ? C'est encore plein à craquer ce soir.
- Oui, comme tu vois. Tant mieux d'ailleurs. Maintenant que les gens reviennent régulièrement, je commence à les connaître. Ils parlent entre eux et l'ambiance est bonne.
- J'imagine. Raphaël, je voudrais te présenter Camille. Elle habite à Paris et elle passe quelques jours à Saint-Karel.
- Bonjour, sourit Raphaël en se penchant vers la jeune femme pour l'embrasser. Qu'est-ce qui vous amène dans notre petit village ? C'est plutôt la saison creuse en ce moment.
- C'est vrai. Mais je connais Saint-Karel depuis que je suis toute petite. J'ai passé tous mes étés ici et je suis restée profondément attachée à cet endroit, même si je n'étais pas revenue depuis quelques années. J'avais besoin de quitter Paris quelques jours pour prendre l'air et venir ici m'a semblé naturel.

———

- J'imagine que vous êtes descendue à l'hôtel du village ?
- Non. Nous avons gardé la maison de ma tante qui est décédée il y a six ans. C'est une des maisons de pêcheurs de la rue des Lilas. Elle manque d'un peu d'entretien mais c'est la maison de mes étés d'enfance. Je m'y sens comme chez moi.
- Je ne peux que vous comprendre. Elles sont adorables ces maisons. Et vous êtes parmi nous pendant combien de temps encore ?
- Je ne sais pas vraiment. Encore quelques jours sans doute.
- Et vous vous connaissez d'où tous les deux ? Vous vous êtes rencontrés à Paris ?
- Non, pas du tout, répondit Elyes. Camille a bénéficié de mes conseils d'expert pour sa chaudière en panne.
- Ah ok. Je vois. Alors profitez bien de votre séjour et si vous avez besoin de quoi que ce soit, venez me voir.
- Merci beaucoup, répondit Camille. C'est vraiment très gentil.
Raphaël lui adressa un grand sourire et il les abandonna pour se diriger vers une autre table.
- Alors, cette expo ? Je crois que vous avez été plus que conquise, interrogea Elyes.
- C'est le moins que l'on puisse dire. Ses toiles sont incroyables et le personnage est plutôt improbable non ?
- Très juste ! Et vous avez raison, sa peinture est extraordinaire.
- Ce que j'aime dans ses œuvres, c'est leur côté brut. C'est comme s'il n'y avait aucun filtre dans sa peinture. On prend tout en pleine figure et les émotions se bousculent. C'est tout cela que je recherche chez un artiste. Cette capacité à provoquer un séisme chez son public.
- Je vous rejoins complètement. J'ai ressenti la même chose. Les œuvres aseptisées qui sont créées uniquement dans le but de plaire au plus grand nombre, ce n'est vraiment pas mon truc.
- C'est quoi votre truc ?
- Bonne question. Je n'y connais vraiment rien en art, particulièrement en peinture et mes goûts sont plutôt éclectiques. Je peux aussi bien être séduit par de l'art contemporain que par des œuvres très classiques. Et comme je n'ai aucune connaissance technique, ce qui m'interpelle dans une œuvre d'art c'est ce qu'elle génère chez moi. Je peux être sensible à la beauté et à l'harmonie, mais aussi au chaos, au désordre. Je peux être touché par la poésie d'une sculpture ou d'un morceau de musique tout comme par la violence d'une peinture ou d'une photographie. Bien souvent, je ne

———

sais pas précisément ce qui provoque l'émotion, et ça m'est un peu égal d'ailleurs. C'est le feeling qui est le plus important.

- Comme je vous comprends. Pour moi, c'est le ressenti du moment qui compte. D'ailleurs, je n'ai pas d'artiste de prédilection. Il arrive que j'apprécie quelques-unes des œuvres d'un artiste sans que ce soit pour autant le cas de l'ensemble de son répertoire. Quand j'ai découvert Lysiane qui peignait sur la falaise l'autre jour, c'est la vérité qui sort de ses toiles qui m'a sauté aux yeux. Je suis très sensible à cette manière de peindre. Les contrastes, les lignes brutes, les représentations crues et non feintes, c'est ça qui me plait.

- Comme dans la vie ? Interrogea tout naturellement Elyes.

Prise de court par la question, Camille marqua un temps d'arrêt.

- Qu'est-ce qui vous fait dire cela ?

- Rien de particulier. Juste une intuition. La conviction qu'on est sensible à ce qui est fortement présent chez nous ou bien à ce que l'on convoite. Il peut y avoir deux interprétations. Soit vous êtes adepte de la franchise et du naturel, quel qu'il soit, soit c'est tout l'inverse.

- C'est à dire ?

- Et bien peut-être que vous êtes trop bien élevée et que vous vous embarrassez de convenances alors que vous préféreriez aller droit au but et trancher dans le vif.

Camille réfléchit.

- Et peut-on être un mélange des deux ?

- Dites-m'en plus.

- Pour ma part, je dirais que j'ai souvent une opinion assez tranchée que j'aurais envie de donner spontanément, mais je suis sur la retenue, presque systématiquement. Parce que j'ai peur de mal faire, et de faire du mal aussi. Et surtout, parce que j'ai peur de me tromper.

- Et qu'on vous juge mal ?

- Oui, c'est ça.

- C'est pour cela que les toiles de Lysiane vous touchent autant. C'est parce qu'elle fait ce que vous ne parvenez pas à faire. Elles sont brutes, elles n'ont pas de filtre. Elles disent les choses telles qu'elles sont. Vous êtes bouleversée parce qu'en regardant ses toiles, vous vous sentez vous-même. Elles vous insufflent un souffle de vie supplémentaire en vous permettant d'ôter vos barrières.

———

Camille observait Elyes avec attention. Ce qu'il disait était très juste.

- C'est vrai que je me sens comme incroyablement vivante devant sa peinture. Comme si le fait de ressentir tout cela m'autorisait quelque chose. C'est assez curieux comme sensation, et j'ai du mal à l'expliquer.

Elyes lui sourit.

- Pourquoi manquez-vous autant de confiance en vous Camille ?

Cette question la mit mal à l'aise. Elle se sentait comme mise à nu devant lui, comme s'il s'était invité au fond d'elle-même. Elle ne sut quoi répondre.

Alors il posa la main sur les siennes. A ce contact, le cœur de la jeune femme s'emballa. Elle sentit la chaleur de sa main et elle aima la sensation d'assurance qu'elle dégageait. Elle plongea son regard dans les yeux d'Elyes et, comme à chaque fois, elle fut happée par sa profondeur. Il la regardait avec intensité, douceur et malice. Et quand il la regardait ainsi, elle se sentait vraiment là, comme si elle était encore plus présente, comme si elle existait un peu plus. Son regard lui donnait quelques grammes supplémentaires de force. Alors elle se décida à parler.

- C'est vrai qu'en ce moment je ne suis pas au mieux de ma forme. Je sors péniblement d'une dépression. J'ai perdu pas mal de repères et j'ai perdu la confiance en les autres et en moi-même. J'ai du mal à l'expliquer car, à priori, je n'ai pas de raison de manquer de confiance en moi. Sauf que depuis que je suis toute petite je suis comme cela. J'ai toujours agi en fonction de ce que l'on attendait de moi, ou tout du moins de ce que j'imaginais que l'on attendait de moi. Les choix que j'ai faits ont été dictés par mon besoin de me conformer aux désirs des autres et à l'image que je devais renvoyer, plus ou moins consciemment. J'ai agi en fonction de ce qu'il était bien de faire. Ma principale obsession a toujours été de plaire et d'être aimée. J'ai toujours pensé qu'on m'aimerait moins si je ne me comportais pas comme on l'attendait de moi. J'ai toujours eu peur d'être jugée, d'être moins appréciée, d'être rejetée. En d'autres termes, je suis dépendante du regard des autres. C'est la raison pour laquelle je suis pleine de freins, pleine de barrières. J'ai peur de dire les choses, j'ai peur de blesser l'autre. J'ai peur de me tromper et de décevoir. Et ces derniers mois ont été pires que tout. J'ai cru que jamais je ne referais surface.

- Et pourtant vous êtes là. Qu'en avez-vous appris ?

Camille réfléchit.

———

- Et bien, comme vous l'avez dit, déjà je suis là. Et c'est un apprentissage à part entière. Je pensais que je ne pourrais jamais me relever. J'ai appris aussi qu'il est sans doute temps que je me recentre sur certaines choses importantes. Que je fasse le tri dans ma vie. Et c'est d'ailleurs dommage que je n'ai pas su tout cela plus tôt.

- Pourquoi ? Qu'est-ce qui aurait changé ?

- Pas mal de choses sans doute. Surtout des choix de vie que j'aurais probablement fait autrement. J'aurais peut-être pris plus de risques au lieu de choisir des options confortables dans lesquelles j'étais certaine de réussir. Ma vie serait assurément un peu différente si j'avais compris avant que l'échec n'était pas une fatalité mais qu'il pouvait être une sorte de moteur.

- Et maintenant que vous l'avez compris, qu'est-ce qui va être différent ?

Camille fut surprise de cette question. Elle qui venait tout juste de prendre conscience qu'elle avait le droit de se tromper, il n'était pas encore question pour elle de se projeter.

- Aucune idée. C'est tout neuf comme sentiment. Je ne sais pas ce que je peux en faire.

- Et si je vous pousse un peu à y réfléchir ?

Camille sourit à Elyes qui la regardait avec douceur, comme pour l'encourager.

- Peut-être qu'une fois que j'en aurai fini avec l'acceptation de la période qui vient de s'écouler, je pourrais revoir certains paramètres de ma vie. Penser à faire ce qui me plait plutôt que ce que l'on attend de moi ou ce que l'on pense être fait pour moi. Avoir de vraies relations, même si cela implique d'en avoir moins. Vivre dans un endroit qui me correspond davantage, même si cela signifie me couper un peu d'une partie du monde.

- Et bien pour quelqu'un qui ne sait pas, je trouve que vous imaginez plutôt bien la suite.

Camille rougit.

- Vous trouvez ? Je n'en sais rien. Et puis après tout, c'est vous qui m'avez posé la question !

- Absolument ! Et je suis sûr que nous en reparlerons.

- Possible...

Ils se turent pendant un long moment et savourèrent le silence qui s'était installé entre eux, les plongeant confortablement dans leur complicité naissante.

———

Puis ils se mirent à parler de choses et d'autres, de sujets plus légers. Ils rirent beaucoup, continuèrent à se découvrir un peu plus. Camille parla de son enfance bordelaise, de ses vacances bretonnes, et Elyes lui raconta son histoire et son quotidien.

Et ce n'est que tard dans la soirée, après avoir partagé le dîner proposé par Raphaël, qu'Elyes raccompagna Camille dans la maison de sa tante qu'elle commençait déjà à considérer un peu comme la sienne.

Devant la porte, au moment de se souhaiter une bonne nuit, Elyes prit Camille par les épaules et appuya un peu plus que d'habitude les deux baisers qu'il posa sur ses joues. Camille eut envie de se blottir dans ses bras, mais elle n'osa pas le faire. Alors ils se séparèrent simplement, en se promettant de se revoir très vite, et en emportant chacun le souvenir d'une soirée toute simple de partage et de vie mêlés.

———

Chapitre 10

Dimanche était déjà là et avec lui la promesse d'aller mieux se faisait de plus en plus présente. Le souvenir de la soirée de la veille apaisait Camille et la fit sourire dès le réveil. Elle en avait adoré chaque minute. Et puis, elle devait bien se l'avouer, elle n'était pas insensible à la présence d'Elyes. Il était vrai et simple. Avec lui, tout lui paraissait naturel. C'était comme s'ils s'étaient cernés l'un et l'autre, sans faux-semblants, qu'ils l'avaient accepté, et qu'ils pouvaient ainsi être entiers l'un envers l'autre. C'était bien de ne pas avoir à se cacher. De ne pas avoir à tricher.

Dimanche était aussi le jour de son rendez-vous avec Denise. Cette fois-ci, c'est avec le cœur léger qu'elle se rendit chez la boulangère.

Quand la porte s'ouvrit, Camille fut surprise par la pâleur du visage de Denise. Elle avait l'air épuisé. Denise lui offrit un sourire sincère.

- Bonjour Camille. Comment vas-tu ?

- Bonjour Denise. Je vais très bien. Mais vous, comment allez-vous ? Vous avez une petite mine.

- Tu trouves ? Non, tout va bien, ne t'en fais pas. C'est peut-être un peu de fatigue avec la boulangerie.

- Pourtant c'est plutôt calme en ce moment non ?

- C'est vrai. Mais il y a toujours mille choses à faire. Écoute, ne t'inquiète pas pour moi et n'y pense plus. Parle-moi plutôt de toi.

Toujours convaincue que quelque chose ne tournait pas rond, Camille choisit de laisser tomber pour le moment et se concentra sur l'objet de sa visite.

Les deux femmes se dirigèrent vers le salon pour s'installer devant les tartelettes au citron qui étaient en passe de devenir une institution pour elles deux. Denise commença.

- Alors, où en es-tu ma jolie ?

Camille sortit son carnet de sa poche.

- Depuis que nous nous sommes vues jeudi, j'ai fait ce que vous m'avez conseillé. Je me suis attachée à vivre ce qui est important pour moi, à provoquer des occasions de me sentir moi-même. Pour le côté nature, j'ai fait quelques balades, et j'ai essayé d'y ajouter un peu de découverte en allant dans des endroits que je ne connaissais pas. J'ai prêté attention à chaque instant et surtout à mon ressenti du moment.

- Et qu'as-tu ressenti ?

- Un immense bien-être, et de manière générale des émotions très fortes. C'est toujours assez fugace, mais très intense. Et la difficulté à laquelle je me heurte est que le ressenti et l'effet bénéfique qui va avec ne durent pas. Pour tout vous dire, il m'arrive même de me sentir assez mal après.
- Je vois. On en parlera après si tu veux bien. Qu'en est-il des autres points ?
- Au sujet de la découverte, je l'ai aussi expérimentée lors de ma visite de l'exposition de peinture dont je vous ai parlé.
- C'est-à-dire?
- Je parle de la découverte des œuvres de Lysiane bien-sûr, mais pas seulement. C'était bien au-delà. J'ai voulu découvrir ses tableaux en m'y plongeant entièrement. En faisant en sorte de tout ressentir pleinement, et en me focalisant sur ce ressenti. J'ai constaté que les émotions étaient très fortes, très présentes, comme si elles me faisaient sentir un peu plus vivante. J'ai conscience que cela peut sembler étonnant, et j'ai du mal à l'expliquer. Quand je suis devant un tableau, de manière générale et à fortiori encore plus devant ceux de Lysiane, je suis comme happée par la peinture. Plus rien n'existe autour. Il n'y a que moi, et le tableau. J'ai la sensation de comprendre exactement ce que le peintre a voulu transmettre. Je sens chaque coup de pinceau, chaque rature, chaque questionnement, chaque correction. C'est toujours un moment très fort.
Camille fit une pause, les yeux dans le vague.
- Habituellement, je ne partage rien de tout cela. C'est une expérimentation très solitaire. Ce qu'il y a eu de nouveau hier, c'est que je l'ai longuement partagé avec Elyes.
- Tu peux m'en dire plus ?
- Comme j'habite Paris, il est facile pour moi de visiter des expositions de peinture, et j'en profite largement. La plupart du temps, Antoine ne m'accompagnait pas. Parce que cela ne l'intéressait pas, parce qu'il n'avait pas envie de faire l'effort. Bref, peu importe. Quoi qu'il en soit, quand il lui arrivait de se joindre à moi, il n'avait qu'une hâte, c'était de repartir au plus vite après avoir fait un tour on ne peut plus sommaire de l'exposition en question. Inutile de vous dire que j'en étais évidemment très frustrée. Hier, c'était complètement différent. Nous sommes restés très longtemps dans la galerie et nous avons pris le temps d'admirer longuement chaque tableau. La visite s'est faite naturellement, nous étions au même rythme. J'ai eu la sensation de

partager pour de vrai, sans forcément parler ni discourir interminablement sur nos interprétations respectives. Je le sentais près de moi, sur la même longueur d'ondes, au même niveau. Quand j'ai écrit « partager des valeurs communes » sur mon carnet, c'est exactement à ce type de situation que je faisais allusion. Partager sans forcer, naturellement, simplement. Hier, j'ai compris que découvrir c'est bien, mais découvrir ensemble, c'est magique et merveilleux. Et cela permet d'en prolonger les effets bénéfiques car nous en avons parlé longuement après. Nous sommes allés dîner au bar du port et nous avons continué à échanger nos ressentis respectifs.

- Je vois. Et ta relation avec Elyes, comment évolue-t-elle ?
- Elle se renforce, elle s'approfondit. La confiance qui s'était établie presqu'instantanément est de plus en plus présente. En tous cas c'est ma vision des choses. Je ne lui ai évidemment pas posé la question, mais je suis sure qu'il serait d'accord avec moi si vous le lui demandiez.

En fait, je me rends compte que tout est entremêlé. Ce qui est important pour moi n'est pas fait de petits moments isolés les uns des autres, même si ces moments sont éminemment précieux. Ce qui est important, c'est le mélange de toutes ces valeurs. Etre proche de la nature, continuer à découvrir chaque jour, partager les moments importants, partager ses passions, être en confiance avec les autres. Je réalise que ce qui est essentiel, ce n'est pas de vivre ces valeurs très personnelles les unes après les autres. Ce qui est primordial, c'est de se construire une vie où ces valeurs sont toutes présentes en même temps, à des niveaux et des moments différents bien-sûr, mais une vie qui nous permet de les vivre ensemble. J'ai compris que si je veux être heureuse, c'est cette philosophie qui doit guider mes choix à présent. C'est ce qui me permettra d'être davantage moi-même, d'être plus heureuse et de trouver mon équilibre. J'ai compris que je dois me créer une vie où je pourrai vivre pleinement ces valeurs chaque jour.

Denise l'écoutait attentivement.

- Tu vois, je suis impressionnée par la pertinence de ton analyse et par la rapidité à laquelle tu es arrivée à ces conclusions qui sont en effet fondamentales. Je crois bien que je n'aurai bientôt plus besoin de t'aider beaucoup.
- Ne dites pas cela. Je n'en suis qu'au commencement. J'ai encore beaucoup de choses à régler.
- Comme quoi par exemple ?

———

- Ma relation avec mes parents entre autres. Elle est toujours un peu trop bancale à mon goût. Ils savent que je suis ici, mais ils ne savent rien de mes derniers mois et de tout ce que j'ai traversé. Je pense que l'un de mes prochains pas sera sans doute de leur confier ce qu'il s'est réellement passé depuis ma rupture avec Antoine. C'est un peu la même chose avec Samuel, mon ancien boss. C'était aussi un ami, et nous avons complètement coupé les ponts depuis mon licenciement. Je crois que le temps sera bientôt venu de tenter de faire la paix. Je ne suis pas certaine d'être prête, mais j'en ai envie.

- Tu as entièrement raison. Et ce sera un pas difficile à faire, mais essentiel à ta reconstruction.

- Je suis déjà allée dans ce sens cette semaine.

Denise jeta à Camille un œil interrogateur.

- J'ai téléphoné à Daniel, mon ami d'enfance, et je lui ai tout raconté.

- Et qu'en a-t-il dit ?

- Daniel et moi, on se connaît depuis très longtemps. Nous avons passé tous nos étés ici, avec notre amie Pauline. Elle est morte à vingt-deux ans dans un accident d'avion. Inutile de vous dire que ça a été atroce, pour tout le monde. Ce drame a contribué à sceller encore un peu plus notre amitié. On s'est toujours tout dit tous les deux. Sauf là. Alors le fait de tout lui avouer a été un immense soulagement. Il a compris, et il n'a pas jugé. Je sais que je peux compter sur lui quoi qu'il arrive, qu'il sera toujours derrière moi pour me soutenir.

- Sachant cela, pourquoi ne lui en as-tu pas parlé plus tôt ?

- Je sais que cela peut sembler contradictoire avec ce que je vous ai dit avant, mais j'avais terriblement peur de le décevoir. J'ai tellement besoin d'être parfaite aux yeux des autres, que même avec mon meilleur ami, celui à qui je peux tout confier, je ne parviens pas à être totalement moi-même.

- C'est normal Camille. Il faut que tu sois un peu plus indulgente avec toi-même. Tu as fait un grand pas hier en lui parlant. Et tu en as été récompensée. Cela signifie que tu es dans le vrai et que ta démarche était capitale.

- Oui, sans aucun doute. Même si prendre le téléphone n'a pas été facile, je savais que c'était une étape importante.

Elles se turent quelques instants, demeurant chacune dans ses pensées. Et comme à chaque fois qu'elle se taisait, Camille observait ce qui se trouvait autour d'elle. Son attention fut attirée par deux petits paquets cadeaux qui dépassaient d'un panier en osier. Le papier cadeau bleu pâle était orné de dessins d'ours et de souris. Les cadeaux étaient visiblement destinés à un enfant. Elle se demanda ce qu'ils contenaient.

Puis Denise brisa le silence.

- J'ai l'impression que tu t'intéresses de près à la peinture, je me trompe ?

Camille sursauta presque et elle s'empressa de nier.

- Heu...Non pas tant que ça. C'est vrai que j'aime visiter des expositions et découvrir de nouveaux peintres, mais je ne m'y connais pas tant que cela.

- Camille, je vais être directe. J'ai la conviction que tu me caches quelque chose à ce sujet. Tu es tellement touchée quand tu en parles qu'il ne peut pas n'y avoir qu'un simple intérêt.

La jeune femme resta interdite, ne sachant quoi répondre. Finalement, elle se décida. Après tout, elle avait décidé de tout dire à Denise dès le départ.

- C'est vrai, vous avez raison. J'ai toujours adoré la peinture, et surtout, j'aurais rêvé d'en faire mon métier. J'ai commencé à peindre il y a longtemps. Au début c'étaient des dessins d'enfant, un peu naïfs. Et puis au fil des années mon style s'est affirmé. Il est devenu plus dur, plus tranché. Plus abstrait et moins conventionnel aussi. Beaucoup de choses m'inspirent. Une rencontre, un paysage, une situation particulière. Je mets beaucoup de moi dans chacune de mes toiles. J'en peins relativement peu, mais elles ont toutes une histoire. Peu de personnes sont au courant. Constance et Daniel bien-sûr, et mes parents aussi, bien qu'ils ne m'en parlent jamais. Je crois qu'ils ont eu réellement peur que je souhaite en faire mon métier pour de bon. Et je ne sais pas ce qu'ils pensent de mes toiles, s'ils trouvent que j'ai du talent ou pas. En tous cas, ils ne demandent jamais à voir mes peintures. Je ne sais même pas s'ils imaginent que je peins encore. Enfin, que je peignais, parce que le rythme a sérieusement ralenti depuis quelques années. Quand j'ai connu Antoine, j'ai été très fière de lui montrer mes toiles. Il a poliment dit que c'était très beau, mais j'ai bien vu qu'il s'en fichait un peu. J'ai continué à peindre un peu au début de notre relation, mais j'avoue que son manque d'intérêt m'a fait perdre confiance. J'ai donc peint de moins en moins souvent, jusqu'à complètement arrêter après notre rupture. J'étais dans un tel état que plus rien ne m'inspirait. Je crois que la seule chose que j'aurais eu envie de faire aurait été de recouvrir entièrement une toile de noir.

———

- Tu aurais sans doute dû le faire.

- Pourquoi ?

- Pour te libérer, un peu.

- Ah… Peut-être, je ne sais pas. Quoi qu'il en soit, j'en ai eu assez de voir des toiles qui me rappelaient de bons moments passés alors que j'étais au fond du trou. J'ai même eu envie de tout jeter.

- Mais tu ne l'as pas fait.

- Non, je ne l'ai pas fait. Je les ai descendues à la cave. Elles y sont toujours.

- Et que comptes-tu en faire ?

- Aucune idée. Rien sans doute.

- Et ton rêve d'en faire ton métier ?

- Pour être tout-à-fait honnête, j'ai du mal à me dire qu'être peintre soit un vrai métier.

- Pourquoi ?

- Parce que c'est sans doute très difficile d'en vivre. Et aussi parce que j'ai été élevée dans une famille qui considère que les métiers artistiques n'en sont pas vraiment.

- Je vois. Mais même si tu ne deviens pas peintre à temps plein, peut-être te faudrait-il envisager un métier autour de celui-ci.

- C'est-à-dire ?

- Je ne sais pas. C'est juste une petite graine que je lance comme ça. Laisse-la germer tranquillement. Tu y penseras en temps voulu.

Camille sourit à cette idée et Denise enchaîna.

- Si j'ai bien compris, ta peinture a un côté plutôt positif non ?

- Oui, en effet. Je peins quand je me sens bien. Quand je n'ai pas le moral, je perds toute inspiration.

- Alors, la peinture ne serait-elle pas un début de solution à la problématique que tu me soumettais tout-à-l'heure ?

- Laquelle ?

- Le fait que le bénéfice de tout ce que tu as expérimenté ces derniers jours ne s'inscrive pas dans la durée.

- Je ne comprends pas ce que vous voulez dire. En quoi la peinture pourrait être une solution ?

- Je suis convaincue que la peinture pourrait être un moyen pour toi de faire durer la sérénité et l'énergie que tu retires des moments au cours desquels tu expérimentes pleinement tes valeurs.

- Mais comment ?

- Tu m'as dit que quand tu peignais, c'était toujours au travers d'une source d'inspiration d'une expérimentation quelconque : une situation, une rencontre ou autre. Le vécu intense de tes valeurs est une expérience positive à chaque fois. Ce que je veux te dire, c'est que la peinture pourrait être la matérialisation de tout ce bien-être, cette joie, cette quiétude, cette sérénité, et aussi cette énergie.

- OK. Je vois ce que vous voulez dire. Ce serait un moyen d'ancrer dans le réel mes ressentis profonds, et de pouvoir y avoir recours par la suite quand j'ai besoin de les retrouver.

- Oui, c'est exactement ça. Qu'en penses-tu ?

- Il est possible que cela fonctionne en effet. Quand j'allais si mal et que j'ai remisé toutes mes toiles à la cave, c'est justement parce qu'elles me rappelaient trop des moments de bonheur ou de pure découverte, des moments au cours desquels je me sentais en accord avec moi-même. Et ce n'était plus supportable. Alors j'imagine que maintenant que je vais un peu mieux, je serai capable de représenter ces quelques minutes de sérénité et de m'en servir comme un soutien.

- Voilà, c'est exactement ce à quoi je pensais.

- Sauf que je n'ai aucun matériel ici.

- Pas de fausse excuse, répliqua Denise dans un éclat de rire. Nantes n'est qu'à quelques dizaines de kilomètres. Tu y trouveras ton bonheur, j'en suis certaine.

- Oui, c'est vrai, répondit Camille en riant elle aussi. Je vais y aller dès demain. Pour tout vous dire, je crains que ce soit un peu délicat au moment de m'y remettre, mais je vais essayer.

- Essayer ne suffira pas Camille. Car tu as raison, t'y remettre va être périlleux. Alors il va falloir t'accrocher. Parce que c'est ta voie, j'en suis persuadée.

- C'est promis, je vais insister, même si je n'y arrive pas et que j'ai envie d'abandonner. Je le ferai comme une promesse envers vous.

- Merci...

- C'est en grande partie grâce à vous si je parviens à retrouver le sourire. Je vous dois bien cela.

Denise sourit délicatement.

- Allez, file, n'oublie pas que demain tu dois aller à Nantes.

Les deux femmes se levèrent. Une fois sur le pas de la porte, Camille serra Denise dans ses bras.

- Merci pour tout, lui murmura-t-elle à l'oreille. Je ne sais pas ce que je ferais sans vous en ce moment.

- Je suis heureuse de pouvoir t'aider. Prends soin de toi.

- Promis. On se voit jeudi ?

- D'accord. A jeudi alors.

- A jeudi.

———

Camille choisit de longer la plage pour rentrer chez elle. Marcher lui permettait de faire le tri dans ses idées. Malgré la peur qui lui nouait l'estomac, elle savait que peindre à nouveau contribuerait à la faire renaître. Elle se rendrait donc dès le lendemain à Nantes pour acheter le matériel dont elle avait besoin. Elle n'avait aucune idée de ce qu'il se passerait ensuite, mais elle était maintenant convaincue que c'était son prochain pas vers un peu plus de paix avec elle-même.

———

Chapitre 11

Camille passa une nuit reposante et ressourçante. Elle dormait si bien que même la lumière du jour ne la réveilla pas. Elle fut tirée de son sommeil par la sonnerie de son téléphone qui lui indiquait qu'un message arrivait. Elle attrapa tant bien que mal l'appareil. Le message était d'Elyes.

- Bonjour Camille. Comment allez-vous ? Je voulais juste vous envoyer un petit mot pour vous souhaiter une bonne semaine. A très vite. Elyes

Le cœur de Camille faisait des loopings. Elle s'empressa de répondre.

- Bonjour Elyes. Je vais très bien. Et vous, comment s'annonce votre semaine ?

La réponse ne tarda pas à arriver.

- Beaucoup de boulot, mais ça va !
Au fait, j'ai vraiment passé une très belle soirée samedi. Merci :)

- C'est plutôt moi qui devrais vous remercier.... Et c'est vrai que nous avons passé un très bon moment :)

Pas de réponse... Camille attendit quelques minutes, puis elle posa son téléphone sur la table de chevet. Tant pis. Elle décida d'aller prendre son petit déjeuner. Elle se leva, enfila un sweat à capuche et commença à descendre l'escalier. La sonnerie de son téléphone se fit entendre à la quatrième marche. Evidemment, elle fit demi-tour instantanément.

- Que diriez-vous d'un dîner chez moi dimanche ?

Camille en resta bouche bée. Il l'invitait à dîner, chez lui, et c'était juste incroyable. Elle répondit immédiatement.

- Avec grand plaisir ! J'apporte quoi ?

- Apportez le dessert, ça fera au moins un truc mangeable ;)

———

- *Vous dites ça parce que vous ne connaissez pas mes talents de pâtissière ;)*

- *Vous savez que je déteste quand vous vous dévalorisez ?*

- *Hum... On verra ;)*

- *Ok ! Je dois vous laisser. Passez une bonne journée ! A très vite.*

- *Merci ! Bonne journée à vous aussi !*

En effet, la journée s'annonçait bien !

Deux heures plus tard, et après avoir pris tout son temps, Camille monta dans la voiture de Maud et prit la direction de Nantes. Elle avait repéré sur Internet un magasin spécialisé en arts plastiques situé en centre-ville. Elle déjeunerait là-bas et en profiterait pour se balader un peu. C'est d'excellente humeur qu'elle s'installa derrière le volant.

Alors qu'elle approchait de Nantes, elle entra l'adresse du magasin dans le GPS de son téléphone. Elle se laissa guider jusqu'au parking le plus proche et y gara la Clio. Elle parcourut les quelques centaines de mètres qui séparaient le parking du magasin avec la boule au ventre. Se remettre à peindre n'était pas si anodin l'angoisse se faisait sentir, elle devait bien se l'avouer. Peut-être qu'elle n'y arriverait pas. Peut-être qu'elle n'aurait pas suffisamment d'inspiration. Peut-être qu'elle n'avait pas assez de talent, tout simplement. C'est pleine de questionnements qu'elle ouvrit la porte du magasin.
A l'instant où elle pénétra dans la boutique, elle se sentit mieux. Entourée de toiles, de tubes de peinture et de pinceaux, elle était dans son élément.
Elle se planta devant le rayon, attrapa un panier et entreprit de faire son choix, armée de vieux réflexes qu'elle retrouva en quelques secondes.
Une demi-heure plus tard, elle déposa ses achats dans le coffre de la voiture. Il était treize heures passées et son estomac criait famine. Le grand soleil l'incita à trouver un coin de verdure pour déjeuner. Elle entra dans la première boulangerie venue et choisit un sandwich au thon.

———

Après avoir marché quelques minutes, elle arriva sur les quais et trouva un petit coin pour s'asseoir face à l'Erdre. Elle respira un grand coup, ferma les yeux, et s'allongea dans l'herbe. Elle pouvait sentir l'odeur de la pelouse, et celle de l'eau un peu vaseuse. Elle entendait le ronronnement des voitures un peu plus loin et les voix des promeneurs qui passaient non loin d'elle. Elle ressentait la chaleur du soleil sur son visage et sur tout son corps à travers ses vêtements. Sa respiration ralentit. Les battements de son cœur aussi. Elle était bien. Et elle décida que sa première toile s'inspirerait de ce moment-là.

Après avoir passé l'après-midi à arpenter les rues de Nantes et les bords du canal, Camille reprit la direction de Saint-Karel. Le soleil se couchait et elle était fatiguée de son escapade. Elle avait beaucoup marché et elle avait maintenant hâte de retrouver le calme et l'intimité de sa maison de pêcheur. Quand elle arriva enfin, elle commença par prendre une douche chaude et enfiler une tenue confortable. Puis elle déballa ses achats de la journée et installa son chevalet dans le salon, devant l'une des fenêtres donnant sur le jardin. Il faisait maintenant nuit noire et le vent s'était levé, modifiant l'atmosphère dans laquelle elle avait baigné toute la journée. Elle avait peur d'avoir du mal à retranscrire son ressenti de l'après-midi sur une toile dans cette nouvelle ambiance, mais elle avait très envie d'essayer de peindre à nouveau. Sans plus attendre, elle déballa l'une des toiles et l'installa sur le chevalet, elle prépara sa palette de couleurs, respira un grand coup, et plongea son pinceau dans un vert sapin qui évoquait à la perfection le vert du canal de l'Erdre.

Deux heures plus tard, la toile avait pris forme. Des touches colorées évoquaient habilement le canal et tout l'environnement dans lequel il était baigné : les promeneurs, les quelques habitations qui se dressaient au long des berges et les ponts qui le traversaient. En se concentrant un peu, on aurait presque pu en sentir les odeurs. L'exécution était abstraite et le rendu d'un réalisme étourdissant. Camille recula de quelques pas et observa son travail. Pas de doute, la toile était réussie. Elle sentit une vague de quiétude et de satisfaction l'envahir. Elle nettoya son matériel, le rangea, éteignit la lumière et monta se coucher, sans même penser à dîner toute à cette nouvelle rencontre avec sa peinture.

Le lendemain matin, elle était encore remplie de l'énergie procurée par l'euphorie de la veille. Après un petit déjeuner et une toilette rapides, elle décida de s'y remettre immédiatement. Seulement voilà, qu'allait-elle bien pouvoir peindre ? Elle réfléchit quelques minutes, pensa à ses promenades le long de la côte, à ses moments de partage avec Elyes à l'occasion de la visite de l'exposition de Lysiane, et à quelques autres moments importants des derniers jours passés à Saint-Karel. Mais rien à faire, l'inspiration n'était pas au rendez-vous. Comme auparavant, elle savait qu'elle ne parviendrait à peindre que si l'élan était là, irrésistible et stimulant. Et ce matin, c'était loin d'être le cas.

Camille comprit rapidement qu'il serait vain d'insister, alors elle décida d'aller faire quelques courses au village histoire de remplir un peu les placards et avec, en filigrane, l'espoir de dénicher une source d'inspiration.

Elle fit le plein à la supérette, poursuivit par quelques achats chez le poissonnier et termina sa virée chez le charcutier. Elle regretta qu'il n'y ait pas de fromager, mais réalisa que c'était tout de même un peu utopique au vu de la taille du village. Au moment de rentrer chez elle, elle prit finalement le chemin de la boulangerie avec l'envie de s'offrir l'une des pâtisseries de Julien pour son déjeuner. Ce petit détour lui donnerait également l'occasion d'embrasser Denise.

Lorsqu'elle entra dans la boulangerie, elle fut accueillie par Julien.

- Bonjour ! Lui lança-t-il depuis l'autre côté du comptoir. Comment allez-vous ?

- Très bien, merci. Je voudrais vous prendre un gâteau pour ce midi. Savez-vous que je suis tombée raide dingue de vos tartelettes au citron !

Julien éclata de rire.

- Oui, à ce qu'il paraît, elles ont du succès ! Denise m'a parlé du sort que vous leur réserviez à chaque visite !

- En effet, elles n'ont pas vraiment le temps de souffrir ! Bon, blague à part, je ne sais pas quoi choisir.

Camille faisait des allers et retours devant la vitrine, très hésitante. Elle finit par jeter son dévolu sur une barquette aux marrons.

- Excellent choix ! Confirma Julien. Rares sont les clients qui apprécient les barquettes aux marrons, mais j'y tiens. Je continue à en faire tous les matins. Denise n'était pas très convaincue, alors j'en fabrique très peu, juste pour les quelques irréductibles.

———

- Vous avez bien raison ! Et d'ailleurs, en parlant de Denise, où est-elle ?

Julien eut l'air surpris de la question.

- Et bien on est mardi ! Elle n'est jamais là le mardi.

Ce fut au tour de Camille d'être étonnée.

- Ah bon ? Je ne savais pas. Je pensais naïvement la trouver ici. Savez-vous où elle est ?

- Aucune idée. Tout ce que je sais, c'est qu'elle ne vient jamais le mardi. Cela fait quelques mois. Il y a environ un an de cela, elle m'a demandé si j'accepterais de tenir la boutique le mardi car elle avait besoin d'être libre ce jour-là et nous avons rapidement pris cette habitude. Mais je dois dire que je ne sais pas du tout ce qu'elle fait de ses mardis. Et je vous avoue que je ne me suis jamais permis de le lui demander.

- Je comprends. Bon, tant pis. Cela m'aurait fait plaisir de lui dire bonjour.

- Je suis sûr que cela lui aurait fait plaisir à elle aussi. Elle vous apprécie beaucoup. Elle me parle souvent de vous. Depuis que vous êtes arrivée, et que vous partagez ces moments avec elle, je vois bien qu'elle a meilleur moral. Je n'ai aucune idée de ce que vous vous racontez quand vous vous voyez, et cela ne me regarde absolument pas, mais je sais que c'est bien pour elle. Depuis la mort de Charles, elle n'est plus tout à fait la même. Et j'ai l'impression que cela s'est aggravé depuis quelques mois.

- Ah bon ? Mais comment l'expliquez-vous ?

- Je ne l'explique pas. Elle a été bien entourée après la disparition de son mari, et elle avait l'air de plutôt bien s'en sortir. Et puis elle a perdu un peu le moral il y a quelques temps. Elle semble aussi plus fatiguée. Rien de grave à ce qu'elle m'a dit, mais je vois bien qu'elle n'a plus la même énergie qu'avant. Alors peut-être qu'elle a tout simplement décidé de consacrer une journée à se reposer, à prendre soin d'elle. Et si c'est vraiment ça, je trouve que c'est une bonne chose.

- En effet. J'espère qu'il n'y a rien d'autre. Je suis passée la voir dimanche et je ne l'ai pas trouvée en grande forme. Elle m'a juré que tout allait bien et elle m'a dit de ne pas m'inquiéter. Je dois dire que je ne sais pas quoi en penser.

- Moi non plus. Et nous n'avons pas d'autre choix que de lui faire confiance. Elle a du caractère, et si elle a décidé de ne rien dire, elle ne dira rien, c'est certain.

———

- J'ai bien peur que vous ayez raison. Laissons-là tranquille et soyons à son écoute si elle le souhaite. C'est le mieux que nous puissions faire.

- Absolument. Allez, je vous emballe votre gâteau et demain, je dirai à Denise que vous êtes passée la voir.

- Super. Merci beaucoup.

Julien lui tendit sa barquette aux marrons.

- Bonne journée Camille. Profitez bien du beau temps.

- Merci. Bonne journée à vous aussi et à bientôt.

Camille sortit de la boulangerie avec une sensation étrange au creux du ventre. Sans trop savoir pourquoi, elle espérait que Denise ne leur cachait rien. Que pouvait-elle bien faire de tous ses mardis ? Les interrogations de Camille étaient empreintes d'une inquiétude sournoise, même si cela ne la regardait pas réellement. Pour faire taire son angoisse, elle décida qu'elle en parlerait à Denise lors de leur prochaine rencontre. Ainsi, elle aurait enfin les moyens de se rassurer.

La journée passa doucement, au gré de promenades et de cocooning qui faisaient du bien au corps et au cœur. L'inspiration n'était toujours pas là, mais peu lui importait. Elle profitait. Et elle profitait du fait qu'elle parvenait enfin à profiter de quelque chose. Le soir venu, elle eut envie de parler à Constance à qui elle envoya un SMS.

- Salut. Quoi de neuf ? Pour moi, repos et grand air. Tout va bien. Et figure-toi que je me suis remise à la peinture ! Pas facile mais bon... Je t'embrasse

La réponse arriva quasi immédiatement. Comme d'habitude, Constance devait être scotchée à son portable.

- Coucou toi ! Ça fait plaisir de voir que tu vas bien ! Super idée la peinture ! Tu sais ce que j'en pense... Alors vas-y, fonce !

Et puis un second message apparut juste à la suite.

- Et au fait, ta chaudière ? Ton playboy l'a réparée ? ;)

- OUI, il l'a réparée !!!!

- Raconte !!!!!

———

- *Il n'y a rien à raconter. Il a fait venir un type qui a réparé le bazar et voilà ;)*

- *Me dis pas que c'est tout ?!?!?!*

- *... D'accord... On est allés voir une expo de peinture ensemble, et après on a dîné.*

- *Quoi ?????? Et alors ? Il est comment ?*

- *Il est TRES bien, voilà.*

- *A quel point de vue ?*

- *A tous points de vue... il est plutôt pas mal, intelligent, sensible, il fait attention aux autres, et il aime les mêmes peintures que moi...c'est dire ;)*

- *T'as complètement craqué sur lui quoi...*

- *Mais non ! N'importe quoi !*

Tout en écrivant, Camille avait le sourire aux lèvres.

- *Je te dis que t'as craqué ! C'est juste que tu le sais pas encore ☺*

Camille éclata de rire.

- *Allez, je te laisse le bénéfice du doute ;) En tous cas, il m'a invitée à dîner dimanche !*

- *....................*

- *Quoi ????*

- *Rien... C'est juste que lui aussi il a craqué sur toi apparemment...*

Elle eut l'impression que son cœur allait sortir en courant de sa poitrine.

- *Ah bon, tu crois ?*

————

- Bah oui ma cocotte ! Tu verras ce que je te dis...

- Je te raconterai, promis !

- OK. Allez, bonne nuit ! Je t'embrasse fort

- Moi aussi, je t'embrasse très fort

Camille posa son téléphone sur la table basse et s'allongea sur le canapé. Elle posa les mains sur son ventre, ferma les yeux, et s'attacha à écouter sa respiration, un sourire flottant sur son visage. Elyes... C'est vrai qu'il lui plaisait, elle devait bien se l'avouer. Elle avait été très sommaire dans le portrait qu'elle en avait brossé à Constance. En réalité, elle pourrait lui trouver une bonne centaine de qualités ! Elle se demandait bien ce qu'allait devenir leur relation. Pour le moment, la situation lui convenait. Et elle verrait bien ce à quoi tout cela allait aboutir.
Camille se concentra sur son souffle, qui devenait de plus en plus calme, et elle finit par s'endormir, tout doucement, toujours installée sur le canapé du salon.

Quand elle se réveilla, elle était dans son lit, bien emmitouflée dans sa couette. N'ayant aucun souvenir de la nuit, elle en déduit qu'elle avait dû se réveiller à moitié, ou en tous cas suffisamment pour se transporter jusque dans son lit. Elle s'étira comme un chat et rejoignit la cuisine où elle mit en marche la bouilloire. Les volets étaient restés grands ouverts et la grisaille matinale n'incitait pas à la promenade. Tant mieux, elle avait envie de peindre.

Après le petit déjeuner, elle s'installa devant son chevalet coiffé d'une toile immaculée. Elle commença à peindre la première chose qui lui vint à l'esprit : la petite place de la rue des blancs-manteaux sur laquelle donnait son appartement. Elle aimait tout particulièrement cette place coincée entre deux vieux immeubles et deux rues. C'était un espace de verdure, comme il y en a quelques-uns dans Paris, qui inspirait le calme. Il était abrité par de grands chênes qui côtoyaient des petits arbustes répartis sur la pelouse. Des jeux pour enfants avaient été aménagés au centre de la place et ils se remplissaient de cris de joie le mercredi et le week-end. Camille appréciait la dualité entre la tranquillité et la vie

———

permanente sur cette place. Et c'était exactement cela qu'elle voulait retranscrire dans sa peinture. Elle commença par jeter quelques touches de gouache sur la toile et se concentra en tentant de faire renaître les émotions ressenties à la contemplation de cet endroit.

Près de deux heures plus tard, la toile était bien avancée et on devinait les contours principaux du paysage.

On y voyait surtout du vert et du gris, symboles du subtil équilibre entre les immeubles et la verdure alentours. On y ressentait comme un mouvement sans fin au travers des oscillations des arbres et des tâches de couleurs qui représentaient l'insouciance des enfants au milieu de toute cette vie. La force et la délicatesse se côtoyaient habilement et comme toutes les œuvres de Camille, elle ne ressemblait à rien d'autre.

La sonnerie du téléphone se fit entendre. Elle posa pinceau et peinture pour lire le message qui s'affichait sur l'écran. Il était d'Elyes.

- Bonjour Camille. Comment allez-vous ? Pour dimanche, je voulais juste savoir s'il y avait des choses à éviter pour le menu. Dites-moi quand vous avez un moment.

Camille ne put que s'avouer que ce message lui faisait très plaisir. Non pas par son contenu, qui était somme toute assez insignifiant, mais uniquement par le fait de simplement le recevoir. Elle répondit immédiatement.

- Bonjour Elyes. Je vais bien. Je profite à fond ! J'espère que vous allez bien aussi. Pour dimanche, mis à part le café, j'aime tout ! A très vite.

- Super ! Oui, tout va bien aussi. C'est noté pour le café, je l'élimine. Continuez à profiter alors… pendant que d'autres bossent !

Camille sourit.

- Allez, courage ! Plus que deux jours avant le week-end !

- En effet… En tous cas j'ai hâte vous retrouver.

Le cœur de Camille fit un bond.

———

- Moi aussi j'ai hâte !

- ☺ Allez, je vous laisse profiter de la plage… A très vite.

- Ah ah ! Merci ! Bon courage à vous et à dimanche.

Elle posa le téléphone le sourire aux lèvres. Finalement, il y avait peut-être un fond de vérité dans ce que disait Constance. Il était maintenant clair qu'elle était très attirée par Elyes. Il était tellement calme, serein, et il semblait si solide. Tout l'inverse d'Antoine en somme. Avec lui elle se sentait apaisée et en confiance. Elle pouvait lâcher prise et se reposer sur lui. Alors qu'avec Antoine, elle devait toujours tout prendre en main ce qui, à la longue, s'était avéré franchement épuisant.

Elle se dirigea vers son chevalet et observa sa toile quelques instants. Comme presque toujours, ce qu'elle vit ne lui apporta pas la satisfaction escomptée. Elle trouva la toile trop terne, trop floue, trop imparfaite. Même si, au fond d'elle, elle savait qu'il y avait du positif, elle ne voyait que ce qui n'allait pas. C'était quasiment systématique et cela entamait profondément la confiance qu'elle avait dans ses qualités artistiques. Elle n'était jamais satisfaite. Quand elle peignait, elle se trouvait dans un sentiment d'euphorie créative qui lui donnait l'impression que tout allait être parfait. Et une fois cette euphorie retombée, elle observait ses toiles et les jugeait tellement durement qu'elle avait parfois envie de les brûler. Et aujourd'hui encore, ce sentiment de frustration commençait à l'envahir. Camille savait que le moment où elle commençait à éprouver ce sentiment de mécontentement représentait un signal d'alarme fort. C'était le moment où elle devait s'arrêter. Par expérience, elle savait que si elle s'acharnait à vouloir continuer à peindre, le résultat ne pourrait être que médiocre.

Elle sentit la colère monter en elle et l'envahir. Pourquoi n'était-elle pas capable de prendre vraiment du recul sur son travail. Pourquoi avait-elle une vision si négative de sa peinture ? Et de tout ce qu'elle faisait dans la vie en général d'ailleurs. Elle savait, tout au fond d'elle-même, qu'elle avait du talent. Et tous ceux qui avaient eu l'occasion de pouvoir le lui dire le lui avaient affirmé sans détours. Seulement voilà, elle était incapable ne serait-ce que d'y croire. Et cela lui mettait des bâtons dans les roues. Cette insatisfaction permanente l'empêchait d'avancer, elle le comprenait petit à petit.

———

De rage, elle jeta ses pinceaux dans l'évier de la cuisine et les noya sous le jet d'eau du robinet. Elle regarda la peinture s'écouler doucement et l'eau devenir de plus en plus claire. Les larmes lui montèrent aux yeux et son nez commença à la piquer. Mais comme elle voulait à tout prix éviter la crise de larmes, elle entreprit de nettoyer vigoureusement ses pinceaux avant de les sécher soigneusement et de les poser sur le plan de travail.

Elle décida d'aller prendre l'air, malgré la grisaille et la fraicheur de la température extérieure. Il fallait qu'elle marche, qu'elle dépense son énergie plutôt que d'écouter sa colère et sa frustration.

Comme elle était encore en pyjama, elle allait commencer par prendre une douche. Elle se dirigea vers l'escalier, d'un pas décidé, sans même un regard pour sa toile.

Elle marcha au moins deux heures, avançant au gré de son inspiration. Elle commença par rejoindre la plage et la parcourut sur toute sa longueur, appréciant la résistance que lui offrait le sable à chacun de ses pas. Puis, elle longea la côte par le chemin des douaniers et s'arrêta plusieurs fois pour admirer le paysage. Elle huma les parfums de mousse et d'aiguilles de pin en traversant la pinède et admira les belles maisons à colombages qui s'y trouvaient. Enfin, elle traversa le village pour regagner la maison de sa tante où elle s'affala de tout son long sur le canapé pour reprendre son souffle. Elle avait marché d'un bon pas et elle était affamée. Elle prépara des pâtes qu'elle agrémenta d'une sauce toute prête et d'une salade verte. Elle déjeuna assise sur un coussin à même le sol, devant la porte fenêtre qui lui permettait d'admirer les herbes folles du jardin. Puis elle monta se reposer, sans prendre le temps de faire la vaisselle, et s'endormit sans même s'en apercevoir, ce qui entama largement le reste de sa journée.

Le lendemain, on était jeudi et elle passa sa journée à tromper son impatience à retrouver Denise. Elle sortit un peu, échangea quelques messages avec Daniel, entreprit de continuer sa toile sans grande conviction, confectionna un gâteau au chocolat rien que pour elle, s'allongea dans l'herbe en guise de réponse à une pulsion qui l'avait prise en regardant le soleil, écouta de la musique, et bien d'autres choses encore.

Puis, à dix-sept heures quinze, elle sonna chez Denise qui l'accueillit visiblement avec plaisir.

———

- Bonjour Camille ! Comment vas-tu ?

- Bien. Je me sens en meilleure forme de jour en jour. Je dors mieux, je mange mieux, je prends à nouveau plaisir à faire certaines choses du quotidien. Ma vie retrouve un semblant de sens. Je ne sais toujours pas à quoi vont ressembler les prochains jours et encore moins les prochains mois, mais j'avance pas à pas, et pour le moment, cela me convient bien.

- Tant mieux. Je suis contente pour toi. Et j'admire ton courage. Je sais que ce n'est pas évident pour toi et que tu fais des efforts. Et c'est bien.

Elles prirent place autour de la petite table où étaient disposées les traditionnelles tartelettes.

- Et ta virée à Nantes alors ? Raconte-moi ! Demanda Denise.

- C'était disons…fructueux. J'ai acheté tout le matériel dont j'avais besoin et j'en ai profité pour me promener un peu. J'ai déjeuné au bord de l'Erdre et le moment que j'y ai passé m'a inspirée pour un tableau que j'ai peint le soir même.

- Bien ! Tu t'y es vite remise alors.

- Si on veut. Le premier tableau s'est fait tout seul en effet. En revanche, j'ai eu beaucoup plus de mal avec le suivant. Il n'est toujours pas terminé d'ailleurs, alors que je l'ai commencé il y a deux jours.

- Ah bon ? Et que te manque-t-il pour le terminer ?

- De la confiance, murmura la jeune fille.

- Comment cela ?

- Quand je peins, je me retrouve confrontée la plupart du temps au même problème. J'avance à toute vitesse, je suis plutôt contente de moi, et puis je ne sais pas pourquoi mais je m'arrête, je regarde ma toile, je prends du recul, et d'un coup, je change de perspective. Et là, je ne vois que ce qui ne va pas. J'ai l'impression de ne peindre que des horreurs, que mes perspectives sont mauvaises, que mes couleurs sont mal choisies, que l'on n'y comprend rien. Alors je laisse tomber, je passe à autre chose. Et puis quelques heures ou quelques jours plus tard j'y reviens et je deviens un peu plus objective. Comme il est important pour moi de toujours terminer ce que j'ai commencé, je fais en sorte d'améliorer le plus possible l'existant. Parfois cela fonctionne et je parviens à atteindre une sorte de satisfaction. Parfois non.

- Je vois. Et qu'en pensent les autres ?

- De quoi ?

- Et bien de tes toiles !

———

- Pour être honnête, je fais en sorte de les montrer le moins possible. Dans mon appartement à Paris je peins dans le salon, face à l'une de mes fenêtres. J'installe tout mon matériel juste le temps de peindre et je range tout ensuite. Peu de personnes savent que je peins. Constance et Daniel bien-sûr. Et mes parents. Mais je leur montre rarement mes toiles. Antoine aussi le savait, bien-entendu. Mais je m'arrangeais toujours pour peindre lorsqu'il était absent.

- Pourquoi ne leur montres-tu pas tes toiles ? Tu as confiance en toutes ces personnes il me semble.

- Oui, c'est vrai. Mais c'est plus fort que moi. En fait, j'appréhende énormément leur réaction.

- De quoi as-tu peur ?

- J'ai peur qu'ils ne les apprécient pas. Qu'ils les trouvent laides ou sans intérêt. Qu'ils me disent que tout cela n'a aucune valeur, que je n'ai aucun talent, que ce n'est qu'une lubie et que je ferais mieux d'arrêter là. Ou pire encore, qu'ils le pensent mais qu'ils ne disent rien. Et qu'ils jouent la comédie en me faisant croire que ça leur plait. L'horreur absolue quoi…

- Mais je ne comprends pas. J'imagine que tu leur as demandé d'être sincères non ?

- Bien-sûr.

- Et que t'ont-ils dit ?

- Qu'ils aimaient ma peinture. Que j'avais du talent. Enfin, quelque chose comme ça…

- Et ?

- Et… et bien je ne suis pas certaine de les croire.

- C'est-à-dire ?

- Et bien, même si au fond de moi je sais qu'ils sont sincères, j'ai du mal à croire que j'aie réellement du talent.

- Mais c'est complètement paradoxal, non ?

- Oui, je sais. En fait, je crois que leur avis ne suffit pas à me rassurer. Bien-sûr, je sais qu'ils pensent vraiment tout ce qu'ils m'ont dit. Et je sais qu'ils ne l'ont pas fait pour me faire plaisir mais que cela correspondait réellement à ce qu'ils ressentaient. Cela dit, ce ne sont pas des experts en peinture et ce ne sont pas des artistes. J'ai tendance à penser que le jugement d'une personne experte, ou tout du moins réellement amatrice de peinture, pourrait être radicalement différent.

- Et j'imagine que tu n'as jamais sollicité le jugement de ce type de personne ?

———

- Non, en effet. Je n'ai même jamais montré mes peintures à quelqu'un d'autre qu'à une personne très proche. Constance et Daniel sont mes meilleurs amis. Mes parents, et bien ce sont mes parents. Et Antoine était mon compagnon. Mis à part eux cinq, personne n'a jamais vu l'un de mes tableaux.
- Alors tu sais maintenant ce qu'il te reste à faire…
- Oui, je m'en doute. Mais c'est impossible. C'est au-dessus de mes forces.
- Très bien. Alors imaginons que tu montres l'un de tes tableaux à un inconnu. Que peut-il se passer ?
- Je ne sais pas.
- Mais si tu le sais ! Fais un petit effort !
Camille fut un peu surprise et n'eut pas d'autre choix que de jouer le jeu.
- OK. Et bien il peut avoir deux types de réactions. Soit il aime, soit il n'aime pas.
- Bien. Alors, admettons qu'il n'aime pas. Que se passe-t-il ?
- Et bien, ce serait la catastrophe.
- C'est-à-dire ?
- Je crois que je serais tellement dégoûtée que j'aurais envie de tout arrêter.
- Et ensuite, que se passerait-il ?
- Après un bon moment, je déciderais sans doute que cette personne n'y connaît absolument rien et je chercherais probablement l'avis de quelqu'un d'autre.
- Et si ce quelqu'un d'autre avait le même avis ?
Camille réfléchit.
- Là, en effet, je commencerais à être vraiment convaincue que ma peinture ne vaut rien.
- Et ?
- Et j'arrêterais sans doute. J'irais mettre toutes mes toiles à la cave pour ne plus y penser. Car je pense que je ne supporterais pas l'idée de me dire que je ne suis pas douée et que je fais tout cela pour rien. Pour être honnête, je crois que ce serait vraiment difficile à avaler.
- Et ensuite ?
- Ensuite quoi ?
- Et bien je ne sais pas. Tu abandonnerais complètement ? Tu en es certaine ?
- Oui. Pendant un certain temps du moins. Peut-être qu'un jour je ressortirais quelques pinceaux comme je l'ai fait ces derniers jours

———

et que je repeindrais un peu, de temps en temps. Mais juste pour moi, pas pour les autres. Simplement parce que cela me plait, mais avec aucun objectif en tête.

- Et donc ?
- Et donc quoi ?
- C'est tout ?
- Oui, répondit Camille hésitante, je crois que c'est tout.
- Et bien si les conséquences s'en tiennent à cela, il n'y a rien de dramatique il me semble.
- Oui, vu comme ça en effet. Sauf que c'est mon rêve la peinture. Alors n'en faire qu'un passe-temps que pour moi, ce n'est pas génial.

Denise se leva d'un bon et haussa le ton.

- Ton rêve ? S'écria-t-elle. Mais enfin Camille, tu te rends compte de ce que tu dis ?

Camille était stupéfaite.

- Tu te rends compte que tu es en train de me dire que si les gens trouvent nul ce que tu peins, le pire qu'il puisse arriver est que tu arrêtes un peu et que tu finisses par peindre à nouveau de temps en temps juste pour toi ?
- Oui, répondit timidement la jeune femme, impressionnée par le ton de Denise.
- Et ? Mais enfin, c'est déjà ce qu'il se passe aujourd'hui ! Les personnes en qui tu as le plus confiance au monde t'affirment que tu as du talent et toi tu fais quoi, tu mets tes toiles à la cave ! Et tu me dis que si les gens trouvaient tes tableaux nuls, en gros, tu ferais pareil. Il y a comme un problème dans l'énoncé, non ?

Camille resta interdite. Elle prenait conscience de l'absurdité de son raisonnement et de l'étendue des conséquences aberrantes de son manque de confiance en elle.

- Oui, c'est vrai, vous avez raison, murmura-t-elle.
- Evidemment que oui, j'ai raison ! C'est quand même dingue ! Quel gâchis, c'est incroyable ! Et tu sais pourquoi ? Parce que tu ne fais rien de ton talent. Juste parce que tu as peur de te retrouver dans une situation qui pourrait être inconfortable. Mais cette situation, c'est tout bonnement celle dans laquelle tu es aujourd'hui ! Est-ce que tu te rends compte que tu te mets toute seule dans une configuration que tu redoutes juste pour éviter de sortir de ta zone de confort en affrontant le regard des autres ? Te rends-tu compte du non-sens de ce que tu me dis ?
- Oui, je m'en rends compte. C'est absurde et contradictoire.

———

- Et illogique. Comment veux-tu faire de ta passion quelque chose de concret si tu continues à jouer petit. Mets-toi un peu en danger bon sang ! Tu ne risques rien, tu l'as dit toi-même. Alors vas-y, fonce ! D'autant plus que, si j'ai bien compris, au vu des retours positifs que tu as déjà eus, tu ne risques pas grand-chose.

- Probablement oui, répondit Camille d'un ton peu convaincu.

- Il faut t'accrocher à tes rêves Camille. Tu as la chance d'avoir une passion, et je suis persuadée que tu es douée. Tu es tellement exigeante avec toi même que si cela n'était pas le cas tu aurais arrêté depuis bien longtemps. Alors vas-y, lance toi. Et quoi qu'il en ressorte, tu pourras être fière de toi parce que tu seras allée au bout et tu n'auras rien à regretter.

- Mais....comment je fais ?

- A ton avis ?

- J'imagine que je vais devoir montrer mes tableaux à des personnes qui me sont moins proches.

- Oui, par exemple.

- Mais à qui ?

- A qui tu veux ma belle. C'est à toi de décider.

- D'accord, répondit Camille après un petit moment d'hésitation.

- Je veux que tu comprennes que le seul juge dans l'histoire c'est toi. Tu es la seule à te freiner. Tu es ton plus grand talent et ton plus grand ennemi. Pas les autres.

- Je comprends, répondit doucement Camille avec les larmes aux yeux. Et au fond de moi je le sais. Je vais affronter tout cela.

Les deux femmes se turent et profitèrent du silence pour plonger chacune dans ses pensées. Elles prirent le temps de déguster leurs tartelettes au citron et Camille finit par rompre le silence.

- Au fait, je suis passée à la boulangerie mardi. Je me suis offert une barquette aux marrons. Elle était divine !

- Je sais ! Julien est un virtuose en pâtisserie. Il tient absolument à faire des barquettes aux marrons même si presque personne n'en veut ! Il a tellement insisté que j'ai fini par accepter qu'il en propose chaque semaine.

- Oui, il me l'a raconté. Il était là quand je suis passée et on a un peu discuté. J'étais venue avec l'idée de venir vous voir aussi mais vous n'étiez pas là. Julien m'a dit que vous ne travaillez pas le mardi.

Camille vit Denise changer légèrement de couleur.

- Oui, en effet. Depuis quelques temps j'ai décidé de ne pas travailler le mardi.

———

Camille décida de faire un test.

- Vous aussi vous avez une passion cachée c'est ça ? Demanda-t-elle avec un air taquin.

- Non, non, répondit Denise un peu trop rapidement. Je prends un peu de temps pour moi, c'est tout. Je ne fais rien de particulier de cette journée, et avec tout le travail à la boulangerie, je pense que j'ai droit à une pause de temps en temps.

Denise se justifiait et tout son corps le criait. Elle se tortillait imperceptiblement sur son fauteuil et ses yeux cherchaient à éviter le regard de Camille.

La jeune femme prit son courage à deux mains et se lança.

- Vous ne nous cachez rien au moins ?

Quand elle vit Denise rougir subitement, Camille eut la certitude qu'elle avait vu juste.

- Mais non ! Pas du tout ! Quelle idée ! J'ai décidé de ne pas aller travailler le mardi pour m'accorder une journée de repos, rien de plus. Décidément, je ne sais pas ce que vous avez tous à vous demander ce que je fais de mes mardis ! Julien m'a lui aussi cuisinée à plusieurs reprises. Mais il n'y a rien à savoir ! Je t'assure.

Camille compris qu'elle n'apprendrait rien de plus et décida de rentrer chez elle. Elle se leva et regarda Denise droit dans les yeux.

- Très bien. Si vous me le dites, je vous crois. Je vais vous laisser maintenant, j'ai du travail en perspective ! Dit-elle en souriant.

- Oui, en effet ! On se revoit dimanche ? Tu me raconteras tes avancées.

Elles étaient maintenant sur le seuil de la porte d'entrée de la maison.

- D'accord. A dimanche alors. Et prenez soin de vous.

Denise eut un sourire timide.

-   A dimanche ma belle.

Quand la porte se referma sur Camille, la jeune fille sentit une impression de malaise l'envahir. Denise lui cachait quelque chose, elle en était maintenant certaine. Elle espérait juste que ce n'était pas un secret trop gros pour elle.

Chapitre 12

Le samedi matin, Camille se réveilla reposée. Il faisait beau et elle était contente d'elle. La veille, elle avait réussi à terminer la toile inachevée du jour précédent et elle en avait même peint une autre qui représentait de manière suggestive la crique du Criméa. A y repenser, elle avait été très touchée par l'histoire racontée par Elyes, même si elle n'était pas très sûre de la part qu'elle devait accorder au réel et à la légende. En vérité, peu lui importait. Elle s'y était sentie bien et avait éprouvé des émotions contradictoires en série. C'était ce ressenti qu'elle s'était attachée à retransmettre au travers de ce tableau. Et pour une fois, elle considérait qu'il était plutôt réussi.

Elle décida de sortir prendre un peu l'air. Avec le retour du beau temps et l'arrivée du printemps, le week-end allait commencer à déverser son flot de familles assoiffées d'air pur. Saint-Karel allait reprendre progressivement vie en vue de la prochaine saison estivale. Cette idée plaisait bien à Camille. Apres deux semaines passées à se ressourcer, elle avait maintenant besoin de voir des gens, d'être en quelque sorte intégrée dans la vie du monde qui l'entourait.

Pendant trois heures, elle profita de chaque instant. Elle parcourut la plage, s'aventura sur une partie de la falaise qu'elle ne connaissait pas, traversa le village de part en part. Elle marcha vite, s'assit sur des rochers pour contempler la mer, s'allongea sur le sable pour laisser le soleil pénétrer sa peau. Elle se perdit dans ses pensées, croisa des têtes familières et des touristes, échangea à propos de tout et de rien avec quelques personnes. Quand elle rentra enfin, elle eut l'impression que les muscles de ses cuisses pesaient une tonne. Elle prit une douche brûlante, enfila des vêtements confortables et se prépara un thé qu'elle savoura pelotonnée dans son canapé, un gros pull autour des épaules. Elle repensa à sa balade et à la diversité de sensations éprouvées au travers de ses cinq sens. Alors elle se leva et s'installa devant son chevalet qu'elle équipa d'une toile vierge. Elle ferma les yeux quelques secondes. Puis elle saisit un pinceau et le trempa dans un turquoise éclatant. Elle en déposa quelques touches affirmées sur la toile qu'elle assortit immédiatement de vert et d'ocre. Puis elle sourit, se détendit tout-à-fait, et laissa libre cours à sa créativité.

———

Une bonne heure plus tard, on frappa à la porte. Camille se leva et fut surprise de trouver Elyes sur le pas de la porte.

- Bonjour ! Lança-t-il avec un sourire qui, comme toujours, illuminait tout son visage.

- Bonjour Elyes, répondit Camille encore sous le coup de la surprise.

Malgré elle, elle rougit violemment.

- Que faites-vous là ? Demanda-t-elle pour se donner une contenance.

- Et bien je passais dans le coin pour aller faire quelques courses et j'ai eu envie de m'arrêter pour vous dire bonjour.

- Vous avez bien fait ! Ça me fait très plaisir.

- Je ne vous dérange pas j'espère ?

Camille prit alors conscience de son apparence. Vêtue d'un pantalon d'intérieur en coton et d'un sweat à capuche enfilé sur un simple tee-shirt blanc, elle avait de la peinture plein les mains et peut-être même sur le visage.

- Pas du tout ! Répondit-elle dans un éclat de dire. Je suis désolée, je suis affreuse. Mais je vous avoue que je n'attendais aucun visiteur.

- Vous plaisantez ou quoi ? Je vous trouve superbe ! Le naturel vous va très bien.

- Merci, répondit la jeune femme un peu troublée. Mais entrez ! Vous voulez un thé ou quelque chose à boire ?

- Oui, volontiers. Quelque chose de frais sera parfait.

Camille se dirigea vers le réfrigérateur.

- Un jus de fruit ça ira ?

- Oui, très bien. Merci !

Alors que Camille avait la tête plongée dans le réfrigérateur, Elyes, qui avait immédiatement repéré la toile, s'était planté devant pour l'observer. Pas encore terminée, elle exultait de couleurs. La technique était abstraite mais la vie était pleinement là. La vie, le vent, le soleil, les rires, les courses sur la plage, les discussions au détour d'une rue. Un instant capturé au temps qui passe. Elyes était saisi.

Quand Camille se retourna, il ne bougeait pas. Elle se figea et sentit le sang déserter son corps. Elle en oublia de respirer. Et puis, au bout d'un moment qui lui parut durer une éternité, Elyes rompit le silence.

- Je ne savais pas que vous peignez.

Camille resta immobile, très gênée par la situation.

———

- C'est vraiment magnifique...., reprit-il le regard toujours posé sur le tableau.
- Merci..., murmura la jeune femme.
Elyes se tut et le silence devint assourdissant. Très embarrassée par la situation, Camille n'osait pas bouger. Les deux verres de jus de fruit à la main, elle demeurait plantée au milieu de la cuisine, attendant qu'Elyes amorce un mouvement.
Quand il se retourna et qu'il vit la tête de Camille, Elyes éclata de rire.
- Pardonnez-moi ! Dit-il en riant. Mais vous faites une de ces têtes ! Que se passe-t-il ?
- Rien, rien, bredouilla Camille en tentant de se reprendre. Tout va bien. C'est juste que…
Elle laissa sa phrase en suspens, ne sachant pas comment aborder la suite.
- Que quoi ?
- Et bien… Vous m'avez prise au dépourvu. Je n'avais pas du tout prévu de vous montrer cette toile.
Elyes s'était assis sur le canapé tandis que Camille déposait les deux verres sur la table basse. Elle continua.
- Pour être honnête, très peu de personnes savent que je peins.
- Comment cela ?
- Et bien je n'en ai parlé qu'à ma famille, c'est-à-dire mes parents et ma sœur, et aussi à ma meilleure amie Constance et à mon ami d'enfance Daniel. Il y a aussi Antoine, mon ex petit ami, qui était bien-sûr au courant de cette activité, enfin, si je puis dire…
Elyes avait un air étonné.
- Je dois dire que je suis un peu surpris. Pourquoi gardez-vous cela secret ?
- Je ne sais pas trop. Je peins pour moi. Pas pour les autres. Encore moins pour les vendre ! Alors je ne vois pas l'intérêt d'en parler à qui que ce soit.
Pas très convaincue elle-même par ce qu'elle disait, elle marqua une pause.
- Et puis aussi sans doute par peur que mes tableaux ne plaisent pas.
Elyes ouvrit de grands yeux.
- Mais enfin Camille, s'exclama-t-il, c'est magnifique ce que vous faites ! Enfin, je n'ai vu que ce tableau, mais si tous ressemblent à celui-ci, je peux vous dire que vous avez un sacré talent !

———

Très gênée, la jeune femme sentit le sang lui monter jusqu'aux oreilles.

- Merci...

- Vous avez une formation artistique ?

- Non, pas du tout. J'ai pris quelques cours de dessin quand j'étais petite, mais c'est tout. Je suis graphiste alors j'ai appris quelques notions liées à l'esthétisme et aux techniques de graphisme. J'imagine que cela m'aide dans la peinture. Mais je n'ai jamais pris de cours de peinture en tant que tel.

- Vous êtes vraiment incroyable ! Vous êtes extrêmement douée et vous en doutez ? C'est dingue... Vous peignez depuis longtemps ?

- Oui, assez. Etant petite j'adorais déjà la peinture. Malgré les cours, je n'ai jamais était très douée en dessin mais je parvenais déjà à reproduire des paysages avec des touches de couleurs. Au fil des ans ma pratique s'est affinée et est devenue plus abstraite. Je peins des environnements qui me plaisent et qui me touchent. J'essaie de faire passer au travers de mes toiles les émotions que j'ai pu ressentir moi-même. Je ne recherche pas la prouesse technique ou la beauté à tout prix, mais plutôt l'éveil d'un ressenti chez celui qui observe.

Elyes sourit.

- Je comprends mieux maintenant vos réactions devant les tableaux de Lysiane. Ils ont beaucoup de points communs avec les vôtres.

- C'est un très beau compliment...

Elyes se retourna vers la toile.

- Vous avez tort de cacher vos œuvres vous savez.

- Pourquoi me dites-vous cela ?

- Parce que je suis convaincu que pas mal de monde serait prêt à vous suivre et à vous encourager. Vous avez du talent, de la sensibilité. Vous n'avez peut-être pas la technique, mais vous savez faire passer un message, une émotion, et ça c'est important. Vous avez déjà pensé à en faire votre métier j'imagine ?

- Oui, évidemment. Quand j'étais plus jeune je rêvais d'avoir une maison à la campagne ou à la mer avec un atelier au fond du jardin dans lequel j'aurais pu peindre à longueur de journée. Oui, j'aurais adoré le fait que la peinture devienne mon métier. Mais mes parents sont plutôt...conservateurs sur le sujet. Déjà qu'ils considèrent que graphiste n'est pas un vrai métier, alors peintre, vous imaginez ! J'avais à peine effleuré l'idée qu'elle était déjà abandonnée.

- Mais ce n'est pas trop tard.

———

- Pour en faire mon métier ? Vous plaisantez !

- Bien-sûr que non je ne plaisante pas. D'après ce que j'ai compris, votre métier actuel ne vous passionne pas vraiment. Vous êtes encore jeune alors c'est le moment de changer.

- Et quand bien même j'envisagerais d'en faire mon métier, je ne vois pas comment je pourrais en vivre. Il faudrait que j'aie suffisamment de notoriété pour que mes tableaux se vendent et valent quelque chose.

- Mais vous n'êtes pas obligée de devenir un peintre célèbre pour vivre de votre passion. Il existe plein de métiers autour de la peinture qui pourraient vous plaire.

- Comme quoi ?

- Ouvrir une galerie, travailler dans un musée, ouvrir une boutique de fournitures de peinture par exemple. Je suis certain qu'il y a beaucoup de possibilités que vous n'imaginez même pas.

- Oui, c'est certain. Mais c'est vrai que je suis un peu perdue question boulot en ce moment, alors mon projet professionnel est loin d'être limpide.

- Rien ne presse. Il faut que vous preniez votre temps. C'est important pour faire le bon choix. Et puis il faut toujours être ouvert aux opportunités qui peuvent se présenter. Vous n'êtes pas à l'abri d'un coup de chance !

- C'est vrai. Et il va falloir que j'y réfléchisse.

Ils se turent quelques instants, chacun dans ses pensées.

- Si vous avez d'autres toiles ici j'aimerais beaucoup les voir, reprit Elyes.

Camille esquissa un sourire.

- Oui, j'en ai deux autres que j'ai peintes ces derniers jours. Venez avec moi, dit-elle en se levant.

Elyes suivit la jeune femme qui l'emmena dans la pièce du fond au rez-de-chaussée. Les deux tableaux étaient posés sur l'un des lits et Camille les releva pour les appuyer contre le mur. Puis, à l'affût de la moindre réaction, elle scruta Elyes qui observait attentivement les toiles. Incapable d'en tirer quelque conclusion que ce soit, elle attendit qu'il brise le silence.

- Au risque de me répéter, ce que vous peignez est magnifique. Vous avez un vrai talent Mademoiselle !

Il se tourna vers la jeune femme et découvrit un visage illuminé par des joues rosies de contentement. Il en fut touché et s'approcha d'elle et prit spontanément une main dans la sienne.

———

- Ayez confiance en vous Camille. Vous êtes douée, vous êtes jeune, vous êtes belle, vous avez tout pour vous. OK vous avez vécu deux expériences un peu difficiles avec votre ex et votre job, mais ce n'est pas le plus important. Et puis il y a pire. Maintenant il faut vous bouger. Il faut avancer. Et pour cela il faut que vous croyiez un minimum en vous. Il y a un sacré paquet de personnes qui aimeraient avoir votre intelligence et votre talent. Alors servez-vous en. Ne gâchez pas tout ça.

- Au fond de moi je sais que vous avez raison. Et le temps passé ici me le rappelle chaque jour et me permet de me rapprocher un peu plus de moi-même. Je commence à distinguer l'essentiel, ce qui est important pour moi. Et à comprendre ce dont j'ai besoin pour être heureuse.

- Et la peinture ? Elle en fait partie ?

- Je crois que oui. C'est une sorte de passion depuis très longtemps. Ce qui m'intéresse dans la peinture c'est de peindre. Pas le reste. Tous ces trucs autour du délire de l'artiste, de la notoriété à tout prix, ce n'est pas pour moi. J'aime aussi beaucoup découvrir de nouveaux artistes dans des petites expositions confidentielles. Mais à l'inverse, je ne suis pas fan des grands peintres que tout le monde connaît. Les Renoir, Monet et Van Gogh ne me fascinent pas. Je suis bien-évidemment admirative de leur technique et de leur talent, mais je privilégie la découverte et la surprise. C'est peut-être aussi pour cela que je n'ai jamais cherché réellement comment je pourrais faire de la peinture mon métier, de quelque manière que ce soit.

- Comment cela ?

- Je crois qu'au fond j'ai toujours considéré la peinture comme un simple loisir et rien de plus. Bien-sûr j'ai toujours subi l'influence de mes parents sur le sujet, mais au-delà de cela, j'ai toujours pensé que, de manière réaliste, cela ne pouvait être qu'un passe-temps.

- Vous vous en êtes toujours persuadée, c'est différent.

- Oui. Probablement. Mais le résultat est le même.

- Et maintenant ?

- Je ne sais pas, réfléchit la jeune femme à haute voix, le regard perdu dans le fond de ses pensées. Depuis quelques jours je prends réellement conscience que peindre fait partie de moi. Que c'est un moyen pour moi d'exprimer mes émotions et mes ressentis. Et que je ne sais pas le faire autrement. Je réalise qu'au fil de toutes ces années d'amateurisme, c'est devenu essentiel pour moi. Je suis bien quand je peins. Je me sens moi-même. Je me sens vivante. Mais vous voyez, je ressens et comprends tout cela, mais je ne sais pas quoi en faire.

- Je comprends. Combien de tableaux avez-vous chez vous à Paris ?

- Aucune idée. Je ne les ai jamais comptés. Probablement une quarantaine. Au moins. Ils sont dans ma cave. J'ai fait le tri il y a quelques mois. J'ai jeté ceux qui étaient moins bons et je n'ai gardé que ceux qui valent vraiment quelque chose. Mais pourquoi me demandez-vous cela ?

- Que diriez-vous s'organiser une exposition ?

- Quoi ? Avec mes toiles ? S'écria Camille.

- Bien-sûr que oui avec vos toiles ! Répondit Elyes dans un éclat de rire.

- Mais il faudrait déjà trouver une galerie ou une salle qui accepterait de m'exposer. Et quand bien même j'en trouverais une, il faudrait aussi des visiteurs. Et ça, c'est loin d'être gagné.

- Evidemment que oui, c'est loin d'être gagné. Et alors ? Vous n'allez rien tenter juste parce que c'est difficile et que ça ne va pas vous tomber tout cuit ?

- Non, bien-sûr que non. Vous avez complètement raison. Mais....

- Mais vous avez peur. C'est aussi simple que cela. Et laissez-moi vous poser une question. De quoi avez-vous le plus peur ? D'attendre toute la journée qu'un malheureux visiteur veuille bien vous faire le plaisir de venir jeter un coup d'œil à vos toiles ? Ou bien d'en accueillir dix par heure et de vous dévoiler à des centaines de personnes ? De quoi avez-vous vraiment peur ? D'échouer ou de prendre le risque de réussir ?

Interdite, Camille ne savait quoi répondre.

- J'ai raison n'est-ce pas ? Reprit Elyes dans un subtil mélange de douceur et de provocation.

Et Camille rendit les armes.

- Oui. Bien-sûr que oui vous avez raison. Vous avez mille fois raison. J'ai peur que ça n'intéresse personne, évidemment. Mais j'ai encore plus peur que ça intéresse du monde. Cela peut sembler paradoxal, mais j'appréhende beaucoup l'idée de me livrer au travers de mon art.

- Non ce n'est pas paradoxal. Vous peignez avant tout pour vous, et pour transmettre. Pas pour être admirée du grand public. C'est cela qui fait de vous une vraie artiste.

- Une expo....avec mes tableaux.... C'est vrai qu'au fond j'adorerais. Même si je crève de trouille.

———

- Je n'en doute pas un seul instant.

- Admettons que je tente le coup. Je ne saurais même pas comment m'y prendre.

- C'est simple. Je connais plutôt bien le conseiller municipal qui s'occupe des activités culturelles. Je peux lui demander de trouver une date pour monter votre exposition dans la galerie de Saint-Karel. Ils s'occupent de la communication et il y a toujours beaucoup de passage. Pour le reste, je pense qu'il n'y a pas grand-chose à faire au niveau de la salle. Sans doute quelques formalités administratives de votre côté. Mais c'est à vous de gérer cela. En revanche, cela suppose évidemment que vous rapportiez vos toiles. Ou que quelqu'un puisse vous les envoyer.

- Oui, évidemment. Pour cela il faudrait que je retourne à Paris. Je vous avoue que je n'en ai aucune envie. Je suis bien ici. Même si je sais qu'il va falloir que j'en passe par là, je ne suis pas pressée de le faire. Et puis je vais devoir me poser certaines questions pour avancer.

- Lesquelles ?

- Et bien.... Savoir si je me mets à la recherche d'un poste de graphiste pour de bon. Ou si je change complètement de job. Savoir si je repars habiter à Paris. Ou pas.

- Vous envisagez de quitter Paris ?

- Je ne sais pas encore. Mais je vous avoue que je revis depuis que je suis ici. Evidemment c'est facile car sans boulot, sans mari, sans emploi du temps, je n'ai aucune contrainte. Mais c'est bien au-delà de cela. Je me sens moi-même ici. Je suis bien dans cette maison, dans ce calme, sans la superficialité et la course infernale de Paris. Ici, je me sens chez moi.

- Ayant fait ce choix moi-même il y a quelques années, je ne peux que vous comprendre.

- Oui mais vous avez un boulot qui vous plait, une maison à vous. Moi je suis chez ma tante, et donc chez mon père et mon oncle. Je n'ai pas de travail. Et mis à part Denise et vous, je ne connais personne. Alors habiter ici me semble un peu irréaliste pour le moment.

- Pour le moment peut-être, mais tout cela va évoluer. Laissez-vous le temps de réfléchir. Et surtout de sentir ce qui est juste pour vous.

Puis, dans un regard plein de malice, il ajouta :

- Et puis, de manière très égoïste, j'aimerais beaucoup que vous restiez.

———

Camille faillit tomber du canapé. Elle se mit à trembler légèrement. Elle n'en menait pas large.

- Et bien...merci... Je ne sais pas quoi dire là, dit-elle presque timidement.

- Ne dites rien alors, répondit Elyes dans un large sourire. Mais réfléchissez à la manière dont vous allez pouvoir rester. encore plus
ainsi, elle se sentait vraiment là, comme si elle était.

- D'accord. Je vous promets d'y réfléchir, répondit Camille en regardant Elyes droit dans les yeux.

Elyes se leva.

- Je vais vous laisser maintenant. Et de toute façon on se voit demain.

- Oui. Et j'apporte le dessert, n'oubliez pas !

Elyes éclata de rire.

- Non, ne vous inquiétez pas, je n'oublie pas !

- A demain alors.

- Oui, à demain.

Alors qu'il se penchait pour l'embrasser sur les deux joues, la jeune femme respira avec plaisir son odeur. Elle trouva cet au-revoir plus appuyé que les précédents. Mais après tout, elle se faisait peut-être des idées. Elle commençait sérieusement à manquer d'objectivité quand il s'agissait d'Elyes.

Une fois seule elle lava les verres et reprit position devant son chevalet. Elle se remit à peindre, en fredonnant. Elle ne s'aperçut pas que cela ne lui était pas arrivé depuis plusieurs mois.

———

Chapitre 13

Calme et studieuse, la journée du dimanche prit la même tonalité artistique que celle du samedi. La discussion de la veille avec Elyes avait redonné à Camille un peu de gonflant à sa confiance en elle. Il était près de seize heures et elle venait d'achever la toile commencée la veille. Et elle était satisfaite, ce qui était tout de même très rare. De plus, elle avait pris le temps de confectionner un fondant au chocolat en prévision de son dîner avec Elyes.

Après avoir nettoyé son matériel, elle enfila sa paire de baskets, un sweat et noua un foulard épais autour de son cou. Elle sortit avec l'envie de se défouler un peu avant de rejoindre Denise.

Apres une longue promenade menée à pas décidés le long de la falaise, la jeune femme sonna chez Denise à l'heure habituelle. Elles s'installèrent au salon et Denise entra immédiatement dans le vif du sujet.

- Alors, qu'as-tu à me raconter ? Demanda-t-elle.
- Pas mal de choses. J'ai montré mes toiles à Elyes. Plus exactement, Elyes m'a surprise en train de peindre et j'ai dû lui montrer mes toiles !

Elles éclatèrent de rire toutes les deux.

- Et alors ? Quelle a été sa réaction ?
- Elle a été très positive. Il a beaucoup aimé. Il m'a dit que j'avais du talent. Et plus que tout cela encore, ce qui m'a fait plaisir c'est qu'il me dise qu'il était touché par ma peinture, que je transmettais des émotions et des ressentis au travers de mes tableaux. Ca me touche particulièrement car c'est exactement l'objectif que je me donne. C'est pour cela que je peins. Et c'est tout-à-fait ma conception de la peinture.
- Et donc ? Qu'as-tu appris ?
- Je ne sais pas si j'ai réellement appris quelque chose, mais cet échange autour de la peinture m'a donné un peu plus confiance. Surtout que...

Camille hésitait.

- Surtout que quoi ?
- Il m'a suggéré d'exposer mes tableaux, lâcha-t-elle d'un coup.
- Mais c'est une excellente idée ! Qu'en penses-tu ?
- Oui, ça me tente, c'est certain. Mais ça me fait flipper.
- C'est normal. Tu as peur d'être jugée. Tu as peur du regard de l'autre. Qu'il soit positif ou critique d'ailleurs.

———

- Oui, exactement. J'ai pris conscience de la dualité de ma peur du regard de l'autre. D'un côté j'ai peur qu'on n'aime pas ce que je fais et que cette expo soit déserte. Et d'un autre côté j'ai peur de me mettre à nu devant d'hypothétiques visiteurs.

- C'est ça le risque Camille. Tu n'arriveras à rien sans t'exposer un minimum.

- Je sais. C'est un effort que je vais devoir faire.

- Tu comptes t'y prendre comment pour monter cette exposition ?

- Elyes m'a proposé de m'aider en me mettant en contact avec la personne en charge des activités culturelles de la mairie. Cet aspect-là devrait être assez simple. En revanche, je dois retourner à Paris pour récupérer mes toiles et les apporter ici. Et je vous avoue que je n'ai pas très envie de rentrer à Paris.

- Mais tu n'es pas obligée d'y rester !

- S'il y a une chose dont je suis sûre, c'est que je ne suis pas encore prête à retourner à Paris de manière définitive !

- A quoi penses-tu alors ?

- Je ne sais pas. C'est encore trop tôt. J'ai besoin de temps pour réfléchir à ce que je vais faire et où je vais le faire.

- Tu as raison. Il faut que tu prennes du temps avant de décider quoi que ce soit. Tu dois avancer par étape. Pas après pas. Et dans l'immédiat, tu dois faire ce qu'il faut pour organiser ton exposition. En dehors du fait que tu dois aller chercher tes toiles, te manque-t-il quelque chose ?

Camille réfléchit.

- Très objectivement non, il ne me manque rien.

- Mais ?

- Mais au fond de moi oui, il me manque quelque chose.

- De quoi s'agit-il ?

- Du soutien de mes parents.

- Tu peux m'en dire plus ?

- Comme je vous l'ai dit la dernière fois, je peins depuis longtemps. Mon rêve aurait été d'en faire mon métier. J'ai pris quelques cours de dessin mais pas plus. Tant que la peinture était un loisir mes parents s'en fichaient. Mais quand j'ai commencé à évoquer la possibilité que je devienne peintre à temps plein, les choses ont radicalement changé. Ma mère m'a clairement dit qu'il était hors de question que je devienne peintre, que ce n'était pas un vrai métier, que je ne pourrai jamais en vivre. Bref, j'avais l'impression qu'elle était convaincue que j'allais finir avec une bande de dégénérés délirant autour de leurs pinceaux et que je ne ferais jamais rien de ma vie. Donc j'ai arrêté là, j'ai abandonné mon projet et mes rêves avec. Depuis je peins pour le plaisir. Mes parents ne s'y intéressent pas du tout. Ils ne me posent aucune question, ne demandent jamais à voir mes tableaux et quand par hasard ils les voient, ils me disent juste que c'est beau, et puis c'est tout. Je ne sais même pas s'ils le pensent réellement. Je n'ai aucune idée de ce qu'ils pensent au fond.

- Pourquoi ne leur demandes-tu pas ?
- Leur demander quoi ? S'ils aiment ma peinture ? Demanda Camille d'un ton hésitant.
- Oui, évidemment !

La jeune femme ne répondit pas.

- Tu as peur, n'est-ce pas ?
- Oui, j'ai peur. Bien-sûr que j'ai peur.
- Mais de quoi ? Ce sont tes parents !
- Oui, ce sont mes parents. Mais vous savez, dans ma famille, on n'étale pas ses sentiments à tout bout de champ. Je pense que mes parents ont toujours considéré que ma sœur et moi savions qu'ils nous aimaient et qu'il n'était pas nécessaire de nous le dire. Et c'est pareil pour le reste. Ils apprécient peut-être ma peinture. Ou peut-être pas. En tous cas, ils ne m'en ont jamais réellement parlé.
- Mais pourtant tu disais qu'ils avaient déjà vu tes tableaux et qu'ils t'avaient complimentée à leur sujet.
- Oui, c'est vrai. Mais toujours de manière très polie. Sans se mouiller. Sans dire vraiment ce qu'ils pensent. C'est facile de simplement dire que c'est joli. Ce dont j'ai besoin, c'est d'un avis objectif.
- Je comprends. Et cela te manque j'imagine ?
- Oh oui ! J'aimerais qu'ils me le disent vraiment. S'ils n'aiment pas ma façon de peindre, je voudrais le savoir. Pas pour la modifier ou faire en sorte de leur plaire, mais parce que cela me permettrait d'affirmer davantage mon style. De m'affirmer davantage tout court d'ailleurs. Et s'ils considèrent que j'ai du talent, je crois que le savoir me donnerait un sérieux coup de pouce. Comme vous le savez, la confiance en moi n'est pas ma plus grande qualité. Alors, être soutenue par mes parents m'aiderait énormément. Je crois que je me poserais moins de questions, que je douterais moins de moi.
- Je vois. Alors je reviens à ma question initiale, pourquoi ne leur demandes-tu pas ?

Camille réfléchit.

- Tout simplement parce que je n'ose pas.

———

Denise la fixa avec un regard interrogateur.

- On n'a pas l'habitude de ce genre de conversation dans la famille. Tout est toujours rempli de politesse et de mesure. Leur demander d'être honnêtes, qui plus est sur un sujet aussi délicat que celui-là ne sera pas simple.

- Peut-être. Sûrement même, d'après ce que tu me racontes. Mais tu l'as dit toi-même : tu en as besoin pour avancer. Tu dois retourner à Paris pour récupérer tes toiles. Pourquoi n'en profiterais-tu pas pour faire un saut chez tes parents et avoir cette conversation avec eux ?

- Mais Denise, mes parents n'habitent pas Paris ! Ils sont à Bordeaux.

- Et alors ? Qu'as-tu de plus important à faire ? D'accord, ce n'est pas tout près, mais en TGV, c'est vite fait, non ? Tu sais, tes parents et toi, vous êtes enfermés dans une relation trop polie, trop lisse. Pas de sentiments apparents, pas de rêves, pas de réel partage. Et bien laisse-moi te dire que vous avez tort. La vie est courte, et il faut savoir dire à l'autre chaque jour ce que l'on pense vraiment.

Denise commençait à s'énerver. Camille s'en étonna.

- Oui, bien-sûr. Vous avez raison. Mais tout cela, je l'attends de la part de mes parents depuis que je suis toute petite.

- Mais on s'en fiche complètement de savoir qui fait le premier pas ! Explosa tout-à-coup Denise. Ouvre les yeux ! Cela fait des années que tu peins en cachette parce que personne n'est fichu de te dire que tu es douée ! La preuve, il suffit qu'un type que tu connais depuis à peine deux semaines te rassure et te voilà prête à monter une expo ! Je ne dis pas que tu as tort, bien au contraire, je ferai même tout ce que je peux pour te soutenir, mais avoue que c'est un peu contradictoire. Ces derniers jours t'ont démontré que tu avais besoin de relations sincères et honnêtes, de relations de confiance. Tu ne peux pas l'exiger des autres si tu ne commences pas par toi-même.

- Et si leur réponse est la même que les autres fois. S'ils ne veulent pas plus que ce qu'il y a maintenant.

- Mais ce sont tes parents ! Ils ont une chance inestimable de t'avoir et c'est aussi valable pour toi ! Ce n'est pas donné à tout le monde ! Alors fais ce qu'il faut ! C'est ta responsabilité Camille ! Pas celle des autres ! Arrête de te cacher derrière un rôle de victime. Non, tes parents ne sont certainement pas parfaits. Comme tout le monde. Mais c'est à toi de leur dire ce dont tu as besoin. Ce n'est pas à quelqu'un d'autre de le faire. Et tu ne peux pas te réfugier éternellement derrière ton manque de confiance en toi. Dire "je n'ose pas" a ses limites. A toi de prendre ton courage à deux mains pour les dépasser !

Cette fois, Denise avait les larmes aux yeux. Camille ne savait plus comment réagir. Alors dans le doute, elle ne fit rien. Elle baissa d'abord les yeux, puis laissa son regard s'échapper par la fenêtre pour s'accrocher aux arbres. Elles demeurèrent ainsi quelques instants.

- Excuse-moi, reprit Denise d'une petite voix. Je n'aurais pas dû m'énerver. Mais comme tu le vois, c'est un sujet sensible pour moi.

Camille tourna la tête et l'observa attentivement. Denise avait soudain l'air très lasse.

- Que se passe-t-il ?

- Rien, rien. Enfin, rien d'important, ne t'en fais pas. Je te prie de m'excuser.

- Pas de problème. Et puis c'est vous qui avez raison. Il faut bien que je finisse pas l'entendre. Mais vous, qu'est-ce qui vous fait réagir si vivement ?

Denise prit le temps de répondre, comme si elle avait eu besoin de réfléchir à ce qu'elle allait dire ou à comment le dire.

- Le sujet de la famille est un sujet très sensible pour moi. Comme tu le sais, Charles et moi n'avons pas eu d'enfant. Comme nous avons été très occupés toute notre vie entre la boulangerie, les amis et les vacances, les gens ont été convaincus que nous n'en avons jamais voulu. Mais la vérité est que nous n'avons jamais pu avoir d'enfants.

Tandis qu'elle parlait, de grosses larmes se mirent à couler silencieusement sur ses joues.

- Nous avons fait des examens et il n'en ai jamais rien ressorti. Notre cas demeure un mystère. Quoi qu'il en soit, je n'ai jamais pu tomber enceinte et c'est l'échec le plus cuisant de ma vie, celui que j'ai le plus de mal à assumer.

Camille prit les mains de Denise dans les siennes.

- Je suis sincèrement désolée, lui dit-elle.

- Devant notre incapacité à fonder une famille, notre vie s'est organisée autour du reste. Nous avons beaucoup voyagé, nous avions de nombreux amis que nous recevions très souvent. Mais toute cette vie n'a jamais été qu'un artifice pour combler le vide qui était dans la nôtre.

- Mais...quel est le rapport avec moi ?

———

-Il n'y en a pas vraiment. C'est juste que le genre de relations que tu entretiens avec tes parents me révolte. Tes parents ont beaucoup de chance d'avoir une fille comme toi. Et toi tu as de la chance d'avoir tes deux parents. Moi je n'ai pas eu cette chance-là. J'ai perdu mes parents alors que j'étais encore très jeune et je n'ai pas eu d'enfant. Alors quand je t'entends dire que tu n'oses pas avec eux, cela me fait bondir. Parce qu'au contraire, tu devrais pouvoir tout oser. Je suis convaincue qu'ils t'aiment profondément. Et aussi qu'ils t'admirent. Sauf que, tout comme toi, ils sont enfermés dans une sorte de discrétion polie qui fait que vous ne vous dites rien. Si ce sujet m'énerve, c'est parce que je considère que vous gâchez une partie de votre relation en adoptant ce type de comportement. Et je trouve cela très dommage. Alors que bien souvent, il suffit de faire le premier pas, de simplement tendre la main. Tu comprends ?

- Oui, je comprends. Je comprends mieux.
- Si ta relation avec tes parents ne te convient pas, c'est à toi d'agir. C'est de ta responsabilité. C'est toi qui dois faire ce qu'il faut pour arriver à la relation que tu souhaites. Rien n'est irrémédiable tu sais.
- Sans doute oui, répondit Camille les yeux dans le vague. Mais par où commencer ?
- Par le début. Par leur raconter ce qu'il t'arrive. Leur parler des derniers mois que tu viens de traverser, de ton séjour à Saint-Karel, de tes découvertes. Leur parler aussi de ta passion, pour de vrai, avec tes tripes. Tu dois parler avec ton cœur, pas avec ta tête. C'est la seule façon de bien faire. Il n'y a qu'ainsi qu'ils ressentiront l'importance que tout cela a pour toi.
- Je comprends le message. Et vous avez raison, la vie est trop courte pour être approximative. Je vais rentrer à Paris et j'irai ensuite à Bordeaux leur rendre visite. D'autant plus que ma mère me reproche de ne pas l'avoir fait depuis Noël.
- Alors c'est bien que tu y ailles. Ce sera un premier pas vers eux. Ton cœur fera le reste. Tu pars quand ?
Camille réfléchit rapidement.
- Partir demain me semble trop juste. Mais mardi, c'est tout-à-fait envisageable. Et si je pars en pleine semaine je devrais pouvoir trouver un billet de train sans trop de problème.
- Très bien. Tu viendras me voir dimanche prochain pour me raconter ?
- Oui, c'est promis !

———

Camille se sentit un peu apaisée. Elle savait que les prochains jours allaient lui demander un effort, mais elle savait aussi que c'était nécessaire. Elle observa Denise et se dit qu'en seulement quelques jours, elle devait beaucoup à cette femme. Quant à cette dernière, elle restait bouleversée par la conversation qu'elles venaient d'avoir et par les confidences qu'elle avait faites à Camille. Après toutes ces années, évoquer son échec à avoir un enfant était toujours aussi douloureux. Elle le portait comme un fardeau, une fatalité accompagnée d'une culpabilité injustifiée. Mais c'était ainsi, et ce n'était probablement pas près de changer.

Elles restèrent ainsi en silence, chacune en prise avec ses pensées.

Au bout de quelques minutes, Camille sentit Denise frémir. Elle leva les yeux vers son visage et s'aperçut qu'elle était soudain devenue très pâle. Elle constata également que Denise agrippait les bras du fauteuil dans lequel elle était assise pour cacher le tremblement de ses mains. Camille bondit de son fauteuil et s'agenouilla près d'elle.

- Denise, qu'y-a-t-il ? Ça ne va pas ?
- Ça va. Ne t'inquiète pas.
- Mais enfin, vous êtes toute pâle !
- Je suis un peu fatiguée en ce moment. Mais c'est tout. Je ne veux pas que tu t'en fasses pour moi.
- Enfin tout de même. Vous êtes blanche comme un linge et vous tremblez. Vous voulez que j'appelle le médecin ?
- Non, non, ce n'est pas nécessaire. Cela m'arrive quelquefois et ça passe avec un peu de repos. Je vais m'allonger quand tu seras partie et ça ira vite mieux.
- Vous en êtes sûre ?
- Oui. Je suis habituée à ce genre de malaise. Ce n'est pas grave. J'ai juste besoin de me reposer un peu.
- Vous en avez déjà parlé à votre médecin ?
- Oui bien-sûr. Il m'a dit que ce n'était rien. Je vieillis tu sais, alors évidemment je suis moins en forme et j'ai des petites faiblesses, comme tout le monde.
- Oui enfin là, il me semble que c'est un peu plus qu'une petite faiblesse.
- Non je t'assure. Ce n'est rien. Et puis je me suis un peu énervée tout-à-l'heure. Cela n'aide pas à aller bien. Le sujet des enfants est toujours un peu délicat pour moi. Je le prends très à cœur. Mais il n'y a rien de plus et surtout, il n'y pas de quoi s'inquiéter. Tu peux rentrer chez toi l'esprit tranquille et profiter de ta soirée. Je te

———

promets qu'après quelques minutes de repos tout sera rentré dans l'ordre.

- Très bien. Je vous fais confiance alors. Mais si vous voyez que cela ne s'améliore pas vous m'appelez d'accord ?

- Oui, c'est promis.

Camille se releva.

- Vous êtes vraiment certaine que je peux vous laisser ?

- Mais oui ! Je vais monter m'allonger.

- Vous voulez que je vous accompagne ?

- Non, non. Ne t'inquiète pas. Je vais m'en sortir toute seule. Rentre chez toi, tout ira bien.

- Ok. J'y vais alors, répondit la jeune femme à contrecœur.

Camille embrassa Denise sur les deux joues et se dirigea vers la porte d'entrée.

- Et n'oubliez pas, si ça ne va pas, vous m'appelez.

- Oui ! Promis ! Bonne soirée ma jolie. A dimanche prochain.

- Merci. A dimanche ! Et prenez soin de vous surtout.

Camille sortit et prit le chemin du retour, un peu inquiète. Ce n'était pas la première fois que Denise était prise de ce type de malaise et, malgré ce qu'elle affirmait, la jeune femme n'était pas du tout rassurée. Elle craignait que cela ne soit pas normal. Mais que faire... ? Peut-être était-ce en effet simplement dû à la fatigue. Surtout que la conversation qu'elles avaient eue avait manifestement chamboulé Denise. Camille doutait même du fait que Denise ait réellement parlé de ses malaises à son médecin. Mais que pouvait-elle faire ? Elle se promit d'aborder le sujet à nouveau quand elle reviendrait de Paris.

Elle accéléra le pas pour rentrer au plus vite. Ce soir, elle dînait avec Elyes et elle comptait bien en profiter. Après la visite surprise du jeune homme qui lui avait valu de se montrer dans une tenue franchement pas élégante, elle voulait se montrer sous son meilleur jour. Et pour cela, elle avait besoin d'un peu de temps pour se préparer.

A dix-neuf heure trente, Camille arriva devant la maison d'Elyes. Sous sa parka, elle portait une jupe noire à la fois simple et élégante, un pull noir ajusté dont la principale fantaisie résidait en une bande de paillettes brillantes le long de chaque manche, et une paire de ballerines vernies. Elle avait choisi un sautoir fantaisie et un bracelet coordonné. Ses cheveux détachés tombaient tout juste sur ses épaules et elle s'était maquillée avec soin. Parfumée et

parfaitement à l'aise avec son choix vestimentaire, elle se sentait bien dans sa peau, même si ce dîner l'angoissait un peu, elle devait bien se l'avouer. Son gâteau dans une main, elle appuya sur le bouton de la sonnette de l'autre. Elyes ouvrit immédiatement.
- Bonsoir Camille. Entrez, je vous en prie.
- Bonsoir, répondit Camille dans un grand sourire.
Elyes s'effaça pour laisser la jeune femme entrer. Elle pénétra dans une maison moderne et chaleureuse. Une cheminée design trônait au centre de la pièce principale et Elyes avait fait un feu qui réchauffait l'ambiance de la pièce. Les meubles étaient en bois clair, le sol en parquet, et les murs peints dans des couleurs chaudes. Un épais tapis de couleur taupe était disposé sous une table en verre entourée de six chaises en métal. Il avait l'air tellement doux que Camille eut envie de s'y rouler. Elle remit le gâteau à Elyes qui le déposa dans la cuisine qui donnait sur la pièce principale. Là aussi, les couleurs douces et chaudes régnaient en maître. Quand Elyes l'invita à prendre place sur le long canapé anthracite, elle s'assit au milieu de confortables coussins colorés. Il la rejoint armé d'une bouteille et de flutes à champagne.
- Un verre de champagne ?
- Avec plaisir, merci.
Il remplit les deux verres et en tendit un à Camille. Ils trinquèrent.
- Alors, comment allez-vous depuis hier ?
- Bien. Et vous ?
- Très bien aussi. Je suis heureux de vous avoir à dîner. Et puis c'est la première fois que vous venez chez moi et cela me fait très plaisir.
- A moi aussi. Et je dois vous avouer que j'étais très curieuse de découvrir votre maison.
Ils éclatèrent de rire.
- Et alors ? Quel est le verdict ?
- Et bien j'aime beaucoup. Vraiment. Je me souviens que vous m'aviez dit que vous aviez rénové cette maison du sol au plafond. Je trouve que c'est vraiment très réussi. Vous avez conservé un bel équilibre. Et vous avez de vrais talents de décorateur.
- Merci ! Je suis ravi que ma maison vous plaise. C'est important pour moi de me sentir bien chez moi. C'est même essentiel. Ce qui est exceptionnel ici, c'est l'emplacement. Il fait nuit, mais de jour, on a une vue superbe sur la baie. Venez voir.
Il se leva et tendit la main à Camille qui la saisit avec délice. Il la conduisit devant l'immense baie vitrée située près de la cuisine. La

nuit était tombée depuis peu, mais il faisait déjà très noir. Les quelques nuages de la journée avaient laissé place à un beau ciel étoilé. Ils pouvaient tout de même distinguer la plage, la jetée et les balises du port. Elyes avait raison : de jour, la vue devait être magnifique.

Ils restèrent ainsi, en silence, pendant plusieurs minutes. Ils étaient très proches l'un de l'autre et Camille ressentait la présence du jeune homme à ses côtés dans chaque cellule de son corps. Elle pouvait aussi respirer son odeur. Elle aurait pu rester ainsi toute la nuit, à regarder les étoiles auprès d'Elyes, détendue. Soudain, il passa une main dans le dos de Camille, tout doucement, en effleurant à peine le pull de la jeune femme. Elle frissonna sous cette caresse et tourna son visage vers lui. Il la regardait intensément, avec douceur et puissance.

- Vous avez raison, la vue doit être magnifique en plein jour.

Elyes sourit.

- Absolument. J'aime cet endroit plus que tout autre. Quand j'ai besoin d'un moment de calme, pour réfléchir, pour me retrouver ou pour simplement me ressourcer, je m'installe ici, en silence, et je laisse faire le temps. Jusqu'à présent, je n'ai rien trouvé de mieux.

- Comme je vous comprends. J'adorerais avoir un endroit aussi beau rien qu'à moi.

Elyes ne répondit pas. A la place, il se retourna et alla chercher les deux verres sur la table basse. Il tendit le sien à Camille et leva légèrement son verre.

- A vous Camille. Je suis heureux de vous avoir rencontrée. Et je suis honoré de vous avoir chez moi ce soir.

- Merci beaucoup. Moi aussi je suis très heureuse de vous connaître. Je ne sais pas si vous vous en rendez compte, mais vous m'avez beaucoup apporté ces deux dernières semaines.

- Si c'est le cas, j'en suis très fier, et surtout j'en suis enchanté. Je dois vous avouer qu'entre la jeune femme trempée et désespérée que j'ai trouvée sur la jetée le premier soir et celle qui est en face de moi à cet instant, le contraste est saisissant.

- Je vous le concède volontiers. C'est vrai que les choses ont beaucoup changé en deux semaines, et je ne m'en plains pas.

- Et où en êtes-vous maintenant ?

- J'ai discuté avec Denise cet après-midi et je lui ai parlé de votre idée d'exposition.

- Je suis certain qu'elle a trouvé l'idée géniale !

———

- Oui, en effet, l'idée lui a plu. Nous en avons longuement parlé et j'ai décidé de rentrer à Paris dès mardi. Je ferai ensuite un saut à Bordeaux pour avoir une discussion avec mes parents.
- Une discussion de quel ordre ?
- C'est un peu compliqué. Et en même temps c'est tellement simple.
- Alors venez, allons nous asseoir et vous allez me raconter tout cela.
Ils s'avancèrent dans le salon et s'installèrent de nouveau sur le canapé moelleux.

Quatre heures plus tard, il était près de minuit et le temps était passé à une vitesse vertigineuse. Ils avaient abordé de nombreux sujets, évoquant tour à tour leur famille respective, leur parcours, leurs rêves, leurs moments de bonheur et leurs épisodes de doute. Camille était maintenant plus que convaincue qu'une discussion à cœur ouvert avec ses parents était fondamentale. Au-delà de cette confiance qu'Elyes lui avait fait gagner ce soir, elle avait appris à mieux le connaître et cette découverte lui plaisait indubitablement. Elle adorait qu'il lui parle de lui, de sa vision de la vie, de ses aventures, de ses joies et de ses épreuves. Elle aurait voulu que cette discussion ne s'arrête jamais. Elle était si bien. Juste comme il faut. Elle se sentait elle-même, à sa place.   Tout était si naturel entre eux.
Quand Elyes parlait, Camille l'observait. Elle gravait chaque détail et chaque geste. Sa façon de sourire en inclinant la tête sur le côté. La manie qu'il avait de tirer légèrement sur le bas de son pantalon quand sa jambe gauche était croisée sur sa jambe droite. Le haut de ses bras qu'un entraînement sportif régulier maintenait délicatement musclés. Sa peau qui semblait si lisse. Son odeur, à la fois discrète, légère, et pourtant si présente. La façon qu'il avait de passer la main dans ses cheveux. Les intonations de sa voix. Et son regard.... Son regard qui la prenait tout en entier.
Les minutes ressemblaient à des secondes et les secondes à des poussières de temps. Malgré tout ce temps passé ensemble ce soir, elle aurait juré qu'ils n'étaient là que depuis cinq minutes.
Quand vint le moment de partir, Elyes se leva et elle posa sa tasse de thé dans un geste lent, comme pour grappiller encore quelques secondes de plénitude. Quand elle se redressa, elle était tout près de lui et il la regardait en souriant. Elle pouvait sentir la chaleur de

———

son corps tout proche du sien. Un court instant, elle lut une complicité malicieuse dans ses yeux.

Elyes se dirigea vers la porte et dans un sourire lui dit :

- Vous allez me manquer vous savez.

- ... Vous aussi, vous allez me manquer.

- Oui, ça va me faire drôle de ne plus vous voir. Même s'il on pourra toujours s'envoyer des messages.

-...........

Elyes ouvrit la porte.

- A très vite.

- Oui, à très vite.

Camille sortit de la maison, fit quelques pas et s'immobilisa face à la mer. Elle se sentait un peu bizarre. Un mélange de joie profonde, de paix, mais aussi de tristesse, presque d'abattement.

Elle resta quelques minutes comme cela, simplement debout, à savourer le moment présent. Puis elle se remit en marche et se dirigea vers la maison de sa tante. Il était temps de faire sa valise. Elle avait rendez-vous avec ses peurs et elle n'avait pas de temps à perdre.

———

Chapitre 14

En descendant du train à la Gare Montparnasse, Camille sentit une bouffée d'angoisse la saisir. Elle se força à respirer profondément et le malaise passa. Elle se dirigea vers le métro et, tout en arpentant les couloirs gris et encombrés du sous-sol parisien, elle s'accrocha aux images apaisantes de ces deux dernières semaines.

En sautant dans la première rame de métro, elle repéra une place miraculeusement vide et s'assit.

Comme à son habitude, elle observa les gens autour d'elle. Un homme était assis en face d'elle, un petit sac à roulettes à ses pieds. Il tendait des magazines aux passagers.

Elle trouvait cela curieux et, comme toujours dans ce type de situation, presque louche. Alors elle l'observa de plus près.

Une petite cinquantaine, les cheveux un peu sales, les vêtements un peu démodés, une odeur un peu douteuse, il était entre le type comme tout le monde et le type qui a tout perdu il y a des années et qui a mal tourné. Et puis, pleine de curiosité, elle se mit à l'écouter.

Il interpella une femme aux traits asiatiques :
- "Dites Madame, c'est vrai qu'aujourd'hui c'est le premier jour du serpent ?
- .....
- Vous êtes chinoise ?
- ... Non....
Elle avait l'air méfiante.
- Parce qu'aujourd'hui c'est le premier jour du signe du serpent. Hier c'était le dragon. C'est le meilleur le dragon. Mais celui que je connais le mieux c'est le serpent.

Il saisit un magazine et le feuilleta. Camille essaya en vain d'en apercevoir le titre. Elle eut l'impression qu'il s'agissait d'un magazine féminin. Drôle de lecture pour un énergumène dans le genre.

- Le dragon c'est le meilleur, reprit-il. Mais le serpent, je le connais par cœur. Il est généreux, maniaque, orgueilleux... et... il a 9 personnalités...

Elle qui n'accordait aucun crédit aux prédictions astrales, le type avait l'air tellement convaincu qu'il lui donnait presque envie d'aller se plonger dans le premier horoscope chinois venu. Cela dit, il racontait peut-être n'importe quoi. D'ailleurs, il lui semblait bien que la Nouvel An Chinois était passé depuis belle lurette.

La dame assise à côté de Camille lui répondit dans un sourire :

- C'est parce que c'est le vôtre ?

- Oui, exactement ! Je suis serpent, et aujourd'hui, c'est le premier jour du serpent. Mais le meilleur, c'est le dragon.

Il se pencha vers les passagers, le menton vers le bas et une étincelle de malice dans les yeux.

- Vous avez vu la tête des gens ici ? Qu'est-ce qu'ils sont tristes ! Ça fait 25 ans que je suis ici et personne ne sourit. Alors moi je suis là, avec ça.

Il désigna les magazines et Camille se dit, en vrac, que c'était plutôt sympa ce qu'il faisait, et que c'était un peu sale tous ces gens qui tripotaient ces magazines, que c'était comme ça qu'on attrape la grippe, et elle se demandait s'il les avait achetés ou s'il récupérait des numéros abandonnés au fil des lignes de métro, et elle se demandait comment il faisait pour sourire alors que ses journées n'étaient remplies que de gens aigris qui n'osaient pas toucher à ses magazines, et puis après tout, peut-être qu'il faisait autre chose aussi, et puis….

Et puis il la regarda et elle s'aperçut qu'elle souriait. Ça avait l'air de faire plaisir au bonhomme.

Tout à coup, Camille réalisa que le haut-parleur du métro annonçait "Les halles". Elle se leva et se dirigea vers la sortie. Elle tourna la tête vers lui et lui dit au revoir. Elle franchit les portes de la rame, et avant qu'elles ne se referment, elle eut tout juste le temps de l'entendre dire "regardez comme c'est beau les gens qui sourient".

Un petit moment de grâce dans la tourmente urbaine...

Deux stations de métro et quelques minutes plus tard, elle arriva au pied de son immeuble. Elle monta jusqu'à son appartement qu'elle retrouva dans le même état que celui dans lequel elle l'avait laissé : quasiment à l'abandon. Elle posa ses affaires et entreprit de remettre de l'ordre. Elle rangea frénétiquement, comme si faire le tri dans ses affaires allait l'aider à y voir plus clair. Deux heures plus tard, l'appartement avait retrouvé son aspect habituel et Camille sentit son ventre gargouiller. Elle s'était levée très tôt ce matin et son petit déjeuner lui semblait très lointain. Elle mit de l'eau à bouillir et sortit un paquet de pâtes qu'elle agrémenterait avec un peu de sauce tomate. C'est à ce moment-là que son téléphone se mit à sonner. Elle prit l'appareil en mains et constata que c'était le numéro de téléphone portable de sa mère qui s'affichait. Cela tombait plutôt bien. Elle décrocha.

- Oui Maman ?
- Bonjour Camille, comment vas-tu ?
- Bien. Je suis à Paris depuis ce matin.
- Ah bon ? Tu rentres alors ?
- Non, je suis juste venue faire un saut pour récupérer quelques affaires. Et vous, ça va ?
- Oui, très bien. C'est une bonne nouvelle que tu sois à Paris car ton père et moi arrivons demain soir. Nous avons été invités à la soirée organisée par l'association de Sophie. Elle a lieu jeudi soir mais nous avons décidé d'en profiter pour passer quelques jours à Paris. Je t'appelais justement pour savoir si tu ne voulais pas revenir pour qu'on se voie.
- Cela tombe bien en effet. Moi aussi je voulais vous voir. J'avais prévu de vous appeler pour voir à quel moment je pourrai faire un saut à Bordeaux. Mais si c'est vous qui venez, alors c'est parfait. En dehors de la soirée de jeudi, avez-vous déjà quelque chose de prévu ?
- Non, pas encore. Tu veux qu'on dîne ensemble demain soir ?
- Oui, c'est une bonne idée. Venez à la maison, on pourra discuter tranquillement.
- Très bien. On apporte le dessert alors.
- Ca me va.
- Tu as l'air en meilleure forme que la dernière fois que je t'ai eue au téléphone.
- Oui, ça va mieux. Mes deux semaines à Saint-Karel m'ont fait beaucoup de bien. Je vous raconterai tout demain soir.
- Parfait. Le train arrive à 19h à Montparnasse. On viendra directement chez toi depuis la gare.
- Super. A demain alors. Bisous
- Oui, a demain. Bisous aussi.

Et voilà, le rendez-vous était pris. Elle décida de ne pas trop y penser, préférant laisser libre cours à la spontanéité. Le fait que ses parents viennent à Paris lui évitait d'aller à Bordeaux, et c'était très bien. Ainsi, elle rentrerait plus rapidement à Saint-Karel. Elle ne put s'empêcher de penser à Elyes et eut envie de lui envoyer un message.

———

- Petit coucou de Paris où le temps est gris et où rien n'a changé... J'espère que vous allez bien.

La réponse arriva quelques secondes plus tard.

- Oui, tout va très bien. Prenez soin de vous et surtout, dites-moi quand vous rentrez. Je viendrai vous chercher à la gare ☺

Si elle avait eu quinze ans, elle se serait mise à sauter de joie dans l'appartement. Elle tapota une réponse qui reflétait parfaitement le fond de sa pensée.

- Avec grand plaisir ! J'ai encore plus hâte de revenir...

Son cœur accélérait la cadence et ses joues rosissaient doucement mais sûrement.

- Moi aussi j'ai hâte que vous reveniez. Et c'était déjà le cas avant que vous partiez...

Constance avait donc raison. Apparemment, elle plaisait à Elyes. Elle avait du mal à se l'avouer de peur que ce ne soit qu'un doux rêve. Mais ses messages et son comportement étaient de plus en plus évocateurs. Elle lui écrivit un dernier message.

- Merci ☺ Je vais partir faire quelques courses car mes parents viennent à Paris demain soir et ils dînent chez moi. Mais je voulais juste vous dire que vous me manquez. A très vite.

Quand elle appuya sur « envoyer », elle respira un grand coup. Quand la réponse arriva, elle la lut à toute vitesse et fut presque déçue du contenu du message :

- C'est génial que ce soit eux qui viennent ! Vous allez pouvoir leur montrer toutes vos toiles ;) Profitez ! A très vite.

Elle ravala vite sa fierté, passa une veste en velours noir, enfila une paire de baskets noires, et attrapa son sac à main. Au moment de quitter l'appartement, son téléphone lui indiqua l'arrivée d'un nouveau message. C'était Elyes.

———

Un grand sourire se dessina sur le visage de la jeune femme qui jeta le téléphone au fond de son sac à main pour s'élancer à grandes enjambées dans l'escalier.

        Le soir venu, Camille n'avait rien de prévu. Elle décida de passer un rapide coup de fil à Constance qui décrocha, comme toujours, à la première sonnerie.
- Hello Camille !
- Coucou toi ! Comment tu vas ?
- Un peu crevée, mais ça va. Les gosses m'épuisent…
Camille éclata de rire.
- Je sais, tu le dis tout le temps ! Mais tu ne peux pas te passer d'eux avoue !
- C'est vrai. Je les adore. Mais franchement, en ce moment ils sont hyper turbulents. Vivement les vacances !
- Vous partez un peu ?
- Oui. On a décidé d'aller visiter Rome. Nicolas y est déjà allé deux ou trois fois pour le boulot et comme il a bien aimé, il veut me faire découvrir la ville. Et moi ça me va donc voilà, c'est parti !
- Génial ! Je pense aussi que c'est l'une des destinations incontournables.
- Oui, enfin, on verra, je te raconterai. Et toi ? Tu en es où ?
- Je suis à Paris.
- Quoi ? Mais pourquoi tu ne m'as rien dit ?
- Parce que je me suis décidée sur un coup de tête et que je suis arrivée ce matin.
- Ah d'accord. Je préfère ça. Alors ça y est, tu reviens pour de bon ? Tu as laissé ton prince charmant ?
Elle pouffa de rire.
- Ce que tu peux être bête ! Non, je ne reviens pas pour de bon. Pour tout te dire, j'ai même envie de tout plaquer.
Constance ne riait plus du tout.
- Comment cela ?
- Plus le temps passe plus je me rends compte que la vie à Paris ne me correspond plus. J'ai besoin d'air, j'ai besoin de liberté. Je ne supporte plus d'être enfermée entre ces immeubles, avec ces gens froids, les embouteillages, le métro, les odeurs et le stress. J'ai envie d'autre chose.

- Je peux comprendre. Mais que vas-tu faire ? Habiter à Saint-Karel ?
- Et bien pourquoi pas.
- Tu es sérieuse ?
- Je ne sais pas. Je crois que j'adorerais habiter là-bas. Mais pour y faire quoi, ça je n'en sais encore rien.
- On dirait que ta décision est prise.
- Ah bon ? Pas vraiment non. J'ai sans doute l'air plus enthousiaste que je ne le suis vraiment. Mais c'est vrai que je suis tentée. La seule question est de savoir quel type de job je vais pouvoir trouver là-bas.
- Tu vois, ça y est, tu parles au futur ! Il t'a embrassée c'est ça ?
Ce fut au tour de Camille d'éclater de rire.
- Mais non ! Quoi que je dois t'avouer que je ne le repousserais pas.
- Ah ah ! J'ai donc trouvé ta principale motivation pour aller t'expatrier là-bas !
- Non, pas du tout. Evidemment il me plait. Mais il ne s'est rien passé, et il ne se passera peut-être jamais rien d'ailleurs. Mon envie est indépendante de lui. Je t'assure que c'est vrai.
- Je te crois. Sérieusement, si tu penses que c'est une bonne solution pour toi, fais-le. Et puis niveau boulot, tu n'étais plus à fond dans le tien depuis longtemps. Alors quitte à changer, autant le faire ailleurs. En revanche, cela signifie que je te verrai moins.
- C'est possible en effet. Les soirées improvisées seront plus difficiles à organiser. Mais tu pourras venir pour les vacances. Tu en as des tonnes ! Alors pendant que Nicolas bosse, tu pourras venir te reposer sous le soleil breton.
- Oui, bon, d'accord. Vu comme ça, je suis d'accord.
Elles rirent toutes les deux.
- Et pourquoi es-tu revenue sur Paris ?
- Pour deux raisons. La première est que je vais organiser une exposition avec mes toiles.
- Quoi ?
- Tu trouves que l'idée n'est pas bonne c'est ça ?
- Mais tu plaisantes ! Tu sais que j'adore ta peinture. C'est juste que je croyais que tu ne voudrais jamais en entendre parler.
- C'était vrai, jusqu'à il y a quelques jours. Elyes m'a convaincue.
- Hum hum.... Je vois… Et tu la fais quand cette expo ?
- Aucune idée. J'attends de savoir à quelle date je peux avoir la salle. Je suis donc venue chercher mes toiles.

————

- Et tu vas les transporter comment ? Tu ne vas pas te balader avec quarante toiles sous le bras non ?

- J'ai réfléchi, et je vais contacter un transporteur. Cela ne doit pas être trop compliqué.

- Oui, tu as raison. En tous cas, je suis vraiment fière de toi ! C'est une excellente nouvelle, et je suis sure que tu vas cartonner ! Et la deuxième raison, c'est quoi ?

- Je dois parler avec mes parents.

- A propos de ton expo ?

- Oui. Et à propos de ma peinture de manière générale. J'ai besoin de savoir ce qu'ils pensent vraiment. Et au-delà de ça, j'ai besoin de m'affirmer davantage. J'ai besoin de leur montrer qui je suis réellement, de leur faire comprendre que la peinture fait partie de moi, que ça leur plaise ou non.

- Ca, c'est certain. Depuis le temps que je te le dis.

- Oui je sais. Je sais que tu avais raison. Mais je n'étais pas capable de l'entendre. Ils viennent dîner demain soir. Ce sera l'occasion d'avoir une bonne discussion.

- Et bien… que de nouvelles ! Tu sais, je suis contente que tu ailles mieux. J'ai l'impression de te retrouver, et je peux te dire que ça fait du bien.

- Je suis d'accord avec toi. Moi aussi j'ai l'impression de me retrouver, même si j'ai encore pas mal d'autres choses à régler.

- Comme quoi ?

- Comme ma relation avec Samuel. Tu sais que nous étions devenus très proches. Je n'ai toujours pas digéré le fait qu'il m'évince de l'entreprise comme il l'a fait. Je sais qu'il a subi la pression de Sébastien qui est un vrai requin mais je n'arrive pas à l'accepter. Je lui en veux de ne pas lui avoir tenu tête. Tu sais que nous ne nous sommes pas parlé depuis qu'il m'a virée ?

- Pourquoi n'en profites-tu pas pour l'appeler ?

- Pour lui dire quoi ?

- Et bien pour avoir une explication avec lui, tout simplement.

Camille réfléchit quelques instants.

- Tu as raison. Je vais l'appeler. Et je verrai bien.

Constance mit quelques secondes avant de répondre.

- Tu m'impressionnes tu sais.

- Pourquoi ?

- Parce qu'il y a seulement trois semaines tu commençais seulement à remonter du fond du puits et là, tu avances à pas de géant.

———

- C'est vrai que je me sens mieux. Je me sens plus cohérente avec moi-même. J'ai compris ce qui était vraiment important et je cherche à l'honorer. Il y a qu'en faisant cela que je serai bien à nouveau. Et que je retrouverai mon équilibre.
- Et bien chapeau. C'est courageux ce que tu fais.
- Tu sais, ce n'est pas du courage. C'est tout simplement devenu vital. Je n'avais plus le choix.
- Je sais. Mais je t'admire quand même.
Camille sourit.
- Merci. Et merci d'être là.
- Dis-moi, tu es libre demain pour déjeuner ? Si tu viens à l'école on peut prendre une petite pause pour grignoter ensemble.
- Avec plaisir ! Je n'ai rien de prévu alors c'est d'accord.
- Super ! A demain alors.
- A demain. Je t'embrasse.
- Moi aussi, je t'embrasse très fort.
Camille reposa son téléphone doucement sur la table basse et se pelotonna dans son canapé. Elle était bien, elle était calme. Elle était heureuse de partager un moment avec Constance le lendemain. Et pour ce soir, elle avait prévu de descendre à la cave dans la perspective de remonter toutes ses toiles dans son appartement. Mais avant cela, elle avait quelque chose à faire. Elle reprit son téléphone et tapa un message.
- Bonjour Samuel. J'espère que tu es en pleine forme. Je crois que nous avons des choses à nous dire. Serais-tu dispo pour un café demain matin ? A bientôt. Camille
Elle reposa son téléphone, se leva pour se préparer une tartine et une tasse de thé. Elle mit de la musique et reprit sa place sur le canapé. Le téléphone bipa.
- Oui, je suis dispo. Ok pour demain matin. 9h à l'agence ?
- OK. A demain alors.
- A demain. Bonne soirée.
L'échange avait été plutôt froid mais au moins c'était fait. Elle espérait juste qu'elle n'allait pas se mettre à pleurer devant Samuel. Ni qu'elle se mettrait en colère d'ailleurs. Elle allait devoir se retenir et tenter d'être constructive. Enfin, elle verrait bien.
Elle termina sa tartine et son thé et enfila un sweat confortable pour descendre à la cave.

Une demi-heure plus tard, elle était couverte de poussière et avait fait une bonne vingtaine de trajets entre la cave et l'appartement.

———

Les muscles de ses cuisses la brûlaient à force de monter et de descendre les escaliers. Elle avait retiré les tissus qui protégeaient les tableaux et les avait directement mis dans le lave-linge. Elle retira son sweat, se lava rapidement les mains et se planta devant sa collection de tableaux. C'était plutôt impressionnant. Il y en avait exactement quarante-deux, de différentes tailles, avec une prédominance de grands modèles. Certains étaient très sombres, d'autres beaucoup plus gais. Le point commun entre tous était la vivacité avec laquelle ils avaient été peints. L'énergie transparaissait très nettement dans chacune des toiles ce qui en faisait la sensibilité et l'originalité. Elle resta quelques minutes à contempler ses peintures et elle sentit soudain une toute nouvelle fierté l'habiter. Elle se surprit à imaginer son exposition. En laissant son esprit vagabonder, elle construisit le parcours du visiteur et organisa mentalement l'enchainement des toiles. Cet enchaînement relaterait l'évolution de sa vie au travers des différents moments qu'elle avait représentés. Ainsi, le visiteur passerait par toutes sortes d'émotions et de sentiments. Elle souhaitait que chaque personne qui entre dans la galerie en ressorte avec une expérience différente de toutes les précédentes. Que ses tableaux permettent à chacun de vivre sa visite de la manière lui correspondant le plus. Que chaque visiteur puisse ressentir tour à tour de la joie, de la tristesse, de l'énergie, de la nostalgie, du bonheur intense, de l'envie, du dégoût, de la solitude, de la compassion. Et qu'ils aient envie de revenir pour revoir ses toiles et expérimenter le voyage d'une toute autre manière encore. Bref, elle avait des idées bien arrêtées sur la question et elle espérait qu'elle pourrait les mettre en œuvre.

Elle rangea les tableaux en les regroupant dans différents coins et recoins de l'appartement et partit se coucher avec un tout nouveau livre qu'elle avait acheté plusieurs mois auparavant et qu'elle n'avait pas eu l'occasion d'ouvrir.

—

Chapitre 15

Le lendemain matin, le réveil sonna à huit heures. N'étant plus astreinte à des horaires fixes depuis plusieurs mois, elle avait préféré programmer son téléphone pour qu'il sonne à une heure lui permettant de se préparer avant de rejoindre Samuel. Elle se leva avec entrain, prit une longue douche, s'habilla confortablement et prit un petit déjeuner rapide. Puis elle quitta son appartement et s'engouffra dans le métro.

En sortant de la bouche de métro, elle sentit une vague d'angoisse l'envahir. Même si elle était convaincue que cette discussion avec Samuel était indispensable, elle l'appréhendait énormément. C'était la première fois en quatre mois qu'elle empruntait à nouveau le trajet de l'agence. A vrai dire, cela la mettait assez mal à l'aise. Quand elle arriva devant l'agence, Samuel l'attendait. Elle s'approcha de lui en essayant d'avoir un air le plus naturel possible. Il l'embrassa sur les deux joues.

- Bonjour Camille. Je suis vraiment content de te voir.
- Bonjour Samuel, répondit-elle simplement.
- Un petit café ?

Camille fit une grimace.

- Ah oui, pardon, j'avais oublié que tu ne buvais pas de café. Alors un thé ? Ou un chocolat ?
- Un thé sera parfait. Allons-y.

Ils se dirigèrent vers une brasserie située à deux pas de l'agence. Ils marchèrent en silence, un peu gênés de se retrouver après ces quatre mois au cours desquels ils ne s'étaient donné aucune nouvelle. Ils s'installèrent face à face, sur une table ronde donnant sur la rue. Pendant que Samuel retirait son manteau, Camille posa son menton dans sa main droite et regarda la rue. Une fois installé, il la tira de sa rêverie.

- Alors, comment vas-tu ?

Elle tourna la tête vers lui.

- Ca va. Enfin, ça va mieux. Les quatre derniers mois ont été difficiles. Je ne suis presque pas sortie de chez moi et je n'avais pour ainsi dire plus aucune vie sociale. Je ne voyais que Constance, qui m'a d'ailleurs beaucoup aidée.
- Cela ne m'étonne pas. C'est vraiment une fille bien.
- En effet. Tu vois, c'est dans ces moments-là que tu t'aperçois que tu ne peux finalement pas compter sur grand monde.

Simon baissa imperceptiblement les yeux.

———

- Enfin, bref, passons. Et puis un beau jour, j'ai décidé de faire une escapade à Saint-Karel. C'est le village dans lequel j'ai passé toutes mes vacances étant enfant. Je t'en ai déjà parlé, tu t'en souviens ?

- Oui, bien-sûr que je m'en souviens. Tu y es restée longtemps ?

- Un peu plus de deux semaines. Je suis rentrée hier matin.

- Et tes deux semaines t'ont fait du bien ?

- Bien plus que tu ne peux l'imaginer. Là-bas, j'ai rencontré des personnes formidables qui m'ont soutenue et encouragée. J'ai retrouvé goût à la vie en me retrouvant moi-même. J'étais complètement perdue en arrivant. Si tu savais…

- J'imagine…, murmura-t-il.

- Non, je ne sais pas si tu peux imaginer.

Camille se crispa. Samuel ne répondit pas.

- Je t'en veux tu sais.

- Je sais. Et je ne peux que te comprendre.

Camille sentit les larmes lui monter aux yeux et elle fit tout pour les retenir.

- Je n'ai toujours pas compris pourquoi tu m'as virée. Enfin plutôt si, j'ai très bien compris pourquoi.

- Que veux-tu dire ?

- Ne fais pas l'innocent. Je sais très bien que Sébastien a repris mes clients, et nous savons tous les deux pourquoi.

- Je comprends que tu puisses croire que je lui ai refilé tes clients parce que c'est mon petit ami. Mais ce n'est absolument pas le cas. Je te l'assure.

- Alors comment peux-tu m'expliquer que, comme par hasard, alors que je suis en arrêt maladie pour dépression, tu me vires du jour au lendemain, sans explication, et que j'apprends quelques jours plus tard que c'est Sébastien qui en profite, sachant pertinemment qu'il louchait sur mes deux plus gros clients depuis un bail ?

Le ton montait.

- C'est faux Camille. Tu es très injuste.

- Injuste ? C'est la meilleure ! Je me fais virer, du jour au lendemain, sans un mot d'explication, tout ça pour quoi ? Pour que l'autre naze avec qui tu couches en profite ? Et tu oses me dire que c'est moi qui suis injuste !

Camille criait presque.

- Mais je te l'ai expliqué bon sang ! Tu sais très bien que l'agence a perdu son plus gros client. Et de façon complètement inattendue d'ailleurs ! Je ne pouvais pas me permettre de garder tout le monde.

———

Je ne pouvais tout simplement plus vous payer tous à la fois avec le volume d'activité qui restait !

- Peut-être. Mais pourquoi moi ? Alors qu'on bossait ensemble depuis des années, que tu me faisais confiance, que tu n'as jamais rien eu à redire sur mon boulot ou quoi que ce soit.

- Mais parce que j'avais besoin de personnes opérationnelles ! Et toi tu ne l'étais pas puisque tu étais malade ! Ce n'est quand même pas si compliqué que cela à comprendre.

- Si ça l'est ! Je suis désolée Samuel, mais quand tu travailles depuis des années en équipe avec une personne, qui de surcroit est devenue un ami, tu n'imagines pas une seule seconde qu'il puisse t'abandonner comme ça, du jour au lendemain.

- Je ne t'ai pas abandonnée Camille.

- Tu plaisantes ou quoi ? Après ton coup de fil m'annonçant que c'en était fini pour moi à l'agence, plus rien. Plus de son, plus d'image. Si tu appelles ça ne pas m'avoir abandonnée, je ne sais pas quoi te dire…

- Ce n'est pas comme cela que ça s'est passé, et tu le sais très bien.

- Oh si, à peu près.

- Je t'ai laissé des messages auxquels tu n'as jamais répondu.

- Oui, les premiers jours. Et effectivement, j'étais tellement en colère contre toi que j'étais incapable de répondre.

- OK. Mais ne me dis pas que je t'ai abandonnée alors.

- D'accord, tu m'as envoyé trois ou quatre messages au début. Mais après ? Putain, ça fait quatre mois Samuel !

- Je sais. Et je suis sincèrement désolé.

Samuel avait recouvré son calme.

- Pour te dire la vérité, je n'ai pas osé. Je savais que tu allais mal, et je savais que ton licenciement en avait ajouté une couche. Je me sentais très coupable, et pour tout te dire, j'ai même fini par regretter ma décision.

Camille eut un rire moqueur.

- Pourquoi ? Tu as fini par te rendre compte que Sébastien ne faisait pas l'affaire ?

- Ne sois pas cynique. Ca ne te ressemble tellement pas. Non, pas du tout. Sébastien est quelqu'un de très pro, et de très efficace. C'est juste que je te connais, et je sais que la relation humaine est plus importante que tout. Et je savais que tu ne comprendrais pas mon choix. Que tu ne la regarderais jamais que sous un angle personnel. Mais tu sais, quand on est le patron d'une toute petite boite comme la mienne, il faut parfois prendre des décisions qui font mal. Et celle qui t'a concernée m'a fait plus de mal que tu ne peux l'imaginer.

- Ne joue pas à la victime s'il te plait.

- Je ne joue pas à la victime. Je ne fais que te dire ce que j'ai sur le cœur.

Camille ne répondit pas.

- J'ai beaucoup pensé à toi ces derniers mois. Je n'osais pas t'appeler, mais je m'inquiétais. Il m'est même arrivé de passer devant chez toi pour voir si tu y étais.

- Et ?

- Et tu y étais. Je voyais de la lumière dans ton appartement, alors je me disais que ça devait aller. Sébastien me l'a un peu reproché d'ailleurs. Pour lui, je n'avais pas à me sentir coupable. C'était la seule solution, ce qui est sans doute vrai d'ailleurs. Mais c'est la manière dont je l'ai fait. J'aurais dû te le dire autrement. Je ne sais pas. Et puis c'est trop tard maintenant. Mais bon, voilà. Je regrette. Je regrette sincèrement.

Camille ne savait plus quoi dire.

- Moi aussi je regrette, finit-elle par répondre. Tu comptais beaucoup pour moi. Je te faisais confiance.

- Et maintenant ?

- Maintenant je ne sais plus. Je suis déçue, et encore pleine de rancune.

- Je sais. Mais malgré tout, j'aimerais plus que tout retrouver ton amitié. S'il y a quelque chose que je puisse faire en ce sens, s'il te plait, dis-le-moi.

- Je ne sais pas Samuel. Je ne sais pas. Déjà, c'est bien que nous puissions avoir cette discussion.

- Oui, tu as eu raison de me proposer ce rendez-vous. C'est important de mettre cartes sur table et de parler de tout cela une bonne fois pour toutes. En tous cas, je suis heureux que tu ailles mieux. Tu vas faire quoi maintenant ? Chercher du boulot ?

- Non. En tous cas pas dans l'immédiat. Je repars à Saint-Karel dans quelques jours.

- Ah bon ? Mais pour quoi faire ?

- Je vais organiser une exposition de peinture.

Samuel ouvrit de grands yeux.

- Ah oui ? Et de quel peintre ?

Camille sourit avec malice.

- De moi.

- Comment cela ?

- Oui, une exposition avec mes tableaux.

- Mais… tu peins ?

- Oui je peins. Et depuis un sacré bon bout de temps. C'est juste que je ne t'en ai jamais parlé.

- Mais c'est complètement fou ! Tu peins depuis des années et tu ne m'as jamais rien dit ? Je rêve !

- Oui, je sais, c'est un peu étonnant. Mais je n'en ai parlé à personne sauf à mes parents, ma sœur et Constance. Et à Antoine bien-sûr.

Camille grimaça.

- Je vois. Cela dit, je ne suis pas vraiment surpris. Tu as un vrai don artistique. Tu dois être très douée.

- Douée je ne sais pas. Mais je me débrouille.

- Et, je pourrai voir tes toiles ?

- Si tu veux. Mais il faudra venir en Bretagne alors.

- Avec plaisir. Tu me donneras les dates, et je te promets que je viendrai.

- OK. On verra ça alors.

Samuel posa sa main sur celle de Camille.

- Je ne sais pas si tu pourras me pardonner mais Camille, je te prie de m'excuser. Si je pouvais revenir en arrière je prendrais la même décision, parce que je n'avais pas le choix, mais je te jure que je ferais tout pour préserver notre amitié.

- Je sais. Je vais probablement t'en vouloir encore un certain temps tu sais. J'ai vraiment du mal à digérer tout ça

- Je comprends. Mais essayons de faire en sorte que ça passe vite. Parce que tu m'as manquée.

Camille sourit et retourna sa main pour serrer celle de Samuel, touchée par les propos du jeune homme.

- Toi aussi tu m'as manqué.

Ils se penchèrent au-dessus de la table et s'étreignirent longuement.

Puis Samuel regarda sa montre.

- Il va falloir que j'y aille.

- Oui, vas-y. Tu dois avoir du travail.

- Tu me tiens au courant pour ton expo ?

- Oui, je n'oublierai pas.

Il embrassa la jeune femme sur les deux joues.

- Prends bien soin de toi surtout.

- Merci. Toi aussi.

- A très vite.

———

Samuel se leva et sortit du café pour longer la rue devant laquelle ils étaient installés. Camille le suivit des yeux, soulagée du tournant qu'avait pris cette discussion. Elle tenait à Samuel. Beaucoup plus que ce qu'elle s'était efforcée de croire ces derniers mois. Mine de rien, elle était heureuse d'avoir la possibilité de retrouver son amitié. Bien-sûr, elle lui en voulait toujours. Elle avait du mal à digérer son licenciement et son égo en avait pris un coup. Mais il y avait des situations dans lesquelles il fallait savoir avaler sa cravate, et là, c'en était une. Elle prit sa veste et son sac à main, puis elle quitta le café, décidée à passer un peu de temps à flâner dans le quartier. Elle n'avait pas fait de shopping depuis bien longtemps et ce matin, elle en avait envie.

L'heure du déjeuner arriva vite et Camille se hâta de rejoindre Constance à son école. Elle patienta devant l'entrée avec la foule des mamans venues chercher leurs petits. Puis, le flot de bambins apparut et les portes s'ouvrirent. Camille aperçut Constance qui accompagnait sa classe vers la sortie. Elle lui fit un petit signe pour lui signifier qu'elle attendrait que le hall de l'école se vide pour s'approcher. Alors qu'elle observait Constance qui couvait les petits d'un œil bienveillant, Camille se mit à envier son amie d'aimer son travail à ce point. Elle était passionnée par son métier qui avait un vrai sens pour elle. Et c'était un bonheur de la voir évoluer dans son école. Elle y était chez elle, c'était certain.
Une fois l'école libérée de ses élèves, Constance s'avança vers Camille et la serra dans ses bras.
- Comme je suis contente de te voir !
- Moi aussi !
- Et surtout, je suis contente de te retrouver en meilleure forme. Comment vas-tu ?
- Plutôt bien, sourit la jeune femme. Et toi ?
- En pleine forme !
Constance prit Camille sous le bras et elles quittèrent l'école pour rejoindre leur restaurant fétiche. C'était un italien dans lequel elles déjeunaient à chaque fois que Camille rendait visite à son amie.
- Allez, viens, dit Constance en entraînant Camille. Tu vas tout me raconter.
- Oui, tout ! Répondit Camille avec une lueur de malice dans les yeux.
Elles éclatèrent de rire et se rapprochèrent un peu plus l'une de l'autre.

_____

Le déjeuner redonna encore un peu plus d'énergie à Camille qui avait passé la moitié du temps à rire. Elle avait tout raconté à Constance dans les moindres détails et son amie était ébahie de la transformation qui s'était opérée chez la jeune femme. Elles se séparèrent devant la station de métro. On était mercredi et Constance devait rentrer chez elle en vue de préparer le programme de sa classe pour le lendemain. Camille quant à elle avait un dîner à cuisiner. Elles se jetèrent dans les bras l'une de l'autre et se serrèrent très fort.

- Prends soin de toi Camille.
- Oui, promis. Merci pour ce déjeuner, ça m'a fait beaucoup de bien.
- Tu parles ! Qu'est-ce qu'on a rigolé ! Allez, il faut que j'y aille. Appelle-moi.
- Promis. A bientôt !
- A bientôt.

Tandis que Constance s'engouffrait dans la bouche de métro, Camille décida de marcher jusqu'à son appartement. Elle en profiterait pour faire les courses pour le dîner.

A dix-neuf heures trente, on sonna à l'interphone. C'était Béatrice et Paul. Tout en appuyant sur le bouton d'ouverture de porte, Camille sentit une vague angoisse s'emparer d'elle. Elle s'efforça de respirer calmement et ouvrit doucement la porte.

- Bonjour ! Lança-t-elle dans un grand sourire.

Elle embrassa ses parents et les précéda dans l'appartement.

- Comment le voyage s'est-il passé ?
- Très bien, répondit Béatrice. C'est rapide en TGV. Surtout pour ton père d'ailleurs ! Il a dormi tout du long !

Elle avait toujours l'air de lui reprocher quelque chose, c'était affolant.

- Ah bon ? C'est vrai Papa ?
- Je crois bien que oui, répondit son père en riant. J'ai eu l'impression que le trajet durait cinq minutes !

Ils éclatèrent de rire tous les deux tandis que Béatrice se contentait d'un vague sourire.

- Et toi ? Demanda Paul en s'adressant à Camille. Comment vas-tu ?
- Venez vous asseoir, répondit-elle en les invitant à s'installer dans le salon. Je vais vous raconter.

———

D'abord, freinée par l'habituelle pudeur installée depuis toujours entre ses parents et elle, la jeune femme eut du mal à se lancer. Elle gagna du temps en leur servant un verre de vin blanc, puis elle se souvint de ses discussions avec Denise et Elyes et de ce pourquoi elle était là. Alors elle choisit de prendre le chemin de la franchise. Elle raconta sa douloureuse rupture avec Antoine ainsi que les détails de son licenciement. Elle évoqua ses quatre mois d'hibernation et de désespoir. Puis elle leur parla de Saint-Karel, du bonheur qu'elle avait eu à retrouver la maison de son enfance, de ses promenades, de ses longues discussions avec Denise et de tout ce qu'elle avait accompli en un peu plus de deux semaines. Et enfin, elle leur parla d'Elyes. Béatrice avait l'air abasourdi et les yeux de Paul traduisaient sa tristesse. Béatrice brisa le moment de silence qui avait suivi le monologue de sa fille.

- Mais, je ne comprends pas, pourquoi ne nous as-tu rien dit ?

- Je ne sais pas. Au début je pensais que ce serait juste une mauvaise passe et que cela ne durerait pas. Je pensais que j'allais réussir à tout gérer seule, comme une grande. Et puis j'avais un peu honte. Et aussi un peu peur de vous décevoir.

- Ah bon ? Répondit Béatrice. Tu sais que nous n'avons jamais considéré Antoine comme le gendre idéal. Il était plutôt gentil, c'est vrai. Mais il n'était pas à ta hauteur, c'est évident.

- Qu'entends-tu par "à ta hauteur" précisément ?

- Et bien je pense que, dans cette histoire, tu lui as apporté bien plus que ce que lui ne t'a apporté. De l'extérieur, on voyait bien que c'était toi qui portais votre couple. C'était sur toi que tout reposait, les décisions comme tout le reste. Et Paul et moi avons toujours pensé que c'était un peu du gâchis. Tu vaux bien mieux que cela ! Paul n'a jamais voulu que je t'en parle mais c'est ce que je pense depuis le début.

- Mais tout cela, vous ne me l'avez jamais dit. Je pensais que vous étiez contents que je sois en couple et que je commence à construire quelque chose. J'étais convaincue que vous seriez déçus d'apprendre que mon histoire avec Antoine se terminait. Je croyais sincèrement que vous l'appréciez.

Paul prit la relève.

- Oui, on peut dire que nous l'apprécions. Mais c'est tout. Et ce qui est le plus important, c'est que toi tu te sentes bien. C'est cela qui compte.

Camille était un peu étonnée de la réaction de ses parents.

———

- Pour être tout-à-fait honnête, j'étais persuadée que vous alliez me dire que c'était de ma faute. Pour Antoine comme pour mon boulot. D'ailleurs, j'ai assez souvent l'impression que tout est de ma faute.

Béatrice se raidit dans son fauteuil.

- Pour ce qui est de ton travail, je t'ai toujours dit que cette agence n'avait pas l'air d'être très sérieuse.

Et voilà, c'était reparti. Camille connaissait le discours par cœur.

- Mais Maman, bien-sûr que si c'est une agence sérieuse.

- Je sais que tu t'entendais bien avec le type qui est à la tête de cette boîte, mais avoue quand même que te licencier pour mettre son petit ami à ta place n'est pas un comportement très professionnel.

Camille ne trouva rien à répondre.

- Tu vois, reprit Béatrice. Cela illustre parfaitement l'était d'esprit de cet homme. Il ne pense qu'à lui et à son petit business. Il se fiche des autres et de ce qu'il peut leur arriver.

Camille n'essaya même pas d'argumenter. Un silence pesant s'installa entre eux.

- Quoi qu'il en soit, tu aurais dû nous en parler, reprit Paul. Nous aurions peut-être pu t'aider, ou du moins te soutenir.

Camille avait la gorge nouée.

- On est tes parents Camille. Quoi qu'il arrive, nous serons toujours de ton côté.

Quelques larmes coulèrent silencieusement le long des joues de la jeune femme.

- Oui mais tu vois Maman, à chaque fois que je veux avoir une discussion avec vous, tu trouves toujours le moyen de tout critiquer. Antoine qui est trop mou, mon travail qui n'en est pas un, mon patron qui est un escroc, Paris qui a tous les défauts de la terre, mon appartement qui est trop petit, mes copines qui sont trop comme ci et pas assez comme ça. Comment voulez-vous que je vienne chercher un appui chez vous ? Ce n'est pas possible.

Elle pleurait carrément. Béatrice était raide comme un piquet et Paul avait l'air gêné. Il regarda sa femme avec l'air de celui qui ne sait pas comment s'en sortir. Un air de reproche pour son mari dans les yeux, Béatrice se leva et s'assit près de sa fille.

- Ne sois pas si négative. Tu vois tout en noir. Tu interprètes tout du mauvais côté.

- Mais non je n'interprète pas. Je n'ai pas la vie bien rangée de Bérénice avec son mari et ses enfants. Et alors ? Si j'ai envie de faire autrement ! C'est si difficile que ça pour vous ?

———

- Mais non voyons ! Répondit vivement Béatrice. C'est vrai que nous aimerions que tu aies trouvé quelqu'un avec qui tu pourrais avoir des enfants, que tu aies un métier qui te convienne, que tu sois heureuse quoi.

- Mais je l'étais heureuse. Enfin, jusqu'à ce que tout s'écroule.

- Mais tout ne s'est pas écroulé, répondit Paul. Tu vas retrouver un travail. Et puis tu disais tout-à-l'heure que tu allais mieux. Quant à ta rupture avec Antoine, tu t'apercevras sans doute que c'était un mal pour un bien. Tu vas bien finir par rencontrer quelqu'un qui te correspondra et avec qui tu auras envie de construire quelque chose de sérieux. Tu as encore le temps.

- Oui, sans doute, répondit doucement Camille.

- Quoi qu'il en soit, reprit Béatrice, ce qui est important, c'est que tu ailles mieux. Et aussi que tu nous aies parlé. Malgré ce que tu crois, nous avons envie que tu sois heureuse. Si ton bonheur avait dû passer par Antoine, quelle qu'ait pu être notre opinion, nous l'aurions accepté. Il est un peu tard, mais il faut que tu te mettes dans la tête que tu peux compter sur nous et qu'il ne faut surtout pas que tu gardes tes soucis pour toi. D'accord ?

- D'accord, répondit Camille, même si elle n'était pas fondamentalement convaincue.

Elle ravala ses larmes et Paul posa une main sur son genou, visiblement ému. Bien que sur la réserve, comme à son habitude, Béatrice semblait troublée elle aussi. Ils demeurèrent en silence quelques instants.

Puis tout-à-coup, Béatrice s'aperçut que l'appartement n'était pas tout-à-fait comme d'habitude.

- Comment se fait-il qu'il y ait des tableaux partout ? Demanda-t-elle.

- Et bien… c'est la deuxième chose dont je voulais vous parler.

- Tu t'es remise à la peinture, demanda son père ?

- Oui. J'ai rencontré une femme qui peint des toiles magnifiques à Saint-Karel. Je suis même allée visiter son exposition. J'en ai discuté avec Denise et je me suis dit que ce serait bien je m'y remette. Alors je suis allée acheter du matériel à Nantes et j'ai peint quelques toiles ces derniers jours. Elles sont restées là-bas. Toutes celles-ci étaient à la cave. Je les ai remontées hier soir.

- Mais pour quoi faire ? Interrogea Béatrice. Tu comptes les trier ?

———

- Non, pas précisément. A vrai dire, je les avais déjà triées il y a quelques mois. J'ai jeté celles qui ne me plaisaient pas et j'ai rangé les autres à la cave.

Comme Camille ne continuait pas, un silence s'installa. Béatrice et Paul regardèrent leur fille d'un air interrogateur. Elle se lança.

- J'ai décidé d'organiser une exposition de mes tableaux.
- Quoi ? Répondirent ses parents à l'unisson. Ils avaient l'air stupéfaits.
- Oui, à Saint-Karel. Je ne sais pas encore quand, mais j'ai très envie de le faire.

Béatrice et Paul ouvraient des yeux ronds.

- Vous pensez que ce n'est pas une bonne idée ? Hasarda Camille.

Ils ne répondirent pas.

Le silence était assourdissant.

- Mais, hasarda Béatrice, tu penses que c'est réaliste ?
- C'est-à-dire ? Interrogera Camille d'un ton plus agressif qu'elle ne l'aurait souhaité.
- Et bien, hésita sa mère, tu crois vraiment que ça peut marcher ?
- Je ne sais pas, répondit Camille du tac-au-tac. Qu'en penses-tu ?
- Aucune idée, répondit Béatrice sur le même ton un peu vindicatif.

Le sujet était visiblement délicat et, une fois de plus, Paul intervint avec plus de doigté.

- En fait, je crois que ni ta mère ni moi ne nous attendions à cela.
- Mais pourquoi ? Je peins depuis que je suis toute petite. Cela ne devrait pas beaucoup vous surprendre.
- Oui, c'est certain, mais nous ne te voyons jamais peindre et tu ne nous montres presque jamais tes tableaux. Alors nous sommes tous les deux surpris de cette envie, et aussi du nombre de tableaux qui se trouvent ici. A vrai dire, j'avais presque oublié que tu peignais.

Camille devait bien avouer qu'elle avait volontairement tenu à l'écart sa famille de sa passion pour la peinture. Elle était tellement freinée par la peur d'être mal jugée qu'elle avait l'avait presque occulté aux yeux des autres.

- C'est vrai ?
- Et bien… oui, répondit son père. Tu ne nous en parles jamais. Et tu ne nous montres jamais tes tableaux. D'ailleurs tu ne nous en as jamais offert, ni pour Noël, ni pour un anniversaire. C'est comme si la peinture était pour toi une activité secrète.

Ce fut au tour de Camille d'être déconcertée.

———

- Mais pas du tout ! J'ai peint une quarantaine de toiles au total. Et même si vous ne les avez pas toutes vues, je vous en ai quand même montré quelques-unes.

- Oui, deux ou trois. Peut-être un peu plus. Mais nous n'avions aucune idée que tu en avais peint autant que cela.

- Mais cela n'a pas l'air de beaucoup vous intéresser.

- Mais enfin Camille ! Qu'est-ce que c'est que cette idée encore ? Répondit Béatrice qui s'énervait presque.

Elle semblait même vexée.

Camille continua.

- Après réflexion, je crois que j'ai arrêté de vous en parler quand nous avions évoqué la possibilité que j'en fasse mon métier. Vu votre réaction, surtout la tienne Maman, j'ai préféré ne plus aborder le sujet. Alors j'ai peint en effet presque en secret, en vous montrant rarement mes toiles. J'ai dû me convaincre que vous pensiez que je n'avais aucun talent. Je n'ai presque plus peint depuis le début de ma dépression et j'ai recommencé il y a quelques jours après avoir compris que c'était essentiel pour moi. Cette exposition me tient à cœur, mais c'est vrai que j'ai hésité à vous en parler car j'avais peur de votre réaction.

- Mais même si tu fais cette exposition, cela ne signifie pas que tu vas en faire ton métier, rétorqua Béatrice.

- Et pourquoi pas ? Questionna Camille avec une légère lueur de défi dans les yeux.

Béatrice eut un instant d'hésitation.

- Pourquoi pas en effet. Mais j'ose espérer que tu y réfléchiras à deux fois. Même si c'est exposition fonctionne bien, cela ne signifie pas que tu pourras vivre de la peinture. Tu as toujours été fragile, un peu rêveuse. La peinture, c'était un idéal pour toi. Mais tu n'avais absolument pas conscience des réalités du métier. Maintenant c'est un peu différent. Avec la maturité que tu as, j'espère que tu ne te lanceras pas à l'aveuglette et que tu feras en sorte que ton projet soit réaliste.

- Evidemment, répondit sèchement Camille. Je ne sais pas du tout si je peux en vivre ou pas. Et c'est vrai que cela me semble très compliqué. Mais peut-être qu'un métier dans l'univers de la peinture pourrait me plaire.

- C'est à toi de réfléchir à cela. Tu as de l'expérience en tant que graphiste et tu as maintenant du recul sur le monde professionnel. Tu dois prendre le temps d'y penser sérieusement.

- Oui, c'est ce que je vais faire.

———

Elle se tut un instant, hésita, puis reprit.

- J'aimerais vous poser une question.

- Laquelle ? Demanda Béatrice, visiblement sur la réserve.

- Pensez-vous que j'ai du talent ?

Paul regarda sa fille, une lueur de fierté dans les yeux. Puis il se contenta de sourire, laissant sa femme répondre car il avait compris que c'était ce dont Camille avait besoin. Béatrice se leva et se dirigea vers les toiles les plus proches. Elle les sépara et les aligna le long du mur. Elle se recula légèrement et les observa. Camille sentit son cœur battre un peu plus fort. Au bout d'un bon moment, Béatrice brisa le silence.

- Tu as du talent Camille, indubitablement. Tu n'as jamais pris de cours de peinture et tu parviens à faire passer quelque chose. En regardant ces quatre toiles, je peux voir des tonalités différentes, ressentir des choses, expérimenter des sentiments variés. Tu as un registre très vaste. Je ne m'y connais pas en technique de peinture, mais ce que je sais c'est que tes tableaux ne peuvent pas laisser indifférent.

Camille ne savait plus quoi dire. Elle tourna la tête vers son père qui la contemplait, le sourire toujours accroché aux lèvres. Il hocha légèrement la tête, comme pour acquiescer. Elle était un peu gênée.

- Merci, murmura-t-elle.

Béatrice se retourna et sourit à sa fille.

- Je voulais te demander, commença-t-elle, hésitante. Accepterais-tu de nous donner l'un de tes tableaux pour notre maison de Bordeaux ?

Stupéfaite, Camille ouvrit de grands yeux.

- Si vous voulez, répondit-elle. Je pense à deux ou trois tableaux qui pourraient vous plaire.

- Parfait alors, acquiesça Paul. Dans ce cas, montre-les nous et nous ferons notre choix.

- OK, répondit Camille dans un sourire. Suivez-moi.

Elle les guida dans sa chambre où une bonne dizaine de toiles avaient élu domicile. Elle les bougea les unes après les autres et finit par en extraire trois qu'elle étala sur son lit. Ses parents se penchèrent pour les détailler et la jeune femme les laissa faire, réalisant qu'ils venaient tous les trois de faire un grand pas. Elle choisit ne pas pousser plus avant la discussion autour de son avenir dans la peinture, désireuse d'épargner leur frêle connivence dans la fragilité du moment présent.

———

Une fois le tableau choisi, ils prirent soin d'éviter de revenir sur le sujet de la peinture en tant que potentiel métier pendant toute la soirée. Ils dînèrent tranquillement, chacun s'efforçant de contourner les sujets qui fâchent. Somme toute, la soirée se passa bien et Camille avait fini par faire passer les messages qu'elle souhaitait délivrer à ses parents. Quand ils s'en allèrent, elle était plutôt satisfaite de la tournure qu'avait pris la soirée. C'est dans cet état d'esprit un peu plus positif qu'en début de soirée qu'elle se glissa sous sa couette prête à relever le défi qu'allait être la réalisation de cette exposition. En effet, elle avait bien l'intention de démontrer à ses parents, et surtout à sa mère, qu'elle avait les capacités de faire quelque chose de son talent.

Chapitre 16

Camille avait décidé de repartir le vendredi. Elle avait pris le temps de profiter de son amie, avait joué la carte de la sincérité avec Samuel et avait parlé à cœur ouvert avec ses parents. Avec le recul, elle se dit qu'elle aurait dû le faire bien avant. Mais voilà, la vie en avait décidé ainsi et ce n'était pas plus mal. Malgré les souffrances et les moments difficiles, elle avait grandi et beaucoup appris sur elle-même et sur ses relations à l'autre. Elle saurait maintenant en faire bon usage.

Le transporteur était passé la veille pour emporter toutes les toiles. Il ne restait à Camille qu'à boucler ses valises. Cette fois, elle savait qu'elle resterait à Saint-Karel un peu plus que quelques jours. Alors elle choisit scrupuleusement ce qu'elle emporta. Elle remplit une grande valise et un sac de sport surdimensionné, puis se posta devant l'une des deux fenêtres qui donnait sur le square. Elle demeura ainsi quelques minutes, pensive. Attentive à ce qui se passait dans son corps, elle se sentit sereine et apaisée. Consciente de ne pas savoir ce que l'avenir lui réservait, elle se sentait malgré tout confiante et surtout habitée d'une envie furieuse de découverte. Puis, elle prit ses bagages et sortit en refermant soigneusement la porte derrière elle.

Une fois dans le TGV, elle attrapa son téléphone et tapota un message à l'attention d'Elyes.

- Bonjour Elyes. Ça va ? Mon train arrive à 21h27. Toujours OK pour venir me chercher ? Bises. Camille

Elle posa son téléphone sur la tablette qui lui faisait face et regarda autour d'elle. Contrairement à son dernier trajet, deux semaines plus tôt, elle avait envie d'en profiter. Elle laissa son regard vagabonder entre les passagers qui arpentaient les couloirs, les immeubles qui défilaient derrière la fenêtre, les sièges colorés du train, deux enfants qui se chatouillaient bruyamment, un papier posé là et son propre reflet qu'elle pouvait apercevoir dans la fenêtre. Puis ses yeux se posèrent sur une jeune femme voilée. Elle l'observa quelques instants. La femme se tenait très droite. Elle était d'une beauté à la fois simple et majestueuse, avec cette part de mystère qui semble parfois se cacher derrière le voile. Sans bien savoir pourquoi, elle la trouva apaisante et inspirante. La jeune femme tourna son visage vers Camille, se sentant sans doute observée. Puis, elle lui sourit avec sincérité et simplicité. Ce sourire réchauffa un peu plus Camille qui le lui rendit avec la satisfaction de se sentir à sa place. Puis la jeune femme détoura le regard et Camille contempla la campagne qui avait maintenant pris la place du paysage de béton et de fer.

Quelques minutes plus tard, la tablette vibra. C'était son téléphone.

- Bonjour Camille. Oui, bien-sûr, toujours ok pour venir vous chercher. Je vous attendrai devant la gare. A tout-à-l'heure. Je vous embrasse.

La jeune femme sourit. Elle était impatiente de retrouver Elyes. A dire vrai, il lui manquait. Ce n'était pas un manque douloureux comme elle avait pu le connaître avec Antoine. Le ressenti était difficile à définir. Il y avait dans ce manque de l'impatience, de la joie à venir, de l'équilibre. C'était presque agréable à vivre. Elle n'avait pas envie de s'interroger sur la nature de ses sentiments pour Elyes. Elle avait juste envie de se laisser aller, de laisser la relation se dessiner et s'inventer. Elle n'avait aucune idée d'où tout cela les mènerait et cela n'avait que peu d'importance. Elle faisait confiance à Elyes et elle avait confiance en leur relation. Elle verrait bien ce à quoi ressembleraient les jours et les mois suivants.

Quand le train approcha de la gare de La Baule, le cœur de Camille accéléra imperceptiblement et ses mains devinrent légèrement moites. Elle enfila sa veste et se leva pour attraper ses bagages qu'elle traîna jusque dans le sas de sortie du train.

Dès qu'elle aperçut Elyes, elle accéléra inconsciemment le pas. Un large sourire accroché aux lèvres, il avait l'air sincèrement heureux de la retrouver. Elle se planta devant lui et lâcha ses valises. Alors, il ouvrit les bras et l'attira à lui. Camille se blottit contre lui avec le cœur battant. Alors qu'il la serrait un peu plus fort, elle approcha le nez de son cou et respira son odeur. Puis Elyes passa la main dans les cheveux de Camille qu'il caressa avec douceur. Elle pouvait ressentir les battements de son cœur contre sa poitrine. Ils demeurèrent ainsi, enlacés, pendant de longues minutes. Puis, ils reculèrent légèrement leurs visages jusqu'à ce que leurs joues se posent l'une contre l'autre. Avec beaucoup de tendresse, Elyes déposa un baiser légèrement appuyé au coin des lèvres de Camille qui ferma les yeux. Il s'écarta d'elle.

———

- Vous m'avez manqué, dit-il doucement.

- Vous aussi vous m'avez manqué.

- La prochaine fois il faudra penser à partir moins longtemps, sourit-il.

- Mais je ne suis partie que quatre jours ! Rétorqua-t-elle en éclatant de rire.

- Et bien c'était quatre jours de trop, répondit-il le regard pétillant.

- Vous avez raison. C'était long sans vous, dit-elle en se blottissant à nouveau dans ses bras.

- Qu'est-ce qu'il se passe exactement entre nous Camille ? Murmura Elyes en la tenant toujours serrée contre elle.

Camille sourit.

- Je ne sais pas. Mais j'aime beaucoup ça.

- Moi aussi.

Puis il prit le visage de Camille entre ses mains et posa ses lèvres sur les siennes. Il l'embrassa doucement, longuement, avec tendresse. Camille s'abandonna avec délice à ce baiser qu'elle réalisa avoir espéré depuis un bon moment.

- Tu me rends fou, lui murmura-t-il à l'oreille.

Camille sourit de plaisir et l'embrassa à son tour. Puis, ils se dirigèrent vers le parking pour prendre la voiture d'Elyes et rejoindre la petite maison de pêcheur de Maud. Ils prirent à peine le temps de décharger les bagages et Camille entraîna Elyes vers sa chambre. Ce qui suivit fut rempli de douceur, de symbiose et de complicité. Ils s'endormirent l'un contre l'autre, avec le bonheur de se dire qu'ils se retrouveraient au même endroit le lendemain matin.

        Quand Camille ouvrit les yeux, Elyes n'était plus à ses côtés. Elle paniqua deux secondes, le temps de laisser parvenir à ses oreilles des bruits de vaisselle qui émanaient du rez-de-chaussée. Rassurée, elle s'étira de tout son long puis enfila une culotte en coton et un tee-shirt. Quand elle arriva dans le salon, une odeur gourmande de tartines grillées lui chatouilla le nez. Elyes sourit en l'apercevant.

- Bonjour toi. Bien dormi ?

- Très bien, répondit-elle en se blottissant dans les bras du jeune homme. Et toi ?

- Très bien aussi. On aurait difficilement pu faire mieux.

Un petit déjeuner était dressé sur la table.

———

- Comme tu m'as dit que tu n'aimais pas le café, je t'ai préparé du thé.
- Merci ! Je dois dire que ce petit déjeuner tombe à point nommé, je meurs de faim.
- Alors assieds-toi, je m'occupe de tout. En revanche, il faudra que tu penses à acheter du café, sinon je vais être au radar à chaque fois que je prends mon petit dej chez toi.
Camille éclata de rire.
- Allez, je ferai un petit effort.
Ils dégustèrent leur petit déjeuner entre fous-rires, sourires et discussions animées.

Le reste de la journée se déroula à l'image des premiers instants du matin, avec douceur, naturel et complicité. Quand ils étaient ensemble, tout était simple et fluide. Ils parlaient de tout, avec franchise et l'envie sincère de se découvrir. Ils se sentaient bien, tout simplement. Ils se baladèrent le long de la côte puis prirent la voiture d'Elyes pour rejoindre le port de Piriac dans lequel ils déjeunèrent. Ils flânèrent dans les boutiques du village et mangèrent une gaufre au chocolat assis sur le sable de la plage Saint-Michel. Au moment de rentrer à Saint-Karel, Elyes fit une halte chez lui pour rassembler quelques affaires. Il proposa alors à Camille d'aller peindre sur l'Ile Dumet le lendemain. Camille accepta avec enthousiasme. Cela faisait des années qu'elle n'était pas allée sur cette petite île désertée. Entre temps, elle était devenue une réserve naturelle et la jeune femme se dit qu'elle serait certainement une source d'inspiration intarissable pour sa peinture. Une fois rentrés chez Maud, ils dînèrent et passèrent la soirée à discuter, blottis dans les bras l'un de l'autre. Puis ils se glissèrent sous les draps pour finir par s'endormir très tard, épuisés.

Le lendemain, un beau soleil annonçait une journée radieuse. Ils préparèrent leurs sacs et Camille partit acheter une baguette à la boulangerie pour préparer des sandwiches. Quand elle entra dans la boutique, Denise s'affairait derrière son comptoir et elle ne l'aperçut pas immédiatement. Camille attendit sagement son tour dans la file. Denise finit par se retourner et fit le tour du comptoir dès qu'elle vit la jeune femme.
- Camille ! Quelle surprise ! Comment vas-tu ?
Denise avait l'air sincèrement heureuse de la retrouver.
- Je vais bien, sourit Camille. Très bien même !

————

- Et ton escapade parisienne ?

- Sincèrement, je pense qu'elle a été plus qu'utile. Je vous raconterai tout cela en détails, c'est promis. Et d'ailleurs, je voulais vous demander si nous pouvions nous voir demain à la place de cet après-midi. Je vais peindre sur l'Ile Dumet.

- Excellente idée ! Mais comment y vas-tu ?

- En bateau évidemment !

Denise éclata de rire.

- Tu as très bien compris le sens de ma question !

- Oui, évidemment, répondit Camille en éclatant de rire. J'y vais avec Elyes.

- Ah d'accord. Je vois.

Denise souriait.

- Je suis heureuse pour toi, c'est vraiment quelqu'un de bien.

- Oui, je le crois aussi. Et d'ailleurs il me faudrait une baguette pas trop cuite pour le pique-nique.

- Avec plaisir, je te prépare ça.

Elle retourna derrière son comptoir et emballa une baguette qu'elle tendit à Camille qui osa enfin lui poser la question qui lui brûlait les lèvres.

- Et vous Denise, qu'y-a-t-il de neuf de votre côté ?

Denise la regarda d'un air interloqué.

- Et bien, rien du tout, répondit-elle tout-à-fait naturellement.

- Vous en êtes sure ?

- Oui, sure de sure. J'ai l'impression que tu t'inquiètes pour moi ou que tu te poses des questions, mais il n'y a aucune raison de le faire.

- Très bien. Mais je vais être franche avec vous. J'arrêterai de me poser des questions quand j'aurai la certitude que vous ne me cachez rien.

- Mais que veux-tu que je te cache ? J'ai passé l'âge des cachoteries, répondit Denise d'un air presque agacé.

- C'est bien ce que je me dis aussi ! Répliqua aussitôt Camille un peu vexée.

- Alors c'est parfait, n'en parlons plus.

- Bien, répondit Camille un peu sur la réserve. Je vais vous laisser maintenant, Elyes m'attend. Prenez bien soin de vous, et on se voit demain.

- Promis. A demain. Et passe une bonne journée ! Je suis sure qu'elle va être fantastique.

- Je l'espère ! Je vous dirai ça demain.

———

- Avec plaisir. A demain.

- A demain.

Les deux femmes s'embrassèrent et Camille reprit le chemin de la maison sa baguette sous le bras, très intriguée par la discussion qu'elles venaient d'avoir.

La journée à Dumet fut excellente. La traversée fut très rapide, l'île Dumet n'étant qu'à quelques kilomètres de la côte. Ils pique-niquèrent sur l'île et firent une petite sieste sur le sable. Puis, armés du matériel de peinture de Camille, ils traversèrent une partie de l'île et Camille choisit de s'installer à un endroit qui lui donnait l'occasion de peindre le petit port qui se situait à l'arrière. Elle s'installa et se laissa absorber par son travail. Elyes s'assit à côté d'elle, à même le sol. Il se plongea dans la lecture d'un livre tout en observant la jeune femme de temps à autre, complètement fasciné par la concentration dont elle faisait preuve. Elle avait tout-à-coup l'air tellement sérieuse. Elle faisait presque peur. Elyes se dit que personne n'oserait jamais la déranger quand elle était en pleine action.

Le soir venu, la toile était achevée et ils reprirent le bateau en direction du petit port de Saint-Karel. Alors qu'Elyes pilotait le bateau, Camille se serra tout contre lui, immensément heureuse de la journée qui venait de s'écouler.

Le lendemain matin, Elyes se leva tôt pour aller travailler. Il déposa un baiser sur les lèvres de Camille au moment de partir et elle se rendormit dès qu'il referma la porte. Quand elle se réveilla, elle plongea le visage dans l'oreiller du jeune homme à la recherche de son odeur. Elle la respira pendant de longues minutes avec délice. Elle se retourna pour s'allonger sur le dos et se demanda si elle n'était pas en train de tomber amoureuse. Il était parti depuis moins de trois heures et il lui manquait déjà atrocement. Elle avait hâte de le retrouver le soir venu. En se concentrant, elle pouvait encore ressentir la pression de ses mains sur son corps, le parfum de son cou dans ses narines et le contact de ses cheveux sous sa main. Lui aussi il était en train de la rendre folle. Elle n'avait aucune idée d'où tout cela allait les mener, mais pour être honnête, elle s'en fichait un peu. Elle avait seulement envie de profiter du moment présent, d'être avec lui, de continuer à le découvrir. Leur relation se construirait petit à petit et ils verraient bien ce à quoi elle allait ressembler. Elle se leva et descendit prendre son petit déjeuner pour ensuite se préparer à recevoir ses toiles car il était convenu que le transporteur lui livrerait ses toiles en fin de matinée.

Après la livraison de ses tableaux, elle fit quelques courses avant de rejoindre Denise pour leur rendez-vous reporté du dimanche. A dix-sept heures, elle sonna à la porte de la boulangère qui l'accueillit avec un plaisir non dissimulé.
- Bonjour Camille. Alors, cette journée à Dumet ?
- Quelle impatience ! Laissez-moi d'abord m'installer, répondit Camille dans un éclat de rire.
Denise avait les traits tirés, mais prenant sur elle, elle s'abstint de tout commentaire.
Alors qu'elles s'asseyaient devant les désormais institutionnelles tartelettes au citron, Camille raconta son escapade parisienne. Elle lui parla de sa discussion avec ses parents et du fait que finalement les choses s'étaient plutôt bien déroulées, même si sa mère était restée sur ses résistances habituelles. Denise eut la délicatesse de ne pas insister sur le fait que c'était bien ce dont elle était convaincue depuis le début. Puis elle raconta ses prémices de réconciliation avec Samuel et la douce complicité qui se renforçait imperceptiblement avec son amie Constance. Elle expliqua à la boulangère combien elle se sentait mieux depuis qu'elle avait enfin fait toutes ces mises au point. Combien elle se sentait comme libérée.
- Comment expliques-tu cela ? Lui demanda Denise.
- Je pense que c'est plutôt simple. J'ai besoin de relations de confiance, j'ai besoin de savoir que je peux m'appuyer sur les autres et qu'ils croient en moi. J'ai besoin d'avoir des appuis. Je cherche sans cesse l'approbation de l'autre, son assentiment. J'ai du mal à avancer seule si je ne sens pas que les autres sont avec moi. Organiser une exposition de peinture ou même envisager que la peinture puisse devenir autre chose qu'un simple loisir n'est pas envisageable si je n'ai pas le soutien de ceux que j'aime. Alors évidemment, savoir que, contre toute attente, mes parents me soutiennent un minimum, ou du moins qu'ils ne mettent pas de frein absolu à mes envies, me porte. Quant à Samuel, il a été un véritable ami ces dernières années. C'est quelqu'un qui compte pour moi. Etre en froid avec lui m'était presqu'insupportable. Je suis soulagée d'avoir réussi à renouer le dialogue. L'avenir nous dira ce qu'il va advenir de notre relation, mais on a fait un premier

pas tous les deux. Pour une fois, j'ai réussi à exprimer un ressenti négatif sans m'énerver ou me laisser envahir par mes émotions. J'ai pu lui dire exactement ce que je ressentais et je crois qu'il m'a comprise. Je ne le croyais pas mais finalement, c'était important. Alors évidemment, après toutes ces mises au point, je me sens mieux. Un peu plus équilibrée.

- Je comprends. Et je suis sincèrement contente pour toi. Et ce n'est qu'un début. Charge à toi de veiller à ce que ces premiers pas se transforment en un véritable chemin de vie. Que cette façon d'agir devienne un réflexe. Que tu abandonnes tes anciens schémas pour aller vers plus d'authenticité dans tes rapports avec les autres. C'est de cette simplicité dont tu as besoin. Et c'est toi qui en détiens la clé pour chacune des relations que tu auras l'occasion de nouer.

- J'en suis consciente. Je sais que ça me demandera un effort, mais je sais aussi que c'est essentiel pour moi.

Elles se turent un instant et dégustèrent avec délectation les tartelettes au citron au goût toujours aussi subtilement équilibré entre douceur et acidité.

- Et Elyes ? Questionna Denise.

Camille posa sa cuillère et sourit.

- Je crois que je deviens accro, répondit-elle en riant.

- Vu la tête que tu fais, ça m'en a tout l'air en effet !

- Plus sérieusement, je me sens bien avec lui. Tout me semble simple et naturel. On parle de tout, sans détours, sans se demander ce que l'autre va croire, sans craindre une mauvaise interprétation ou un commentaire inapproprié. Avec lui je me sens sereine. C'est comme si tous mes problèmes du moment, mes doutes et mes peurs s'envolaient. Je sais que cela n'a aucun sens mais c'est mon ressenti. J'aime partager tous ces moments avec lui, sans aucune restriction. En fait, pour tout vous dire, avec lui, je me sens moi-même. Je n'ai pas besoin de faire semblant. Je ne cherche pas à masquer mes défauts ni à me mettre en avant pour l'épater. Je suis juste moi. C'est à la fois reposant et vivifiant.

- Pourquoi vivifiant ?

- Parce qu'il m'apprécie telle que je suis. Et ça me redonne confiance.

Les yeux de Camille s'embuèrent imperceptiblement. Denise lui prit la main.

- Vous avec une très belle relation tous les deux. Vous êtes en train de construire quelque chose de fort parce que tout est basé sur la confiance et le naturel de chacun d'entre vous. Surtout gardez cela, autant que vous le pouvez. C'est un défi, un vrai, mais c'est essentiel.

- Je ne sais pas où tout cela va nous mener, mais je dois dire que pour le moment, ça n'a aucune importance. Je profite de chaque minute passée avec lui et même si je suis un peu curieuse de savoir où nous allons, je me laisse porter.

- Tu as raison. Je pense que c'est exactement ce qu'il faut faire. Se laisser aller, profiter et profiter encore.

Le regard de Denise s'assombrit.

- La vie est trop courte pour qu'on se mette la pression. Il faudrait pouvoir se détacher de ses peurs et vivre ce qu'on a à vivre sans arrière-pensée. Sans que nos craintes infondées viennent perturber nos envies et nos choix. Sans que nos préjugés et nos ressentis prêts à l'emploi ne viennent étouffer l'essence même de nos relations. Il faudrait avoir le courage de faire de vrais choix, non pas en fonction de ce à quoi on est censés se conformer, mais uniquement en fonction de ce qui est juste pour nous et nous seuls. Avoir le courage de dire stop, de dire non, de dire oui. S'écouter, savoir ce qui est bon pour soi. Et l'honorer.

Camille se taisait, portée par les paroles de Denise qui semblait parler au moins autant pour elle-même que pour son invitée.

- Je sais que ce que je vais te dire est très cliché mais tant pis. On n'a qu'une vie Camille. Et quand la fin arrivera, il sera trop tard pour revenir en arrière. Tu ne pourras plus rien changer. Si tu n'as pas fait tout ce que tu désirais faire, il ne te restera que des regrets. Et c'est insupportable.

- Mais pourquoi me dites-vous cela ?

- Parce qu'il faut que tu vives. Parce que c'est urgent. Parce que la vie n'attend pas. Ta vie n'attend pas. Chaque jour, chaque minute, chaque seconde compte. Tu dois les utiliser pour réaliser tes rêves et tes projets. Tu n'as pas de temps à perdre avec des relations qui ne te conviennent pas, de la même manière que tu n'as pas de temps à perdre à regarder tes peurs irrationnelles te couper les jambes. Tu es jeune, tu es belle, tu es talentueuse. Alors pour une fois dans ta vie, prends-en conscience, enlève ton pied du frein et vas-y, lance-toi. Ta peinture, tes relations, tout se passera bien tant que tu auras le courage d'aller jusqu'au bout. Parce que si ça ne fonctionne pas comme tu l'avais espéré, tu auras la certitude d'avoir tout tenté. Et tu en ressortiras sereine et pleine d'expérience pour la suite. La vie n'est pas une guerre, contrairement à ce qu'on

———

nous fait croire. La vie est une chance, aussi courte soit-elle. Il ne tient qu'à chacun d'entre nous de la saisir, ou pas.

Tout en écoutant Denise, Camille mesurait la signification de son message. Ce n'étaient pas des paroles en l'air. Bien au contraire. Elles avaient le goût du vécu, de l'expérience et des regrets. Le goût de l'inachevé et du désir impossible de faire marche arrière. Et elles n'en avaient que plus de sens.

- Je comprends. Je sais ce que vous voulez dire.

- Non tu ne sais pas, répliqua Denise le regard dur et le visage soudain très pâle. C'est justement parce que tu ne sais pas que je te dis tout cela. Pour ne pas que tu tombes dans le piège de construire ta vie en fonction des autres et de ce qu'ils attendent de toi, mais bien en fonction de ce que tu désires toi. C'est difficile. C'est terriblement difficile. Mais c'est la seule façon d'être heureux.

- D'accord. Je crois que je comprends ce que vous cherchez à me dire. Et je vous promets que je ferai l'effort d'écouter mon cœur et de tenter de faire ce qui est juste pour moi, autant que possible.

- Bien. C'est important. Et je suis contente que tu le comprennes.

Le visage de Denise s'adoucit.

- Pour jeudi, j'aimerais que tu réfléchisses à ce qui est vraiment important pour toi dans ton avenir. J'aimerais que tu me dises ce que tu veux faire de ta vie. Ce que tu veux garder, et peut-être ce que tu veux jeter. Ce qui est important pour toi. Je veux que tu viennes en me disant comment tu vois les prochains mois. Comment tu comptes profiter de chaque seconde que t'offre la vie. Tu comprends ?

- Oui, je comprends. Et même si je n'ai aucune idée de ce que je vais pouvoir vous dire, je vais le faire.

- Très bien. C'est exactement ce que je voulais entendre.

Camille sourit et se leva, consciente du fait que Denise avait besoin de repos.

- Je vais vous laisser vous reposer maintenant. C'est votre jour de congé après tout. Il faut que vous en profitiez.

- Je vais monter m'allonger un moment. Et puis je n'ai pas prévu d'aller danser ce soir, sourit-elle presque timidement. Alors je vais me coucher tôt et essayer de faire une bonne nuit.

- Cela me semble sage. Je vous dis donc à jeudi. Et s'il vous plaît, prenez soin de vous.

Denise ne répondit pas, se contentant d'un maigre sourire. Elle raccompagna la jeune femme à la porte de la maison et l'embrassa sur les deux joues avec un peu plus de force que d'habitude, ce qui ne manqua pas d'inquiéter Camille. En effet, elle avait bien senti que leur conversation avait perturbé Denise et même si elle n'avait aucune raison objective de se faire du souci, elle avait comme un mauvais pressentiment. Comme une vague d'angoisse qui rodait autour d'elle. Une fois dans la rue, elle prit le chemin du retour en pressant le pas, un peu chamboulée par ces quelques instants passés en compagnie de la boulangère.

Le lendemain, elle passa à nouveau la journée seule, Elyes l'ayant laissée pour attaquer une nouvelle journée de travail. Désireuse d'honorer la demande de Denise, elle prit le temps de réfléchir calmement à un avenir le plus cohérent possible. Il lui apparaissait de plus en plus évident que la peinture devait en faire partie. Mais de quelle manière ? L'éternelle question demeurait. Ce n'est que le soir qu'elle entrevit une possibilité de réponse.

Quand Elyes arriva chez Maud, la table était dressée et Camille avait préparé des pâtes et une salade verte. Elle avait également confectionné un gâteau à l'ananas. Elle saisit l'occasion du dîner pour soumettre ses interrogations à Elyes qui fit une proposition à laquelle elle n'aurait jamais osé songer.
- Ca tombe bien que tu me parles de cela, dit-il, car j'ai une bonne nouvelle pour toi. Enfin bonne, je ne sais pas, mais moi je la trouve plutôt pas mal.
- C'est-à-dire ? Questionna Camille visiblement intriguée.
- Tu te souviens que je t'avais proposé de contacter la personne en charge de la galerie de Saint-Karel pour ton expo ?
- Oui bien-sûr, je m'en rappelle.
- Il s'appelle Henri et je l'ai appelé ce matin.
- Quoi ? Mais pourquoi tu ne m'as rien dit ? Il a refusé c'est ça ?
- Mais non, bien-sûr que non, répondit Elyes en riant. Il est d'accord pour organiser ton exposition en juin. Tu auras la galerie rien que pour toi pendant deux semaines.
Camille n'en revenait pas.
- Mais c'est génial ! Je suis tellement contente ! Merci, tu es un amour.
Elle se leva pour embrasser Elyes et elle en profita pour élire domicile sur ses genoux.
- Mais ce n'est pas tout, reprit Elyes.
- Comment ça ?

————

- Et bien figure-toi qu'il va prendre de nouvelles responsabilités au sein de la commune. En gros, il va élargir son champ d'action. En plus des activités culturelles, il va chapeauter une bonne partie des manifestations et événements divers dans le village. Or, la gestion de la galerie est très chronophage. En plus de l'organisation des expositions et des vernissages, il attache beaucoup d'importance à ce que Saint-Karel soit le village qui donne leur chance à de nouveaux artistes à faire découvrir. Mais pour cela, il faut les dénicher. Et cela demande du temps. Or du temps, il n'en aura plus. Tu me vois venir ?

Camille le regardait avec des yeux ronds.

- Bah, non...

Elyes rit de bon cœur.

- OK. Alors je vais être plus direct. Il cherche quelqu'un pour le remplacer, et je lui ai parlé de toi. C'est clair comme ça ?

Camille avait l'air d'avoir perdu l'usage de la parole.

- Tu ne dis rien ? Lui demanda Elyes. Tu penses que c'est une mauvaise idée ?

- Mais pas du tout ! Bien au contraire ! J'adorerais faire ça. C'est juste que c'est tellement improbable.

- Ca oui, tu peux le dire. Saint-Karel est un petit village. Mais la galerie est comme une vitrine pour la ville et ses alentours. Malgré nos quelques milliers d'habitants, la découverte de nouveaux artistes attire de nombreux visiteurs et c'est important pour les commerces et le tourisme au sens large. C'est un atout considérable que nous nous devons de continuer à faire vivre en l'améliorant le plus possible. Alors quand il m'a parlé de cela, j'ai immédiatement pensé que ça te conviendrait tout-à-fait. Bien-sûr ce n'est pas vraiment un poste à temps plein, mais si tu parviens à vendre quelques toiles à côté, ce dont je suis convaincu, ça pourrait te faire un bon complément qui te permettrait de pouvoir vivre de la peinture. Qu'en penses-tu ?

- Qu'est-ce que j'en pense ? Mais c'est absolument génial ! C'est une opportunité en or.

- Mais attention. Ce n'est pas gagné du tout. Je lui ai parlé de toi parce que je suis convaincu que c'est le type de poste qu'il te faut, mais ton profil ne correspond pas à la personne idéale qu'il recherche.

- C'est-à-dire ?

- Idéalement il aimerait recruter quelqu'un qui a déjà de l'expérience dans le domaine. Par exemple une personne qui aurait déjà exercé ce métier ailleurs. Ou au minimum quelqu'un qui aurait de solides connaissances en art ou déjà un réseau dans le milieu. C'est difficile de faire venir des artistes reconnus dans un village comme le notre. Alors le réseau aide énormément. Comme dans beaucoup de secteurs d'activité d'ailleurs. Mais là peut-être encore un peu plus.

Camille fit la moue.

- Je n'ai quasiment aucune chance d'avoir le poste alors.

- Je ne sais pas. Même s'il est vrai que tu n'es pas implantée professionnellement dans le milieu artistique, tu peins et surtout c'est une réelle passion. Si tu décides de le rencontrer, il faudra tout miser sur ta motivation et lui démontrer tes qualités artistiques autant que tes qualités commerciales.

- Je vois. Bon, je verrai bien. Mais c'est vrai que cette idée me tente vraiment.

Elyes sourit et enfouit son visage dans les cheveux de Camille. Puis il reprit un air sérieux.

- En revanche, cela implique que tu restes ici, mais j'imagine que tu y as déjà songé.

- Oui, j'y ai déjà pensé. Et l'aventure me tente. D'autant plus que tu es là, et pas à Paris.

- Mais attention Camille, je ne veux pas que tu fasses ton choix en fonction de moi. Nous nous connaissons encore trop peu pour faire des projets d'avenir. Peut-être que tu me détesteras dans quelques mois.

- Ca, je n'y crois pas un seul instant. Et puis c'est peut-être toi qui me détesteras.

- Peut-être oui, même si j'ai du mal à y croire moi aussi. Enfin peu importe. Ce qui compte c'est que tu fasses ce choix par rapport à toi, et uniquement par rapport à toi. Pas en fonction de ce que je veux ou de ce que quelqu'un d'autre peut vouloir pour toi.

Les paroles d'Elyes raisonnèrent étrangement dans le cœur de Camille, faisant écho à celles qui avaient été prononcées par Denise la veille.

- Je sais. Je vais y réfléchir, même si je t'avoue être très tentée. Il faut que j'y pense de manière posée et en prenant du recul. Ensuite, je prendrai une décision. Je dois donner une réponse quand ?

- Dès que possible mais avant la fin de la semaine quoi qu'il arrive. Parce que si tu dis oui, Henri veut te rencontrer et éventuellement donner son aval. Et si tu dis non, il va intensifier son processus de recrutement, ce qui peut prendre des semaines avant de rencontrer quelqu'un qui puisse faire l'affaire.

- Ne t'en fais pas, je vais me décider rapidement. Je veux juste être certaine de ne pas prendre de décision sous le coup de l'émotion, mais bien peser le pour et le contre.

- Et je ne peux que t'approuver. Alors prends ton temps.

Il l'embrassa tendrement et la prit dans ses bras pour la porter jusqu'au canapé dans lequel il s'allongea à côté d'elle. Une heure plus tard, ils s'endormirent dans les bras l'un de l'autre, simplement recouverts du plaid multicolore de Maud, les restes du dîner encore sur la table.

Le lendemain, Camille était toujours aussi enthousiaste quant à la proposition qui lui avait été faite. Elle devait pourtant y réfléchir le plus froidement possible, afin de ne pas se laisser envahir par un optimisme béat. Elle réfléchit au pour, puis au contre et, tout en s'efforçant d'être objective, se dit que tout cela était bien tentant. Seulement voilà, elle avait du mal à se dire que si tout cela fonctionnait, elle pourrait changer de vie. Déménager, quitter Paris pour de bon, s'éloigner de ses amis, s'installer dans un petit village où elle connaissait très peu de monde, peut-être commencer à construire quelque chose avec Elyes. Ce n'était quand même pas si évident que cela. Et puis après tout, ce serait peut-être Henri qui finirait par trancher en lui disant non. Elle décida d'appeler Constance afin de solliciter son avis.

Comme à son habitude, Constance décrocha à la première sonnerie.

- Coucou toi !

- Coucou Constance. Comment se fait-il que tu décroches si vite ? Tu n'es pas en classe ?

- Ben non, c'est les vacances !

- Ah oui, ce que je suis bête. J'avoue que je suis un peu perdue dans les jours de la semaine.

Constance éclata de rire.

- C'est ton prince charmant qui te fait cet effet-là ?

- ...

- Quoi ? Qu'est-ce que j'ai dit ?

- Et bien, hésita légèrement Camille, figure-toi qu'il est venu me chercher à la gare vendredi soir.

- Et...?

- A ton avis ?

———

- Il t'a embrassée ?

- OUI, il m'a embrassée ! Et je le lui ai bien rendu d'ailleurs !

- Sérieux ? Alors ? C'était comment ?

- C'était… Top ! Et le reste aussi !

- D'accord, je vois.

- En fait, il s'est installé chez moi depuis.

- Ah oui, vous y allez carrément quoi.

Camille rit.

- Oui, comme tu dis. Et quand il n'est pas là, il me manque à un point, tu n'imagines pas. Je crois que je deviens complètement accro.

- Je crois surtout que tu es en train de tomber amoureuse.

- Peut-être. En tous cas, je suis bien avec lui et c'est ça qui compte.

- Tu as raison. Profite, c'est tout ce que j'ai à te dire !

- Pour ça tu peux compter sur moi!

Camille marqua une pause puis reprit.

- Pour tout te dire, je ne t'appelais pas uniquement pour cela. Je voulais te parler de quelque chose.

- Oui ?

- Quand je suis venue à Paris, je t'ai dit que j'envisageais d'organiser une exposition de mes tableaux à Saint-Karel.

- Oui, je m'en souviens. Je t'ai d'ailleurs dit que c'était une excellente idée.

- Oui. Et bien la personne qui s'occupe de la galerie est d'accord pour que mon expo ait lieu. J'aurai droit à deux semaines. C'est génial non ?

- Mais c'est génialissime tu veux dire ! Tu me donneras les dates, je ferai en sorte de passer pour la voir d'accord ?

- D'accord. C'est une super idée ! Mais ce n'est pas tout.

- Comment ça ?

- Figure-toi que cette même personne cherche un remplaçant.

- Il s'en va ?

- Non, pas vraiment. Il sera toujours employé par la commune mais il prend d'autres responsabilités.

- Et ? Ne me dis pas qu'il t'a proposé de prendre sa suite ?

- Il ne me l'a pas proposé directement non, mais Elyes le connaît et il lui a parlé de moi. Le type est prêt à me rencontrer si ça m'intéresse. Enfin, c'est loin d'être gagné mais c'est une idée.

- Mais c'est génial ! Camille, c'est complètement inespéré ! C'est exactement ce qu'il te faut !

- Tu crois ?

———

- Comment ça « je crois » ? Tu te poses sérieusement la question ou c'est juste pour te rassurer ?

- Un peu des deux je pense.

- Mais, comment peux-tu hésiter ? Ça pourrait bien être le job de tes rêves.

- C'est ce que je me dis aussi. Mais cela implique de quitter Paris et de venir m'installer ici.

- Et alors ? De toutes façons, tu n'en peux plus de Paris, je me trompe ?

- Non, tu as raison. Je ne rêve que de partir. Mais entre rêver en y pensant comme ça de temps en temps et sauter le pas pour de vrai, il y a un monde.

- Je comprends. Mais regarde, qu'est-ce qui te retient à Paris ? Mis à part moi bien-sûr, ajouta-t-elle en riant.

- Bah toi, justement, répondit Camille en ne plaisantant qu'à moitié. Et mes autres amis. Et mon appartement. Et mes habitudes. Toute la vie que j'ai construite ces dix dernières années.

- Franchement Camille, tu n'as plus de boulot, ton appart tu peux le vendre ou le mettre en location, tu as déjà une maison à Saint-Karel, et tes amis et moi, on sera toujours là même si tu pars à cinq-cents kilomètres d'ici. On se verra moins, c'est évident, mais on se verra pour des week-ends entiers ou des vacances. Ce sera juste différent, mais ça ne veut pas dire que ce sera moins bien. Et puis il y a Elyes.

- Justement. Je ne veux pas m'emballer et prendre une décision sur la base d'un début d'aventure qui peut tourner court d'un jour à l'autre.

- Ca c'est vrai. Mais il me semble que c'est quand même bien parti d'après ce que j'ai compris. Et puis ce n'est pas le seul élément qui compte dans ta décision. C'est avant tout cette histoire de boulot qui est importante non ?

- Oui, bien-sûr. C'est vrai que ce serait le moyen de travailler dans le domaine artistique, dans quelque chose qui me plait avec un côté très terre-à-terre aussi. Et puis c'est un poste à mi-temps. Alors ça me permettrait d'avoir du temps libre pour peindre, et peut-être un jour vendre quelques toiles en complément de ce job.

- Mais carrément ! Quand je te dis que c'est idéal, c'est que ça l'est vraiment.

- Sans doute oui. J'avoue que j'ai du mal à savoir si je vais aller à cet entretien ou pas.

Elle se tut quelques instants.

———

- Si tu étais à ma place, tu ferais quoi ?

Constance soupira.

- Si j'étais toi, je raccrocherais ce téléphone, j'irais rencontrer ce type qui me dirait oui tout de suite, enfin j'espère, j'appellerais un déménageur pour vider mon appart, et je proposerais à mon nouvel amoureux de passer quelques années ensemble. Voilà ce que je ferais. Mais je ne suis pas toi. C'est toi qui dois décider, et toi seule. Tu ne peux pas prendre une décision en fonction de ce que les autres pensent. Ce n'est pas possible. Tu dois écouter ce qui est important pour toi. Il n'y a que ça qui doit compter.

- Je sais. Mais merci quand même de m'avoir donné ton avis. Il compte pour moi.

- Je sais. Mais réfléchis bien, en fonction de toi seulement.

- D'accord. Je vais encore y penser et de toute façon, je dois me décider rapidement.

- Tant mieux. Cela ne sert à de ruminer pendant des jours. Il faut que je te laisse, on sonne à la porte.

- OK. Merci Constance. Tu m'aides vraiment tu sais.

- Ça sert à ça les copines non ? Répondit-elle en riant.

- Oui, ça sert à ça ! Allez, je t'embrasse.

- Moi aussi, je t'embrasse très fort. A bientôt.

- A bientôt.

Quand Camille raccrocha, elle se sentit plus légère. Constance avait raison, cette proposition avait quelque chose d'inespéré, à plein d'égards.

Dans l'après-midi, elle ne résista pas à l'envie d'appeler ses parents pour leur demander leur avis. Ou plus exactement, elle avait besoin de recevoir leur accord, sa décision étant pratiquement prise. Elle parla tour à tour à sa mère et à son père. Ce dernier se montra très enthousiaste et il proposa même, en cas de réponse positive d'Henri, de demander à son frère son accord afin que Camille puisse profiter de la maison de Maud le temps qu'elle trouve autre chose si elle le souhaitait. Béatrice se montra moins emballée et comme toujours, plutôt négative. Elle lui fit remarquer que Saint-Karel n'était qu'un petit village et qu'elle risquait fort de s'y ennuyer ferme. Puis elle lui demanda si elle était bien certaine que ce poste lui permettrait de gagner suffisamment d'argent pour vivre étant donné qu'il s'agissait d'un temps partiel. Et enfin elle émit des réserves quant à la capacité de sa fille à convaincre les artistes en vue de venir exposer dans ce petit village. Camille l'écoutait sans rien dire, en entendant en toile de fond l'éternelle frustration de sa mère de ne pas avoir vu sa fille embrasser une brillante carrière aux orientations plus traditionnelles. Béatrice finit par lui dire qu'après tout c'était elle qui décidait et que si elle était heureuse ainsi elle s'en arrangerait. Comme d'habitude, la discussion n'était pas pleinement satisfaisante et Camille raccrocha un peu agacée.

Passé le moment d'habituelle frustration, elle comprit que sa décision était prise pour de bon. Comme quoi elle avait quand même progressé car il y a encore peu de temps, elle aurait été incapable d'opérer un tel choix dans la bénédiction totale et inconditionnelle de ses parents. Il ne lui restait plus qu'à l'annoncer à Elyes.

Quand il arriva, Elyes trouva Camille allongée sur le canapé, un bloc-notes dans une main et un crayon à papier dans l'autre, le nez sur l'ordinateur.

- Bonjour mon amour, murmura-t-il en l'embrassant tendrement.
- Bonjour. Ta journée s'est bien passée ?
- Très bien, merci. Et toi ? Que fais-tu ?

Camille se redressa et s'assit en invitant Elyes à s'installer à côté d'elle.

- Je révise.
- Tu révises quoi ?
- Je me prépare pour demain.
- Comment cela ?
- J'ai pris ma décision Elyes. Je vais venir m'installer ici. Enfin, si Henri veut bien de moi pour le poste. Je l'ai appelé tout-à-l'heure et je le rencontre demain matin. Alors je lis tout ce que je peux sur la peinture, la sculpture, le dessin, les artistes en vogue, etc.

Elyes sourit et ses yeux s'illuminèrent. Il la prit dans ses bras.

- C'est la meilleure nouvelle de la journée. Tu n'imagines pas à quel point. J'avais tellement peur que tu refuses.
- Mais je n'avais aucune raison de ne pas essayer.
- Si, des tas. La peur de quitter ta vie actuelle, tes habitudes. C'est bien souvent une raison suffisante pour faire du sur-place. Et même si je suis convaincu que tu prends la meilleure décision qui soit, c'était à toi seule de décider.
- Oui, c'est vrai. Mais pour tout te dire, j'ai quand même appelé Constance et mes parents pour leur demander leur avis.

Elyes éclata de rire.

———

- Ca, ça ne m'étonne pas ! Laisse-moi deviner, ils t'ont dit que c'était une opportunité en or pour toi ?

- Oui, c'est à peu près ça. Enfin sauf ma mère mais bon, cela n'a rien d'étonnant. Enfin bref, si par miracle ça fonctionne, j'ai décidé de mettre mon appartement en location. Et mon père va s'arranger pour que je dispose de la maison le temps que je veux. Il faudra que j'organise mon déménagement, que je vende ma voiture, et tout le reste.

- Du boulot en perspective quoi.

- Certes. Mais ça me motive à un point que tu n'imagines pas.

- Si ça te motive autant que moi à l'idée que tu restes, si, j'imagine ! Camille l'embrassa.

- Je n'ai aucune idée d'où tout cela va nous mener tous les deux, mais je n'ai qu'une envie, c'est d'être avec toi. Tu m'as manqué aujourd'hui.

- Toi aussi, tu m'as manqué. Tu me manques tous les jours.

- Elyes, je crois que je suis raide dingue de toi.

Elyes sourit, le nez dans les cheveux de Camille.

- Et bien je crois qu'on est deux.

Camille sourit à son tour en le serrant un peu plus fort dans ses bras. Ils demeurèrent enlacés quelques minutes, chacun savourant l'instant présent auprès de l'autre. Puis, Elyes se dégagea doucement.

- Que dirais-tu si je t'emmenais dîner dehors pour fêter ça ?

- J'aurais adoré mais j'ai du travail. J'ai bien peur de devoir y passer une bonne partie de la nuit, répondit-elle en grimaçant.

- Oui c'est vrai. Excuse-moi. Je te laisse travailler alors. Mais je prépare le dîner !

- Avec plaisir, sourit-elle.

Elyes se leva et elle replongea dans ses notes.

———

Chapitre 17

La rencontre avec Henri se déroula plutôt bien malgré la fatigue de Camille qui avait travaillé à préparer son entretien pendant une bonne partie de la nuit. Elle découvrit un homme passionné d'art en tout genre, extrêmement cultivé, et amoureux de sa Bretagne natale. La soixantaine énergique, Henri s'investissait dans la vie de la commune pour donner corps à sa passion et mettre à profit ses compétences d'organisation et de gestion. Il attendait de son successeur engagement et envie. Et l'envie, ce n'était pas ce qui manquait à Camille. Henri avait des idées bien arrêtées sur la manière dont il voyait les choses et sur la façon dont il souhaitait que son successeur fonctionne. Très exigeant, il était clair qu'il ne laissait rien au hasard. Camille se félicita d'avoir pris autant de temps pour préparer cet entretien car ce fut un véritable marathon. Ils restèrent ensemble pendant plus de deux heures et Henri lui posa un nombre interminable de questions. Camille s'en sortit honorablement et Henri fut séduit par sa subtilité et sa justesse, ainsi que par son regard curieux et pragmatique. Malgré tout, il restait dubitatif, inquiet du fait que son manque d'expérience risque de lui porter préjudice. Elle argumenta une dernière fois et il se résolut finalement à lui proposer de la prendre à l'essai. Ils se mirent d'accord sur le fait qu'elle commencerait deux semaines plus tard et qu'ils feraient un point après le premier mois afin de décider si l'expérience était concluante ou pas. Camille était satisfaite tout en restant très consciente qu'elle avait du pain sur la planche pour faire ses preuves et qu'Henri n'avait pas prévu de lui faire de cadeau. Elle était heureuse à l'idée de se dire qu'au moins Henri lui avait donné une chance de faire ses preuves. En revanche, elle préférait ne pas penser aux semaines qui l'attendaient, tant la perspective d'échouer la terrorisait.

En sortant de son rendez-vous, Camille appela Elyes pour lui raconter les détails de son entretien. Elle tomba sur sa messagerie et se dit qu'il devait être sur un chantier. Elle lui laissa un message et après avoir raccroché, elle décida de se préparer un pique-nique qu'elle mangerait sur la plage en guise de déjeuner.

Quand elle arriva sur la plage avec son panier, elle installa sa serviette sur le sable et s'y assit en tailleur. Elle déballa son déjeuner et attaqua son sandwich jambon-tomates-salade-mayonnaise de bon appétit. Dix minutes plus tard, son téléphone sonna. Elle l'attrapa et constata que le numéro qui s'affichait lui était inconnu. Elle décrocha.

- Allo ?
- Allo, Camille ?
- Oui ?
- C'est Julien.
- …
- Julien, de la boulangerie de Saint-Karel.

Le sang de Camille se glaça.

- Oui Julien. Que se passe-t-il ?
- C'est Denise. Elle a fait un malaise sérieux. On a appelé les pompiers. Le SAMU est venu aussi. Ils l'ont emmenée à l'hôpital de Saint-Nazaire.

Camille blêmit.

- Quoi ? Mais qu'est-ce qu'elle a ?
- D'après le médecin du SAMU, un problème cardiaque. Il ne m'a pas dit grand-chose, mais d'après ce que j'ai compris, ce n'est pas récent.
- Mon Dieu, c'est ça qu'elle nous cachait.
- Tu crois ?
- J'en suis sure. Comment était-elle quand ils l'ont emmenée ?
- Elle était à peine consciente. J'ai pensé que tu voudrais être au courant alors je t'ai appelée toute de suite. Ils sont partis il y a quelques minutes.
- Merci Julien. Tu as bien fait. Je pars immédiatement à l'hôpital.
- D'accord. Tu me tiendras au courant ?
- Oui, bien-sûr. A plus tard.
- A plus tard.

Camille se leva d'un bond, attrapa ses chaussures et courut jusqu'à la maison en oubliant son déjeuner sur le sable.

Elle prit son sac à main, un pull et une veste, puis sauta dans la voiture de Maud qui, heureusement, démarra au quart de tour. En chemin, elle appela Elyes qui, cette fois, décrocha à la troisième sonnerie.

- Camille ! J'ai eu ton message tout-à-l'heure. Excuse-moi, je n'ai pas eu le temps de te rappeler, je suis complètement débordé. En tous cas, je suis très fier de toi. C'est une super nouvelle !

Camille fondit en larmes.

- Camille ? Que se passe-t-il ?

- C'est Denise, hoqueta la jeune femme. Elle a fait un malaise. Apparemment c'est grave. Le SAMU l'emmène à l'hôpital. Je suis sur la route.
- Oh non ! Mais que s'est-il passé ?
- Je n'en sais rien du tout. C'est Julien qui vient de me prévenir. D'après ce qu'il a compris, elle aurait des problèmes cardiaques.
- Je vois. C'est pour ça qu'elle était tout le temps fatiguée et qu'elle n'avait pas l'air d'aller bien. Tu es où là ?
- Je suis tout près de Guérande.
- D'accord. Je te rejoins à l'hôpital. Ils l'emmènent où ?
- A Saint-Nazaire.
- OK. A tout-à-l'heure. Et fais attention sur la route, d'accord ?
- Oui, d'accord. A tout-à-l'heure.
Camille raccrocha et accéléra.
A l'approche de Saint-Nazaire, son téléphone sonna à nouveau. C'était de nouveau Julien.
- Oui Julien ?
Sa voix trahissait l'angoisse.
- Camille, finalement c'est plus grave que ce qu'ils pensaient. Ils ont décidé de l'emmener à Nantes car ils n'ont pas de quoi la prendre en charge à Saint-Nazaire.
- Oh mon Dieu !
Elle se remit à pleurer.
- Calme-toi Camille. Tu es au volant ?
- Oui, répondit-elle entre deux sanglots.
- Alors concentre-toi sur la route. Ce n'est pas le moment d'avoir un accident.
- Je sais. Mais je suis tellement inquiète.
- Moi aussi je suis inquiet. Fais attention et va aussi vite que possible à Nantes. Et appelle-moi dès que tu en sais plus.
- OK. A plus tard.
- A plus tard.
Puis Camille composa le numéro d'Elyes à l'aveuglette et lui laissa un message pour lui demander de la rejoindre à l'hôpital de Nantes.

Quand elle arriva sur le parking de l'hôpital, Elyes était déjà là. Elle sortit de la voiture et s'effondra dans ses bras. Il la serra très fort, longtemps, puis la prit par les épaules pour la conduire vers l'entrée des urgences. Quand ils demandèrent à voir Denise, on les pria de s'asseoir et d'attendre. Deux heures plus tard, ils étaient toujours là, sans aucune nouvelle. Camille était morte d'inquiétude et les tentatives d'Elyes pour la distraire s'étaient toutes révélées infructueuses. Un homme en blouse blanche finit par émerger de deux portes battantes pour s'approcher d'eux.

- C'est vous qui attendez des nouvelles de Denise Houtard ?

Camille se leva d'un bond.

- Oui, c'est nous. Comment va-t-elle ?

- Si vous voulez bien venir avec moi, nous allons nous isoler quelques minutes.

Camille suivit le médecin comme une ombre, le cœur battant. Au moment de s'asseoir, Elyes lui prit la main.

- Mademoiselle, Denise m'a parlé de vous et elle m'a prié de vous dire la vérité.

Camille ouvrit des yeux ronds.

- Oui, je sais que cela doit vous étonner que je l'appelle par son prénom, mais Denise est une habituée de notre hôpital.

- Je ne comprends pas.

- Cela fait presque deux ans qu'elle souffre d'une insuffisance cardiaque. Nous avons essayé plusieurs traitements qui ont bien fonctionné au début, mais depuis quelques mois, son état n'a fait qu'empirer. Son cœur ne tient plus le coup. Elle était suivie de près. Elle venait chaque mardi pour des soins spécifiques.

- C'est pas vrai…, murmura la jeune femme.

- Je sais qu'elle vous l'avait caché. Elle l'avait caché à tout le monde d'ailleurs. Seule sa sœur est au courant.

- C'est pour ça qu'elle avait l'air d'aller si mal.

- Oui. Les malaises, la fatigue. Tout cela est très habituel dans son cas.

Camille était abasourdie. Elle ne savait plus quoi dire. Le silence envahit la pièce.

Puis, elle demanda :

- Et maintenant ?

Le médecin soutint son regard en silence quelques instants.

- Maintenant… Je crois qu'il faut que vous vous prépariez à la fin Mademoiselle.

Camille frissonna des pieds à la tête. Sa gorge était sèche et le sang avait comme déserté tout son corps. Ce fut Elyes qui répondit.

- Vous voulez dire qu'elle va mourir ?

- Oui. Assurément. Dans les heures ou les jours qui viennent. Nous avons tout essayé. Nous savions qu'il lui restait peu de temps à vivre. Elle a souhaité continuer à mener sa vie normalement pour en profiter le plus longtemps possible. Mais là, nous ne pouvons plus rien y faire. Ni vous, ni moi. Je suis sincèrement désolé.

Camille était complètement sonnée. Elle n'avait plus de mots, et elle avait l'impression de ne plus avoir de corps non plus.

- Ca va ? Lui demanda Elyes en lui caressant la main.

- Je ne sais pas, murmura-t-elle. Je… je suis complètement sous le choc.

- C'est normal, répondit le médecin. Il va vous falloir du temps pour digérer la nouvelle. Et puis il va falloir lui dire au revoir. Ce sera difficile, mais vous avez la chance de pouvoir encore le faire. Alors allez la voir, allez lui parler. Mais pas trop longtemps. Elle est à bout de forces et il faut la ménager. Je vais prévenir sa sœur. Ne vous occupez que de vous. D'accord ?

Camille hocha simplement la tête. Le médecin se leva et les raccompagna dans la salle d'attente des urgences. Il leur indiqua l'endroit où se trouvait Denise et prit congé.

Camille se laissa tomber sur un fauteuil. Les larmes arrivèrent quelques secondes plus tard, suivies de violents sanglots. Elyes la prit dans ses bras et tenta de la réconforter comme il put. Une demi-heure plus tard, elle était tellement effondrée que c'est Elyes qui sortit téléphoner à Julien pour lui annoncer la triste nouvelle.

Quand Elyes revint, Camille lui demanda de la conduire jusqu'à Denise. Quand ils arrivèrent au seuil de la pièce dans laquelle elle était allongée, Elyes prit Camille dans ses bras et lui demanda si elle souhaitait qu'il la laisse seule avec Denise. Elle acquiesça. Alors qu'Elyes s'éloignait, elle s'approcha du lit. Denise l'aperçut et lui adressa un maigre sourire. Elle était d'une pâleur effrayante et elle semblait toute petite dans ce lit aux draps rêches. Camille fit un effort surhumain pour ne pas laisser les larmes la gagner.

- Camille. Merci d'être venue.

- …

- Le Docteur t'a parlé ?

- Oui, il m'a tout raconté. J'avoue que j'ai du mal à y croire. Je n'arrive pas à réaliser ce qu'il vous arrive.

- Je sais. Moi aussi j'ai du mal à réaliser que je vais bientôt mourir.

- Ne dites pas ça.

- Mais si Camille. Il faut regarder la réalité en face. Il ne me reste que quelques jours tout au plus. Le Docteur a été très clair avec moi. C'est d'ailleurs ce que j'ai toujours apprécié chez lui. Dès le début, je lui ai demandé d'être franc, et il l'a toujours été.

- Je ne peux pas croire que vous allez mourir. Je ne peux pas imaginer Saint-Karel sans vous. Et moi, qu'est-ce que je vais faire ? Vous êtes devenue trop importante pour moi. Ce n'est pas possible.

- Bien-sûr que si, c'est possible. Tu t'es débrouillée sans moi jusqu'à présent. Et tu vas continuer. Tu as beaucoup appris ces dernières semaines. Alors continue sur ta lancée et tout ira bien. Tu es quelqu'un de formidable.

- ...

Denise lui fit un petit signe de la main.

- Approche, lui dit-elle.

Camille s'assit sur le lit, tout près de Denise qui lui tendit la main. Camille la saisit. Elle était glacée.

- S'il y a une seule chose que tu dois retenir, c'est que chaque seconde compte. N'oublie jamais de vivre, jamais. Fais en sorte de savoir distinguer ce qui est important de ce qui est superflu. Fais ce qu'il faut pour honorer tes valeurs, chaque jour. Ne perds pas de temps avec tes peurs irrationnelles. Prends simplement conscience du fait qu'elles sont là, et sers-t-en pour te renforcer un peu plus. Essaie, expérimente, échoue. Tout sera bon pour continuer à te faire grandir, encore et encore.

Camille tremblait de tout son corps.

- Pourquoi me dites-vous tout cela ?

- Parce que moi, je n'ai pas su le faire. Des rêves, j'en avais. J'en ai réalisé certains et je peux dire que j'ai eu une vie heureuse. Mais il m'a manqué beaucoup de choses que je n'ai pas osé aller chercher.

- Comme quoi par exemple ?

Les yeux de Denise s'embuèrent. Camille attendait et Denise, visiblement, hésitait. Ses yeux étaient remplis de douleur. Après plusieurs longues minutes de silence, Denise se lança.

- Ce que je vais te dire, personne ne le sait. Enfin personne sauf ma sœur, Nina.

Le cœur de Camille se tordit.

- Je ne t'ai pas dit toute la vérité. Je t'ai dit que Charles et moi n'avons pas pu avoir d'enfants. C'est vrai. Mais ce que je ne t'ai pas dit c'est que...

Sa voix se cassa et elle se mit à pleurer. Camille avait la gorge complètement nouée. Il lui était impossible de dire quoi que ce soit.

- Ce que je ne t'ai pas dit, reprit Denise, c'est que je suis tombée enceinte. C'était bien avant de connaître Charles. J'avais dix-sept ans. A l'époque j'avais un amoureux qui ne plaisait pas beaucoup à mes parents. Il était plus âgé que moi. Il livrait les journaux dans les librairies et il venait d'une famille très modeste. Autant te dire qu'il était loin d'être le gendre idéal aux yeux de mes parents. Je suis née dans une famille très conventionnelle et très croyante. Je savais que tomber enceinte à dix-sept ans d'un garçon qui n'était ni ingénieur, ni médecin, ni avocat, allait provoquer un cataclysme. Alors je n'ai rien dit. Et puis il est arrivé un moment où je n'ai plus été en mesure de cacher ma grossesse et j'ai dû en parler à mes parents. Leur réaction a été encore pire que ce que j'avais pu imaginer. Ils m'ont quasiment rejetée. Et surtout, ils m'ont menacée et ont décidé que, comme il était trop tard pour faire quoi que ce soit, j'allais mettre au monde cet enfant et faire ensuite comme si de rien n'était. J'étais jeune, j'étais perdue, je n'avais aucune idée de la manière dont je devais réagir, alors je m'en suis remise à eux. J'ai accouché d'un petit garçon qui m'a été retiré immédiatement. J'ai à peine pu l'embrasser. Je n'ai pas pu lui donner de prénom.

Camille ne bougeait plus, atterrée par les révélations de Denise.

- Les jours qui ont suivi ont été atroces. Je me sentais vide, tellement vide. J'étais comme morte. J'en voulais à mes parents, je crois même qu'à ce moment-là je les ai sincèrement détestés. J'essayais d'oublier ce bébé, parce que c'est ce qu'ils m'avaient dit de faire, parce que je voulais croire que c'était ce qu'il y avait de mieux pour moi, mais c'était impossible. Je le sentais encore bouger dans mon ventre. Je revoyais son petit visage tout fripé. Je me demandais où il était, ce qu'il devenait. Puis je me forçais à ne plus y penser.

Elle fit une nouvelle pause, respirant péniblement.

- Et puis ma vie a repris tant bien que mal. J'ai repris le chemin de l'école de manière complètement anonyme car mes parents m'avaient inscrite dans un autre lycée, là où personne ne connaîtrait mon histoire. J'étais comme un fantôme. J'étais là sans être là. Je n'avais plus de rêves, plus envie de rien. Juste qu'on m'oublie, qu'on ne me regarde pas. Je n'existais plus.

Deux ans plus tard, j'ai rencontré Charles. C'était l'ami d'un camarade de classe. Il était doux, il était touchant, il était attentionné et ne me posait pas trop de questions, n'exigeait rien de moi. Il m'aimait pour ce que j'étais et c'était bien. J'ai vu en lui la possibilité de quitter ma famille et j'ai tout plaqué du jour au lendemain, ma famille, la fac et le reste, pour m'installer avec

———

Charles. Il avait déjà pour projet de monter la boulangerie de Saint-Karel et je me suis lancée avec lui dans ce projet comme si c'était le lancement d'une deuxième vie. Nous nous sommes mariés et nous étions sincèrement heureux. Et puis Charles a voulu un enfant. Et là, impossible de tomber enceinte. Je ne t'ai pas menti quand je t'ai dit que nous avons fait tous les examens possibles et imaginables pour comprendre ce qu'il se passait. Personne n'a jamais su nous dire pourquoi je n'ai pas pu tomber enceinte. Charles était désolé mais il avait fini par se faire une raison. Mais moi… Moi…

Denise sanglotait et Camille lui prit la main. Elle la serra à lui en faire mal.

- Moi je n'ai jamais accepté de ne pas réussir à donner d'enfant à Charles alors que j'avais abandonné mon bébé.

- Mais si vous l'avez abandonné, c'était sous la pression de vos parents. Vous étiez très jeune, vous l'avez dit vous-même.

- Oui, mais je le regrette tellement. Je le regrette à un point que tu ne peux même pas imaginer. Toutes ces années perdues, tout ce temps que j'aurais pu passer avec lui. Tout cela, c'est perdu pour toujours. J'aurais dû imposer mon choix et ne pas me laisser diriger par les conventions et les soi-disant règles de bonne conduite. J'ai perdu tout ce précieux temps avec lui parce que j'ai agi en fonction de ce que l'on attendait de moi et pas en fonction de ce que je voulais moi.

Camille eut un doute.

- Mais, je ne comprends pas. Quand vous parlez de ce temps perdu, cela signifie-t-il que…

Elle n'osa pas terminer sa phrase et c'est Denise qui continua.

- Oui, sourit-elle péniblement. Je l'ai retrouvé. Je n'ai jamais parlé de son existence à Charles, je n'en ai jamais eu le courage et j'avais trop honte. Mes parents sont morts très rapidement après notre rencontre et le sujet était de toute façon tellement tabou. Alors quand Charles est mort, je me suis raccrochée à l'espoir de retrouver mon fils. J'ai fait des recherches pendant des mois et des mois. J'ai remué ciel et terre. J'ai activé tous les contacts que j'avais et même ceux que je n'avais pas. Il n'y avait plus que cela qui m'animait. Et j'ai fini par le retrouver.

- Et alors ?

- Et bien il s'appelle François. Il a quarante-trois ans. Il est beau, si tu savais comme il est beau.

———

Camille se souvint tout-à-coup de la photographie de l'homme tenant dans ses bras un bébé posée sur le guéridon dans le salon de Denise.

- Denise, est-ce lui qui est sur la photo chez vous, avec le bébé dans les bras ?
- Oui, c'est bien lui. Et le bébé, c'est son petit garçon. Il s'appelle Thomas, il a deux ans maintenant. Et c'est lui que je vais voir chaque mardi à Nantes.

Camille sourit.

- D'accord... Je comprends mieux maintenant.
- Nous avons mis du temps à nous apprivoiser, à nous découvrir, à nous accepter, à nous comprendre. Ce travail nous a pris plusieurs mois. Je le voyais quelques minutes au début, pour un café ou juste une rapide discussion sur un banc d'un jardin public. Il a fini par me présenter sa femme, Amélie. Ils m'ont invitée à déjeuner chez eux et je suis rentrée un peu plus dans leur vie, mais sans jamais m'imposer, en étant toujours sur la réserve. Et puis je suis tombée malade, et mon petit-fils est né peu de temps après. Alors comme je devais venir à l'hôpital chaque mardi, j'ai demandé à François si je pouvais en profiter pour passer un peu de temps avec Thomas. François et Amélie ont immédiatement accepté et c'est ainsi que j'ai décidé de réserver cette journée à ma santé et à mon petit-fils.
- Et François, vous en veut-il de l'avoir abandonné ?
- Pour être tout-à-fait honnête, je ne sais pas. J'ai été très franche avec lui, parfaitement transparente. Je pense qu'il a compris. De là à dire qu'il ne m'en veut pas ou qu'il est d'accord avec ce choix, on en est sans doute bien loin. Il a été adopté par une famille aimante et équilibrée et il a eu une enfance heureuse. Mais il savait qu'il avait été adopté et il s'est toujours demandé d'où il venait en vrai. Je crois qu'il aurait aimé me connaître plus tôt. Mais il est suffisamment délicat pour ne jamais me l'avoir reproché. C'est mon fils. Mais c'est surtout le fils de ses parents adoptifs. Je commençais tout juste à réellement nouer des liens plus forts entre lui et moi. Cette maladie m'aura empêché de le faire comme je l'aurais voulu.
- Et son père ?
- Aucune idée. J'ai complètement perdu contact avec lui quand mes parents l'ont décidé. Je n'ai jamais pu le retrouver. Je ne sais même pas s'il est encore vivant.

Les deux femmes se turent quelques instants. Camille digérait la nouvelle.

———

- Et François, sait-il que vous êtes ici ?
- Non. Le docteur m'a dit qu'il allait prévenir Nina. Elle va le contacter. Et j'ai hâte de le voir. Pour lui dire au-revoir.

Denise se remit à pleurer.

- Je suis désolée, murmura Camille, bouleversée.
- Tu sais, je ne referai pas le passé. Je vais partir avec mes regrets, même si j'ai tout fait pour tenter de racheter mes erreurs. En revanche toi, tu as la vie devant toi. Ce qui est important, c'est que toi, tu ne fasses pas comme moi. Je t'aime Camille. En trois semaines seulement tu as pris une place importante dans ma vie. Peut-être parce que j'aurais aimé avoir une fille comme toi, peut-être parce que j'adorais Maud et que je la retrouve un peu en toi. Je ne sais pas. Et peu importe en fait. Je veux que tu sois heureuse, pleinement. Je veux partir avec la certitude que tu m'as comprise et que tu t'attèleras chaque jour à trouver ton bonheur, quels que soient les sacrifices que cela impliquera. Je veux que tu me promettes de toujours choisir la lumière, en toutes circonstances. Même si tu doutes, même si tu as peur, et même si tout le monde te pousse vers l'autre côté. Toi seule sais ce qui est juste pour toi. C'est ce que la vie m'a appris. J'aurais juste voulu le savoir beaucoup plus tôt.

Camille sentait les larmes couler en silence sur ses joues. Elle renifla, puis attrapa un mouchoir dans sa poche et s'essuya le nez. Puis elle éclata en sanglots et enfouit son visage dans le cou de Denise.

- Moi aussi Denise, je vous aime tellement. Je ne peux pas me résoudre à vous perdre. Je veux bien vous promettre tout ce que vous voulez, mais ne m'abandonnez pas.

Denise lui caressa doucement les cheveux.

- Je ne t'abandonne pas. Même si je pars, je serai toujours près de toi, tu peux en être certaine.

Elles restèrent ainsi pendant de longues minutes. Les sanglots de Camille finirent par se calmer et elle respira enfin plus doucement. Elle se releva et s'essuya le visage.

- Je vais vous laisser vous reposer maintenant.
- D'accord ma belle. Et toi, essaie de dormir un peu, tu as une mine épouvantable.

Camille lui adressa un pauvre sourire.

- Je vais essayer.
- Et Camille, …

Denise n'eut pas le temps d'achever sa phrase.

————

- Oui, l'interrompit la jeune femme. Je vous promets de veiller à ce que chaque seconde de ma vie soit en accord avec le fond de mon cœur.

Elle se tut quelques secondes avant de reprendre la parole, la gorge nouée.

- Et merci. Merci de me faire autant confiance.

Le regard que les deux femmes s'échangèrent en dit long sur la force de leur lien. Camille se pencha pour embrasser Denise. Puis, elle se leva et se dirigea vers la porte. Avant de sortir, elle se retourna pour regarder Denise avant de partir. Plus pâle que la mort, celle-ci pleurait maintenant dignement en silence.

Camille passa les deux jours suivants à Nantes. Elle restait à l'hôpital pendant de longues heures, simplement assise auprès de Denise qui était maintenant inconsciente. Ne sachant que faire et sentant que sa place était là, elle lui tenait la main. Elle était convaincue que ce qu'il y avait de plus important au moment présent, c'était d'être là, près de Denise, tout simplement, pour l'accompagner dans ses derniers instants. Elle croisa une fois Nina, mais jamais François. Nina lui dit qu'il était passé et qu'il avait pu dire au-revoir à sa mère. Elle était presque déçue de ne pas l'avoir rencontré. Elle se dit que le bon moment viendrait peut-être plus tard. Elle avait sincèrement envie de le connaître. Rapidement, Denise ne bougea plus, pas plus qu'elle n'ouvrit les yeux ni ne réagit à aucun stimulus de quelque sorte que ce soit. Camille sentait que la fin approchait et elle commençait à s'y habituer, tant bien que mal.

Le lundi matin, un coup de fil de l'hôpital l'informa que Denise venait de mourir. Elle était partie comme ça, sans se réveiller et sans plus rien dire. En silence, sans faire de bruit. Camille, qui s'apprêtait tout juste à quitter la maison pour prendre le chemin de l'hôpital, fondit en larmes sur le canapé de sa tante. Elle se sentait soudain si seule. Si triste. Comme abandonnée. Elle pleura longtemps, et finit même par s'endormir à moitié, épuisée de tristesse. Quand elle reprit ses esprits, elle téléphona à Elyes qui rentra immédiatement pour la rejoindre et la soutenir comme il le pouvait. Avant qu'il arrive, Camille se leva, ouvrit la porte-fenêtre qui donnait sur le jardin et respira un grand coup. Le soleil était radieux. L'air était doux. Elle retira ses chaussures et avança pieds-nus dans l'herbe. Elle prêta attention à chaque sensation. Le contact de l'herbe sous ses pieds. La chaleur du soleil sur sa peau. Le léger souffle de vent qui soulevait ses cheveux. Puis elle s'immobilisa au milieu du jardin et ferma les yeux en offrant son visage aux rayons du soleil. Elle resta ainsi de longues minutes, tentant de graver chacune des sensations dans la mémoire de son corps. Puis elle respira profondément et quand elle ouvrit les yeux, ce fut pour regarder le ciel, remplie de la promesse qu'elle avait faite à Denise.

Denise fut enterrée quatre jours plus tard, sous un doux soleil printanier. La cérémonie fut simple et élégante, à l'image de la femme que Camille avait connue. De nombreuses personnes étaient présentes, ce qui ne manqua pas d'étonner Camille. Julien lui expliqua que Denise avait été très appréciée dans le village et que beaucoup de gens avaient été touchés par sa mort aussi soudaine qu'inattendue. François n'était pas là, ce qui n'étonna pas Camille outre mesure car sa présence aurait trahi le secret de celle qui s'était attachée à le conserver pendant toutes ces années. Elle se dit que Denise avait dû le lui faire promettre et que cette promesse avait dû être bien pénible à honorer.

Une fois la cérémonie terminée, Elyes prit Camille par les épaules et lui proposa de profiter du beau temps pour marcher un peu. Ils prirent le chemin de la corniche pour longer la falaise en silence.
- Que dirais-tu d'une visite de l'Ile aux Moines pour demain ? Proposa Elyes au bout de longues minutes de marche. Il y a des fleurs partout, c'est magnifique en cette saison.
Camille lui sourit.
- Oui, c'est une bonne idée. On pourrait prendre le bateau demain matin et pique-niquer là-bas ?
- Ca me va. On essaiera de se lever tôt et on emportera les vélos.
- OK. Ca va nous faire du bien.
- Sans aucun doute.
Il s'arrêta et se tourna pour faire face à la jeune femme.
- Mon amour, je sais que la mort de Denise t'affecte beaucoup. Et je sais que tu es encore fragile après les derniers mois difficiles que tu as vécus. Mais s'il te plait, sois forte. Tu n'as que de belles choses qui t'attendent. Ton exposition, ton nouveau travail, ta nouvelle vie ici, avec moi. Je veux que tu sois heureuse et je veux que tu vives pleinement chaque instant. Même si tu es triste, je

veux que tu ailles bien. Je veux que tu continues sur le chemin que Denise t'a aidé à dessiner. Tu comprends ce que je veux dire ?

Camille ne le quittait pas des yeux.

- Oui, je comprends. Et c'est ce que j'ai promis à Denise la dernière fois que nous avons parlé. Tu te rends compte que j'étais tellement bouleversée que je ne lui ai même pas annoncé que j'allais venir m'installer ici pour de bon. Elle aurait été tellement fière. Je lui ai promis d'être courageuse et de faire les choix qui sont justes pour moi, même si cela me demande des sacrifices. Je lui ai promis de faire en sorte d'être heureuse et de ne pas me satisfaire de l'à peu près. Et je vais le faire, parce que j'ai enfin compris que c'était ça qui était important.

- Et moi je t'aiderai. Tu peux compter sur moi pour te bousculer.

- Je sais que je peux compter sur toi. Et je ne t'en remercierais jamais assez. Si j'ai réussi à me sortir de ce marasme dans lequel j'étais en arrivant ici, c'est grâce à Denise et à toi. Tous les deux, vous avez su me montrer que je pouvais avoir confiance en moi, que je valais quelque chose, que j'avais du talent. Tu n'imagines pas à quel point j'en avais besoin.

Elle marqua une pause, hésita une demi-seconde et ajouta :

- Je t'aime Elyes. Si tu savais comme je t'aime.

Les yeux du jeune homme se brouillèrent.

- Moi aussi je t'aime.

Il la contempla quelques instants, puis finit par la prendre dans ses bras pour la serrer à l'étouffer.

———

———

Chapitre 18

Quatre mois plus tard...

On était fin août et la lumière annonçait déjà les prémices de l'automne. Elyes repeignait les volets bleus de la maison de Maud tandis que Camille faisait un peu de rangement dans le salon. Ils naviguaient maintenant entre les deux maisons au gré de l'envie du moment. Elyes avait proposé à Camille d'emménager chez lui et elle hésitait encore, n'ayant pas le cœur à quitter définitivement la maison de sa tante. Et puis elle devait bien s'avouer aussi qu'elle avait un peu peur. Sa relation avec Elyes avait évolué dans le bon sens. Ils s'aimaient sincèrement. Mais elle restait prudente et, même si elle avait très envie de faire ses valises, au moins pour essayer, elle avait décidé de s'accorder encore quelques jours de réflexion.

Elle entendit le claquement caractéristique du capot de l'antique boîte aux lettres de Maud se refermer. Elle leva les yeux et aperçut le facteur qui s'éloignait en vélo. Elle sortit relever son courrier. Entre une facture d'électricité, un prospectus pour des livraisons de pizza et une publicité pour un salon de beauté, elle découvrit une enveloppe blanche qui lui était adressée. Intriguée, elle l'ouvrit immédiatement.

"Chère Camille.
Malgré l'envie que j'en avais, j'ai mis du temps à vous écrire. Trop de tristesse, trop de regrets, trop de goût d'inachevé. La perte soudaine de Denise a brutalement mis fin à la construction de notre relation aussi fondamentale que déstabilisante. La vie est ainsi faite et je regrette profondément de ne pas avoir eu le temps de la connaître mieux.
Si je vous écris aujourd'hui, c'est parce que Denise m'a beaucoup parlé de vous au cours des dernières semaines précédant sa mort. J'ai compris que vous aviez noué une belle relation et j'aurais aimé que vous me parliez un peu d'elle. J'aimerais la connaître un peu mieux à travers vous.
C'est Nina qui m'a donné vos coordonnées. J'espère qu'elle a bien fait et que ma démarche trouvera écho en vous.
J'espère sincèrement que vous aurez suffisamment envie de me rencontrer pour répondre à ma lettre.
En attendant, je vous souhaite le meilleur.
Très sincèrement.
François"

Très émue, Camille rejoignit Elyes, la lettre tremblant dans sa main.

- Regarde ce que je viens de recevoir, lui dit-elle.

Elyes prit la feuille et lit lentement le courrier de François.

- Toi qui regrettais de ne pas avoir eu l'opportunité de faire sa connaissance, cette lettre est le signe que ton sentiment était partagé.

- On dirait, oui. Je suis très touchée par ce courrier. Je ne m'y attendais pas et je dois dire que la surprise est émouvante.

- En tous cas, il a l'air de vouloir en apprendre plus sur sa mère.

- A ce propos, tu as certainement remarqué qu'il l'appelle par son prénom.

- Cela ne m'étonne pas vraiment. Quelles qu'en aient été les raisons, qu'elles aient été bonnes ou pas, elle l'a quand même abandonné. Imagine qu'il s'est demandé pendant près de quarante ans qui était sa mère biologique. Dans ces conditions je comprends qu'il ait du mal à la considérer comme sa mère.

- C'est vrai, répondit Camille songeuse. C'est quand même fou cette histoire.

- Comme tu dis. Comme quoi le poids des convenances et des codes de soi-disant bonne conduite ont un poids phénoménal.

- Et ce qui est hallucinant c'est surtout le poids qu'ils peuvent avoir sur des choix aussi fondamentaux que celui que Denise a fait à l'époque.

- Enfin, dans son cas on parle plutôt de non-choix d'ailleurs.

- C'est clair.

Ils se turent un instant.

- Que vas-tu lui répondre ?

- Que j'aimerais beaucoup le rencontrer. Et que je serai heureuse de partager avec lui mes souvenirs de Denise.

- Peut-être que tu pourras lui permettre de faire un peu plus connaissance avec sa mère puisque ce n'est plus possible dans la vraie vie.

- Oui, peut-être. En tous cas je l'espère.

Elyes lui déposa un baiser au coin des lèvres et il repartit vers le jardin son pinceau à la main.

Camille s'assit sur le canapé et posa la lettre à côté d'elle. Ce courrier la chamboulait plus qu'elle ne le laissait paraître. Elle avait eu du mal à se remettre de la mort de Denise. Elle n'était d'ailleurs pas tout-à-fait certaine de l'être complètement. Denise lui

———

manquait. Elle avait du mal à se dire qu'en seulement trois semaines Denise avait pris une place aussi importante dans sa vie. Ses conseils lui manquaient, tout comme leurs discussions et leurs moments de partage. Elle aurait aimé pouvoir se confier à elle encore un peu. Pouvoir lui parler de ses doutes, de ses inquiétudes, de ses hésitations. Mais voilà, Denise n'était plus là et il fallait bien faire avec.

Camille se dit que Denise aurait été fière de tout le chemin qu'elle avait parcouru ces derniers mois. Elle avait fait le choix de s'installer pour de bon à Saint-Karel et elle ne le regrettait pas même si elle avait dû changer bon nombre de ses habitudes et s'éloigner de ses amis parisiens. Son travail à la galerie se passait plutôt bien. En tous cas, il lui plaisait. Elle devait encore faire ses preuves et Henri était particulièrement exigeant. Elle bataillait chaque jour pour lui prouver qu'elle était la bonne personne malgré son manque d'expérience. Ça avait l'air de fonctionner mais elle sentait que tout n'était pas encore gagné.

Camille resta assise sur le canapé pendant de longues minutes, absorbée par sa réflexion. Elle n'entendit pas Elyes entrer dans le salon. Il se posta derrière elle et embrassa ses cheveux. Elle sursauta légèrement.

- Tu m'as fait peur, lui dit-elle en souriant.
- Tu étais bien pensive mon amour. Est-ce que tout va bien ?
- Oui, tout va bien.
- Tu as prévu de peindre un peu aujourd'hui ?
- Je ne sais pas. Tu sais j'ai déjà bien avancé les quelques toiles dont je t'avais parlé pour la prochaine expo. Je voudrais les montrer à Henri pour qu'il me donne son avis. Et à toi aussi d'ailleurs. Quand tu auras un moment la semaine prochaine, j'aimerais bien que tu passes à l'atelier pour me dire ce que tu en penses.
- Avec plaisir. J'ai une fin de semaine plutôt calme. Ca devrait être possible jeudi.
- Ok. C'est parfait jeudi. Si tu passes en fin d'après-midi on rentrera ensemble pour faire nos bagages.
- Ne m'en parle pas, répondit Elyes en grimaçant. Rien que d'y penser me fait stresser.
- Mais non voyons. Tu n'as aucune raison de t'inquiéter. Je suis sûre que le week-end va très bien se passer. Mes parents sont parfois un peu....conventionnels dirons-nous, enfin surtout ma mère, mais au fond ils sont plutôt sympas et je suis sûre que tu vas leur plaire.

———

- Je l'espère.
- Écoute on verra bien. Mais regarde, tu t'es très bien entendu avec Constance. Et avec Samuel aussi.
- Oui mais c'est différent. Ce sont tes amis. Ils ont notre âge. On parle de tes parents là, ce n'est quand même pas pareil.
- Allez Elyes, arrête de t'angoisser. Tu verras que tout ira bien.

Camille éclata de rire et entoura le jeune homme de ses bras. Ils restèrent un long moment enlacés à profiter simplement du moment présent. Camille se dit que la vie était douce avec Elyes. C'était simple et naturel. En tous cas pour le moment. Elle se demandait à quoi allait ressembler leur futur et s'ils parviendraient à conserver cette complicité au fil des mois et, elle l'espérait, des années. Son histoire avec Antoine l'avait pas mal amochée et il en restait toujours quelques douleurs qui se réveillaient de temps-en-temps. Même si elle avait beaucoup progressé, Camille n'en avait pas tout-à-fait fini avec ses vieux démons. Mais serait-ce le cas un jour ? Rien n'était moins sûr.

Elyes desserra son étreinte et observa Camille.
- Tu m'as l'air un peu triste tout d'un coup ?
- Oui, peut-être un peu.
- Que se passe-t-il ?
- Rien de particulier. Je pense à Denise et à tout ce qui a changé dans ma vie ces derniers mois. Elle me manque tu sais.
- Je sais. Et je sais aussi que tu t'en sors très bien. Et que tu peux être fière de toi.
- Oui, peut-être. Mais tout n'est pas résolu. Et j'aurais aimé l'avoir encore un peu près de moi.

Elyes ne répondit pas. Il serra la jeune femme un peu plus fort dans ses bras et les yeux de Camille se voilèrent.

Quelques minutes plus tard, Elyes desserra son étreinte et se leva. Il disparut dans la chambre attenante au salon pour revenir muni d'un un bloc-notes et un stylo qu'il tendit à Camille qui le regarda tout d'abord avec circonspection avant de finalement comprendre le message. Quand elle saisit le bloc de papier et le stylo, il l'embrassa tendrement, longuement, puis il repartit vers le jardin à pas lents. Camille le suivit du regard, contemplant sa démarche souple et élégante.

Alors seulement, elle s'assit en tailleur sur le canapé, plaça un coussin derrière son dos et inspira profondément. Après quelques secondes de réflexion, c'est en pensant à Denise et avec une infinie délicatesse qu'elle coucha sur le papier les premiers mots à l'attention de François.

———

Du même auteur :

Ne sois pas trop sage

Et toi, c'est quoi ton rêve ?

———

Restons en contact :

emilieleboulaire@gmail.com

Emilie Le Boulaire – auteur

emilieleboulaire

———

—